Espere até Me Ver de Coroa

You Should See Me In a Crown

LEAH JOHNSON

ESPERE ATÉ ME VER DE COROA

You Should See Me In a Crown

LEAH JOHNSON

Tradução
Solaine Chioro

Publicado mediante acordo com a Scholastic Inc., 557 Broadway, Nova York, NY 10012, EUA.

Título original: *You Should See Me In a Crown*

Editora responsável **Veronica Gonzalez**
Assistente editorial **Lara Berruezo**
Diagramação **Gisele Baptista de Oliveira**
Projeto gráfico original **Laboratório Secreto**
Revisão **Lorrane Fortunato**
Capa **Stephanie Yang, Scholastic Inc.**
Fotos da capa © **Shutterstock: i crown and throughout (Anne Punch), i background and throughout (InnaPoka), 1 background and throughout (alexdndz), 31 icons and throughout (marysuperstudio), 55, 180 emojis (Rawpixel.com).**

Texto fixado conforme as regras do Acordo Ortográfico da Língua Portuguesa (Decreto Legislativo n° 54, de 1995).

CIP-BRASIL. CATALOGAÇÃO NA FONTE
SINDICATO NACIONAL DOS EDITORES DE LIVROS, RJ

J65e
Johnson, Leah
Espere até me ver de coroa / Leah Johnson ; tradução Solaine Chioro. - 1. ed. - Rio de Janeiro : Globo Alt, 2020.

Tradução de: You should see me in a crown
ISBN 978-65-88131-11-4

1. Romance americano. I. Chioro, Solaine. II. Título.

20-67351
CDD: 813
CDU: 82-31(73)

1ª edição, 2020

Direitos de edição em língua portuguesa para o Brasil adquiridos por Editora Globo S.A.
R. Marquês de Pombal, 25
20.230-240 — Rio de Janeiro — RJ — Brasil
www.globolivros.com.br

*"O lugar no qual vou me encaixar
não vai existir até que eu o crie."*
— James Baldwin

SEMANA ZERO

Dizem que coisas boas acontecem para quem vai atrás delas.

UM

Seguro a bandeja com as duas mãos, torcendo para que Beyoncé me dê forças para chegar à minha mesa de sempre sem nenhum incidente. Estremeço só de pensar em um escorregão que me cobriria de molho ou numa jornada que terminaria comigo no colo de um dos caras da equipe de luta. Ou, pior ainda, um vídeo da queda ficando famoso no Campbell Confidential, o app de fofoca parecido com o Twitter que alguns alunos do último ano criaram há alguns anos e que virou o meu pior pesadelo. Fico feliz de pensar que em alguns meses tudo isso ficará para trás. Estarei a caminho de Pennington, a melhor faculdade particular do estado, vivendo a vida que sempre sonhei: rodeada de pessoas como eu, num lugar onde me encaixo, estudando para virar médica. Está tão perto que quase consigo tocar. Tudo o que preciso é do e-mail confirmando que recebi a bolsa de estudos e...

— Lighty, olha por onde anda! Eu tenho uma *coisa* pra fazer.

Derek Lawson se demora na palavra *coisa*, como se o que ele está planejando fosse um grande mistério, enquanto fica plantado bem na minha frente. Dou um passo para trás – ainda segurando a bandeja com força – e me preparo. Eu sei o que vai acontecer em seguida. Todos sabemos. Este tipo de espetáculo é comum em Campbell nesta época do ano.

Antes de eu ter a chance de me poupar da tortura muito específica que é assistir a um *flashmob* de atletas escolares cantando e dançando simultaneamente como se fossem uma *boy band* famosa, isso já começou a acontecer.

Derek desliza pelo pátio com o tipo de atuação que faria o elenco de *Hamilton* sentar e fazer anotações. Ele sobe na mesa comprida onde seu grupo de amigos normalmente se senta e aponta para a namorada e minha inimiga não-tão-secreta, Rachel Collins. Alguém aperta o *play* numa caixa de som em algum lugar, e é assim que começa: outro convite bizarro para a festa de formatura.

Embora isso esteja acontecendo pelo menos duas vezes por semana desde que o semestre começou, juro que uma das alunas do primeiro ano na mesa ao lado da minha desmaia de empolgação quando Derek começa a cantar uma versão remixada da música "Time of My Life", do filme *Dirty Dancing*. As amigas dela estão entretidas demais para ajudá-la.

A festa de formatura em Campbell County, Indiana, é como o futebol americano para o Texas. A única diferença é que nós não expurgarmos nosso fanatismo todas as sextas-feiras durante meses sem fim. Não, em Campbell, ele fica guardado dentro de nós por onze meses e 29 dias, até que um dia explodimos. A cidade inteira, coberta por um monte de lantejoulas, smoking de grife e spray de cabelo suficiente para abastecer um zepelim.

Poderia ser impressionante, se não fosse tão ridícula e insuportavelmente irritante.

— *Você é a única garota com quem quero ir à festa!* — Derek está cantando a plenos pulmões e é com certeza horrível, mas ninguém parece se importar. As meninas da Turma do Pompom entram pelo corredor, onde provavelmente estavam esperando, completamente uniformizadas, e puxam seus pares do time de basquete. De repente, eles estão fazendo a coreografia inteira de *Dirty Dancing*, sem perder o ritmo.

O refeitório todo está assistindo ao show, e eu meio que quero morrer. Só de ver aquilo, meu estômago ameaça colocar para fora a barra de cereal que comi no café da manhã.

Não apenas por ser Rachel no centro das atenções mais uma vez, mas porque demonstrações públicas de... bom, *qualquer coisa,* na verdade, me assustam – mesmo quando eu estou bem longe de ter alguma coisa a ver com a história. Quer dizer, todo mundo fica olhando para você, te observando, esperando que você faça algo que valha a pena postar no Campbell Confidential. A ideia de ter os olhares das pessoas sobre mim por um tempo mais longo do que o suficiente para entregar as partituras das músicas antes dos ensaios da banda do colégio me deixa inegavelmente ansiosa. Esse é o motivo de eu nunca ter me candidatado à representante de turma ou ter feito testes para o musical da escola, e o porquê de eu mal conseguir fazer os solos na banda sem querer evaporar.

Quando você já sente que tudo sobre você te coloca em destaque, faz mais sentido simplesmente encontrar jeitos de se encaixar o máximo possível.

Mesmo assim, tem algo na forma que Derek está olhando para Rachel que faz meu coração se apertar. Pessoas como Rachel e Derek têm a história de amor perfeita de Ensino Médio para contar para os filhos um dia, mas a alta, negra e pobre Liz Lighty não tem a menor chance. Pelo menos, não em um lugar como este. Eu não tenho rancor dos meus colegas de turma, de verdade. Mas às vezes (tudo bem, na *maioria* das vezes), eu só não me sinto como um deles.

— *Eu procurei por todas as lojas de Campbell e finalmente encontrei um* corsage *pra você!* — Derek estende a mão e Rachel pega o presente, agora soluçando por completo. Como ela consegue parecer uma modelo de Instagram até enquanto enche um balde todo de lágrimas, eu nunca vou entender. O toque final de Derek é – juro que não estou brincando – A Levantada No Ar.

Com a elegância de quem com certeza ensaiou, Rachel corre, pula nos braços dele e é levantada sobre a multidão no refeitório. Se alguém me perguntasse, diria que ela parece menos com a Baby e mais com o Simba olhando com orgulho as Terras do Reino, mas, enfim. Todo mundo está de pé quando a música termina, e todos os presentes explodem em aplausos.

Há um olhar relutante de respeito no rosto da minha melhor amiga, Gabi, enquanto ela observa a Turma do Pompom e os caras do basquete aplaudindo e encarando o casal com admiração. Todos no refeitório estão com os celulares na mão, sem dúvida gravando para o Campbell Confidential. E as garotas do primeiro ano perto de nós estão literalmente chorando – a que desmaiou está até mesmo gravando uma *live* direto do chão.

Eu olho além da mesa de Derek e Rachel e da horda de fãs que os circulam, e meus olhos se prendem na parte do refeitório que eu evito como se fosse uma praga desde o primeiro ano. Mas não consigo escapar. Alguns dos alunos do último ano do time de futebol americano estão comemorando de pé sobre as cadeiras e gritando em apoio ao clichê que é seu companheiro Derek. Todos a não ser Jordan Jennings. Sinto a mesma ansiedade envolvendo meu coração sempre que o vejo, meu ex-melhor amigo. Seu sorriso está apagado enquanto ele bate palmas sem empolgação e, mesmo de longe, consigo ver o quanto é forçado.

Ele é quase bonito demais para encarar por mais do que alguns segundos por vez. E não estou dizendo isso só porque é uma coisa da minha cabeça: com sua pele negra clara e o cabelo ondulado que antes costumava ser cacheado, ele realmente parece um personagem de uma novela adolescente – completamente perfeito sem nenhum esforço.

Lembro a mim mesma o que ele fez questão que eu soubesse quando estávamos no primeiro ano: pessoas como eu e pessoas como ele existem em duas estratosferas diferentes, e é melhor manter as coisas desse jeito.

— Argh! Organizar um convite pra ir à festa de formatura no mesmo dia em que Emme abriu mão da vaga dela como rainha em potencial? Isso é estratégia nível Kris Jenner. Eu estaria brava se não estivesse com tanta inveja por não ter pensado nisso eu mesma. — Gabi joga um livro dentro do armário dela e balança a cabeça. — O capeta trabalha duro, mas Rachel Collins trabalha ainda mais.

— Inveja é uma doença, Marino. Espero que você se recupere logo. — Britt dá um sorrisinho da parede onde está encostada, e Gabi a encara estreitando os olhos. — Sério, quem se importa com a Rachel Collins? Eu prefiro conversar sobre quem ganharia uma luta numa jaula de aço entre a Capitã Marvel e a Mulher Maravilha. Em quem você aposta, Lizzo?

Stone, sentada de pernas cruzadas numa meditação profunda, parece completamente indiferente ao fato de que há uma movimentação intensa de pessoas pelo corredor que ameaçam pisoteá-la. Eu não falei muito depois da apresentação na hora do almoço – não consegui afastar aquele sentimento estranho de ser *a outra* que algumas vezes me domina em ondas tão avassaladoras que quase me afogam –, mas isso não impede Gabi e Britt de tentarem me trazer para a conversa de todos os jeitos.

— G, isso está muito longe de ser relevante — digo, enlaçando meu braço ao dela, enquanto todas nós seguimos para a nossa próxima aula. — Não é como se alguma de nós estivesse na linha de sucessão ao trono.

— Eu diria que a gente está mais perto do que algumas pessoas — Gabi diz, a voz carregada de uma tristeza falsa. — Mais perto que o Freddy, pelo menos.

Tenho sido esperta e cuidadosa para nunca sofrer um acidente no refeitório, mas outras pessoas não tiveram tanta sorte. Na semana passada, Freddy Brinkley tropeçou no próprio cadarço (erro de novato, você sempre deve dar dois nós antes de entrar no campo de batalha) a caminho da mesa dele e enfiou a cara num prato de "espagasanha", um híbrido de lasanha e espaguete de Campbell County.

Pelo menos trinta pessoas registraram a queda no Campbell Confidential, e ela já foi remixada, remasterizada e reorganizada tantas vezes e de tantas formas diferentes que eu não acho que o coitado do Freddy vai um dia superar o #EspagasanhaGate.

Freddy foi arrogante, achou que poderia fazer A Caminhada sem as devidas precauções, e ele pagou o preço máximo: hu-meme-lhação pública. O início de um sonho; deu tudo errado.

Britt e Stone nos deixam na sala de música para seguirem para a aula delas. O ensaio passa rápido, rápido demais para o meu gosto. Entre a ansiedade em esperar pelo e-mail sobre a bolsa, que eu sei que deve chegar hoje, e a energia geral da temporada da festa de formatura levando tudo ao extremo, eu não estou preparada para o fim da aula quando ele chega.

Gabi junta suas coisas depressa quando o sinal toca, sem ter metade do cuidado que eu quando guarda o clarinete no estojo de veludo. Ela vai perder sua *live* favorita do Campbell Confidential – Videntes da Formatura, um grupo de garotas que fazem previsões todas as segundas-feiras à tarde sobre quem tem ou não alguma chance de fazer parte da corte da festa de formatura – se não for embora agora mesmo.

O resto da turma está se dispersando pelas portas laterais que dão para o estacionamento, mas eu fico para trás, como faço quase todas as tardes. Sempre tem algo a mais para ser feito antes de ir para casa.

— Ainda não acredito que a Emme tenha sumido desse jeito. — Gabi pega os óculos escuros pretos da bolsa e os ajeita no rosto. Ela para por um segundo. — Você acha que o Jordan está bem?

Emme Chandler: namorada do Jordan há três anos, pessoa mais doce do mundo e misteriosamente desaparecida quando tinha a vitória certa de ser rainha da festa de formatura. Nós não éramos amigas dela – nós basicamente não estávamos no mesmo código de área social –, mas já que ela era praticamente realeza em Campbell County, é difícil não questionar para onde ela teria ido.

Mas a pergunta me pega desprevenida. Antes, quando nós três éramos amigos, G e Jordan brigavam constantemente.

Eu me pergunto se uma parte dela ainda se importa com ele mesmo que ela não queira, assim como acontece comigo. Jordan, G e eu éramos muito próximos no fundamental. Durante anos, nós três fizemos tudo juntos. Nos conhecemos na banda no sexto ano, quando eu e Jordan estávamos duelando (fazendo uma audição, tecnicamente) pelo posto de clarinetista principal. E toda vez que ele conseguia ser o primeiro clarinetista, com o seu sorriso convencido e brilhante por causa do aparelho, ele dizia: *Não fique envergonhada, Lighty. O primeiro não é nada sem o segundo.*

Durante o ano letivo, nós víamos Jordan botar de lado seu chapéu de nerd às sextas a noite para jogar futebol americano pelo time surpreendentemente bom do colégio, e então praticamente nos mudávamos para a casa da Gabi pelo resto do fim de semana – Jordan e eu aproveitando para apresentar para Gabi os clássicos cult negros dos anos 1990, como *Uma festa de arromba* e *Sexta-feira em apuros*. Nós éramos tão bobos naquela época, tão despreocupados com o que outras pessoas pensavam de nós desde que pudésse mos contar uns com os outros; nós até nos apresentamos no show de talentos do colégio juntos. Ou, pelo menos, Jordan e eu fizemos isso. Mesmo naquela época, Gabi já tinha uma estética bem refinada.

Jordan e eu vestimos aquelas roupas horríveis, baratas e super largas dos anos 1990 e fizemos a sequência de dança de "Kid 'n Play" do primeiro filme da série *Uma festa de arromba*. Conseguimos o segundo lugar, mas, sinceramente, fomos roubados pela Mikayla Murphy e os seus bambolês bestas.

Mas as coisas mudam, as pessoas mudam, e não foi diferente com Jordan.

Em certo momento, ele fez questão que eu soubesse que nossa amizade foi só uma fase. E não havia muito o que eu podia fazer.

Gabi ainda está me encarando, e me dou conta de que não sei como ele está. Não sei mais nada sobre ele.

— Não tenho certeza, G — respondo.

E, apesar de como me sinto sobre ele hoje, não posso evitar pensar: *espero que sim.*

DOIS

— **Sou só eu,** ou sua parte estava bem fora de tom hoje? —
o sr. K pergunta quando vou à sua mesa entregar a prova de
leitura de partitura que fizemos.

As sobrancelhas dele estão levantadas de um jeito que
demonstra que ele sabe que eu sei o quanto minha parte
estava fora de tom hoje. E, como primeira clarinetista, ele espera que eu a endireite. O sr. K é um cara legal. Ele é jovem,
mais jovem que a maioria dos nossos outros professores, o
que fica claro na forma como ele sempre se anima quando
entra na sala de música. Ele tem o que a minha avó chamaria
de "cheiro de leite".

Além disso, ele realmente se importa com a gente. Ele
passou muito do tempo livre dele me ajudando a me preparar
para a audição da bolsa de música para Pennington e para
a orquestra deles, ensaiando a obra perfeita – clássica, não
muito contemporânea, exatamente como eles preferem. E
quando minha avó não conseguiu sair do trabalho e G tinha
algo marcado com a família em um resort em French Lick,
ele até me deu carona até lá. Nós trabalhamos duro – *eu*
trabalhei duro – e agora a audição já é história. Meu futuro

parecia quase certo. Eu tinha entrado na faculdade. Agora só faltava ser aceita na orquestra e ganhar a bolsa por ser uma musicista de destaque, e o meu futuro estaria certo. Música é uma coisa que eu entendo. Notas musicais são algo que posso sempre submeter à minha vontade.

Entre o espetáculo na hora do almoço e as especulações sobre para onde Emme teria ido desde a última sexta, naquele momento a escola inteira não conseguia focar em muita coisa, muito menos no novo arranjo de "Once We Leave This Place", do Kittredge, minha banda favorita, que o sr. K nos entregou.

— Quer saber? Nem responde. Estou com esperança de ter sido coisa da minha cabeça e não consequência desse vício em festas de formatura aparecendo na minha preciosa banda de novo. — Ele ri, balançando a cabeça, e depois a inclina, pegando a prova da minha mão.

Eu olho para o meu celular, apertando-o com força na mão, e desejo que um e-mail da Faculdade de Música de Pennington apareça. Tudo o que preciso é de um e-mail, uma confirmação, e vou estar na trilha certa para o resto da minha vida.

— Você está se sentindo bem hoje? Você não parece a Liz Lighty que conheço, cautelosa, otimista e que sorri para a partitura quando acha que ninguém está prestando atenção. Achei que você ficaria mais animada de tocar seu próprio arranjo pela primeira vez.

A sala está praticamente vazia, as únicas pessoas que ficaram ainda por lá estão longe o suficiente para não nos ouvir. O sr. K sabe que eu não quero que saibam que a música que tocaremos no final do concerto de primavera é uma composição minha.

Minhas bochechas queimam. Não sei por que me sinto tão estranha em saber que estão tocando algo que tem dedo meu na criação, mas me sinto. De algum jeito, parece muita exposição. Como se essa coisa que faço sozinha para me manter sã não fosse mais só minha ou algo assim.

— Eu estou animada, é só...

Meu celular vibra no bolso e eu o pego mais rápido do que é humanamente possível fazer.

E demora menos de um minuto para tudo ao meu redor desmoronar por completo.

Eu passo os olhos pelo e-mail e faço uma leitura por cima:

Lamentamos informar que, apesar de suas conquistas acadêmicas e musicais admiráveis, a concorrência foi bastante apertada este ano e você não foi selecionada para a bolsa parcial de estudos do Curso de Música Alfred e Lisa D. Sloan e também não receberá um lugar na orquestra, o que significa que você está sem sorte e terá que arrecadar 10 mil dólares. E ao mesmo tempo em que, sim, é uma droga que você não tenha entrado para a orquestra que quis fazer parte por toda sua vida, sinta-se à vontade para fazer uma nova audição quando estiver no campus – não que você vá conseguir pagar para entrar!

Essa bolsa era o meu passaporte para Pennington e para tudo o que viria com ele. Era a última peça do quebra-cabeça que eu venho montando há quatro anos. Notas ótimas? Feito. Atividades extracurriculares boas, embora modestas? Feito. Uma musicista extraordinária o suficiente para conseguir um lugar na famosa Orquestra da Faculdade de Pennington e construir uma ponte que ligasse o uso do dinheiro que economizei, da bolsa de estudos que consegui e dos empréstimos para os quais estava classificada a receber ao custo da prestação da faculdade particular mais cara de Indiana? Não exatamente.

Minha boca está seca. Abro-a e a fecho, tentando escolher as palavras para explicar o que aconteceu, mas nada me vem em mente. Só consigo sentir medo. Só consigo pensar no que o sr. K me falou quando estávamos esperando minha audição começar.

"Você vai se dar tão bem no campus de Pennington no ano que vem. Eu sei que Campbell nem sempre é o lugar mais fácil, mas Pennington foi maravilhoso pra mim", ele disse enquanto parávamos no estacionamento de visitantes do curso de música. Quando o lindo prédio de calcário apareceu, meu estômago fez o que sempre faz quando estou nervosa, ou com medo, ou animada – se contraiu, e não de um jeito fofo, como num frio na barriga. Ele se contraiu como se estivesse ameaçando botar para fora tudo o que comi naquele dia. Achei que ia vomitar bem ali, naquela hora; era melhor desistir antes mesmo de entrar, mas o sr. K desligou o carro e continuou falando: "Este não é o único lugar no qual você pode ser você mesma, mas foi onde eu descobri o significado de ser quem eu sou. E esse é um preço que vale a pena pelo o que você pode estar sentindo agora".

— Liz. Liz? — O sr. K balança a mão na frente do meu rosto, sorrindo. — Você está bem?

Sinto o meu peito começar a se apertar, um sentimento bem conhecido. Estou à beira de um ataque de pânico e sei que preciso sair dali o mais rápido possível, antes que eu desmorone na frente do sr. K. Antes que eu tenha que dizer que toda a ajuda que ele me deu, todo o tempo que passou trabalhando comigo, não deu em nada; dizer que falhei com ele e com todas as pessoas que estavam contando comigo para que isso acontecesse.

Abro e fecho a boca mais uma vez, tentando encontrar as palavras, mas não sai nada. Ajeito a postura e me direciono para a porta.

— Ei, você não parece bem. — As sobrancelhas dele se juntam em preocupação. — Você quer sentar? Beber uma água, talvez?

Balanço a cabeça.

Não preciso de nenhuma dessas coisas, é o que não posso dizer a ele. Eu precisava de Pennington.

E isso se foi para sempre.

TRÊS

Já faz três dias que recebi o e-mail, e a única solução que encontrei foi vender um dos meus órgãos não essenciais para pagar o curso no outono. Isso, ou esperar um ano enquanto trabalho com a minha avó na casa de repouso onde ela é assistente de enfermagem. Posso ganhar algum dinheiro para ajudar a cobrir os gastos em casa, fazer a audição de novo pela vaga e pela bolsa escolar que vem com ela, e talvez o próximo outono seja o meu momento. Estarei um ano atrás dos meus amigos, um ano atrasada com os meus sonhos, mas é a melhor – a *única* – opção que tenho.

Meu irmão, Robbie, jogando em mim uma meia ainda morna por causa da secadora, é a única coisa me impedindo de entrar numa espiral completa de ansiedade, como tem acontecido quase todos os dias desta semana quando penso muito sobre o próximo ano.

— O quê? — Balanço minha cabeça, tentando esvaziá-la. — Você disse alguma coisa?

Ele bate o quadril no meu gentilmente. Nós estamos dobrando roupas enquanto a vovó trabalha e o vovô cochila na cadeira de balanço na varanda da frente, e a monotonia da tarefa é quase acolhedora para mim. Ou pelo menos era antes de, sabe, eu começar a pensar em como minha vida saiu dos trilhos por completo.

— Eu *disse* que você está distraída pra caramba. — Ele dobra uma calça social que usa quando tem reunião do grupo de debate e a coloca dentro do cesto. — Você vai me contar sobre a bolsa de estudos, ou eu vou ter que continuar fingindo que não te vi lendo o e-mail de rejeição no café da manhã dois dias atrás?

— Ro. — Eu me jogo no sofá e escondo o rosto nas mãos. Claro que Robbie sabe. — Eu ia te contar, eu só precisava de... tempo.

— Liz. Lizzie. — Seu pé descalço cutuca minha pantufa de coelho até que eu o encare. Cruzo os braços em volta da minha barriga; as mangas da antiga camisa da mamãe dos Pennington Penguins são acolhedoras e macias devido aos anos de uso. — Olha, a gente pode dar um jeito nisso. Dinheiro nunca impediu a gente antes. Você sabe que a vovó e o vovô vão...

Vender a casa – é o que eu não o deixo dizer. Eu sei como vai ser se eu contar a verdade para a vovó e o vovô. Eles vão vender a casa, mudar para um lugar menor ainda e usar todo o dinheiro para garantir que eu vá para a minha faculdade dos sonhos por quatro anos. Não vou deixar isso acontecer.

Nós moramos na mesma casa quadrada de tijolos no limite da cidade desde que eu consigo me lembrar. Costumava ser muito apertada: três quartos para cinco pessoas. Nós sempre fomos os "pequenos e poderosos Lighty", como a vovó dizia. Minha mãe deu um duro danado para nos criar sozinha depois que o meu pai foi embora, e meus avós fizeram o mesmo por nós dois quando ela ficou doente. Nós nos esforçamos, nos esforçamos mais do que as pessoas ao nosso redor, e fazemos tudo dar certo. Nós damos conta, apesar – ou até mesmo por causa – da sorte estar contra nós. Esse é o jeitinho dos Lighty.

Então se eu ia ou não para a faculdade nunca foi realmente uma questão para mim. Assim como também não era para qual eu iria e o que estudaria. Eu ia para a Faculdade de Pennington, a *alma mater* da mamãe, fazer faculdade de medicina enquanto tocava na orquestra dos Penguins. Eu me tornaria hematologista e cuidaria de pacientes com a mesma doença da minha mãe e do meu irmão mais novo, anemia falciforme, e tudo isso seria possível porque eu ralaria muito, manteria a cabeça baixa e sobreviveria a ser pobre e negra em Campbell County – um lugar que é tudo menos isso. Porque esse também é o jeitinho dos Lighty.

Mas eu não esperava que a minha mãe não estivesse aqui para ver eu me formar no ensino médio. Não esperava não receber a bolsa de estudos que me permitiria ir para a faculdade. Não levava em consideração que, apesar de tudo, todo o meu esforço poderia não ser o suficiente.

— Eles não podem saber — eu digo, balançando a cabeça. — A vovó e o vovô não podem saber disso. Eu vou arranjar alguma coisa; tem que ter outro jeito.

Robbie coloca o cesto de roupa limpa no chão e se joga ao meu lado. Nosso sofá velho afunda quando ele se senta.

Esta casa é o último lugar no qual ouvimos a voz da nossa mãe, o último lugar no qual ela esteve estrondosa, vibrante e incontrolavelmente viva. Seu toque permanece vivo no sofá da sala de estar, mesmo com o forro rasgando, porque os meus avós não conseguem jogá-lo fora. Até o perfume dela ainda está preso no papel de parede da sala, se você se esforçar e respirar fundo.

Se eles venderem a casa, nós perderemos a única coisa que restou da nossa mãe. E pensar nisso me dá medo. Ou eu aceito o dinheiro e perco a mamãe de novo, ou não vou para a faculdade e abandono um dos únicos sonhos que ela tinha para mim: que eu fosse para a mesma universidade que ela foi. De qualquer jeito, eu saio perdendo.

— Engraçado você dizer isso. — Ele abre um largo sorriso e pula para ficar de pé. — Um minuto, por favor.

Ele corre para o quarto e volta com um papel na mão, que me entrega ansiosamente. Mesmo sendo mais novo do que eu, preciso esticar o pescoço para encará-lo quando ele para na minha frente.

— Ro, o que...

— Só leia. — Ele revira os olhos e balança o papel até que eu o pegue.

Declaração de interesse e pedido de solicitação está escrito em negrito no topo. Eu quase começo a rir.

— Eu não vou me candidatar à rainha da festa de formatura. — Dobro o papel e o empurro de volta para a mão dele. Então eu começo a rir, não consigo me controlar. — Você está falando sério?

— Tão sério quanto uma doença sanguínea hereditária, maninha. — Ele sorri, sabendo que eu odeio quando ele faz piada com anemia falciforme, mas já que é uma regra que irmãos caçulas precisam ser irritantes, ele faz mesmo assim.

— Você precisa de dinheiro e eles estão *dando* dinheiro. Me parece a saída perfeita.

Outros colégios recebem doações enormes para atletas ou artistas, mas a escola de Campbell County angaria fundos para da festa de formatura. É algo tão sério que os ex-alunos ricos doam fielmente para garantir que nós tenhamos o maior e mais elaborado espetáculo em forma de festa em Indiana todo ano. E parte disso é a vantajosa bolsa de estudos que eles dão para o rei e a rainha, pelo que chamam de "trabalho excepcional e compromisso com a comunidade" que os vencedores devem demonstrar.

Mas, na real, os ex-alunos estão apenas assinando cheques para os filhos mimados uns dos outros – cheques mais ou menos na casa dos dez mil dólares. Robbie tem razão: é quase exatamente a quantia que eu preciso para entrar em Pennington.

— Olha, essa grana pode ser o suficiente pra pelo menos te colocar em Pennington, sabe? Se você ganhar, a vovó e o vovô não vendem a casa.

Meu estômago se revira quando penso em um dos meus colegas recebendo a bolsa de estudos. Todo esse dinheiro só para brincar de escolher vestidos e recolher o lixo do pátio. Todo esse dinheiro indo para outro jovem rico de Campbell County com tempo de sobra e zero medo dos holofotes. Não é justo. Nada disso é justo.

Eu penso nos discursos, nos eventos públicos e em como os candidatos à corte ganham visibilidade todo ano. Minhas mãos suam só de pensar nas postagens sobre os aspirantes no Campbell Confidential – as fofocas, as enquetes e o drama – ou nos cartazes com a minha cara colados pelo corredor e os eventos nos quais os olhos da cidade inteira estariam sobre mim. Não tem como se esconder quando você se candidata à rainha da festa de formatura; não tem como passar despercebida quando você quer esse título. E eu nunca fui dessas que sai de um grupo para fazer carreira solo.

Tudo sobre a ideia é ridículo, mas eu não consigo parar de pensar nela. Quer dizer, não venho de uma família com um legado – uma em que todo mundo concorreu ou ganhou o posto de rei e rainha –, mesmo que ainda tenhamos o vestido de baile da mamãe pendurado no armário dos meus avós. Em Campbell, dá azar se livrar do vestido.

O corredor perto da diretoria tem fotos de todos os reis e rainhas desde que começaram essa tradição. Penso por um segundo em como seria ter meu retrato ao lado do de Eden Chandler, a irmã mais velha de Emme, a coroa repousando sobre meus cachos apertados e escuros; meu cabelo todo rebeldia enquanto o dela é bons costumes. Afasto a ideia tão rápido quanto ela vem.

— Ro, seja realista. — Balanço a cabeça e escorrego para o chão. — Eu não sou a rainha da festa de formatura de ninguém.

— Pennington é importante pra você, não é? — Ele se senta ao meu lado e encosta o ombro no meu.

Concordo com a cabeça, mesmo que ele saiba a resposta para essa pergunta. Pennington sempre foi minha estrela-guia, o lugar onde todas as peças que faltam em mim finalmente iam se encaixar. Onde eu poderia tocar a música que manteve meus pés no chão todos esses anos, com pessoas que levam isso tão a sério quanto eu. É a única faculdade em Indiana em que posso começar um bacharelado especializado que enriquece o meu diploma e me leva direto para a formação como médica. O caminho mais rápido para o resto da minha carreira, o resto da minha vida.

— E fica a três horas daqui. — Ele coça a sobrancelha, como quem está chegando à conclusão mais lógica. — Longe o suficiente pra você sentir que saiu de casa, mas não tão longe que não dê pra você voltar pra casa caso algo dê errado com a minha anemia ou algo do tipo. — O sorriso dele é um pouco triste quando ele continua: — Certo?

Não vou mentir para ele, porque eu e Robbie não mentimos um para o outro. Confirmo balançando a cabeça.

Eu sei que posso ir para a Universidade de Indiana, minha segunda opção, e tudo pode ficar bem. Eu posso ficar bem. Mas eu estaria me afastando mais e mais da visão que sempre tive, a visão que minha mãe sempre teve, para o meu futuro. E isso me parece uma traição que nem posso começar a cogitar.

— Olha, a sorte nunca esteve do nosso lado, mas isso nunca nos impediu — Robbie continua.

Ele nem precisa mencionar quantas vezes não tivemos sorte. Não tem um dia que passe sem que eu pense o quanto sou azarada. Robbie pega a caneta que está sempre atrás de sua orelha e abre a Declaração de Interesse de novo. E lá, na primeira linha de assinaturas, escrito com a letra toda em maiúscula dele, está o nome do meu apoiador oficial.

— Você tem três dias pra conseguir trinta assinaturas e se declarar uma candidata. Você tem o meu voto, maninha. Não desista do jogo.

QUATRO

A primavera em Indiana é algo imprevisível. É tão provável se ver no meio de uma tempestade de neve quanto ter que usar blusas e shorts curtos porque está muito quente para usar qualquer outra coisa. E, algumas vezes, em dias como o de hoje, você começa com o céu sem nuvens, mas, quando desce da bicicleta do lado de fora de seu trabalho de meio período, está encharcada até a alma graças a uma tempestade surpresa.

A Declaração de Interesse assinada por Robbie está na minha mochila, sem dúvida completamente molhada agora, mas juro que ela parece queimar de um jeito que o calor atravessa meu casaco de moletom. Eu não saí de casa sem o papel desde que Rob e eu falamos disso, há dois dias, mas não consigo me forçar a tomar uma atitude. É como se eu estivesse arriscando um futuro em potencial na minha faculdade dos sonhos contra o perigo muito presente e muito real de fazer papel de trouxa na frente não só dos colegas de escola, mas da cidade inteira.

— Nossa, Liz. Eu podia ter ido te buscar, sabia? — Britt diz depois que eu prendo minha bicicleta no bicicletário sob o toldo em frente à Melody Music, a loja de música na qual trabalho, e entro. — Você é tão masoquista... e isso vindo de *mim*.

Ela aponta para seu rosto coberto de piercings, e eu solto um riso curto e tenso.

Britt acha que eu ando de bicicleta para todo o lado porque eu gosto de me exercitar, e eu nunca me dei ao trabalho de corrigi-la. Ela está parcialmente certa, mas na maior parte do tempo eu ando de bicicleta porque não quero ninguém indo até minha casa me buscar. Não quero que ninguém além de Gabi veja onde eu moro. É apenas mais fácil desse jeito.

— Lizzie! Finalmente você chegou! — Gabi se vira do balcão onde estava tirando as medidas de Stone quando entrei e Kurt, meu chefe, movimenta os lábios sem emitir som dizendo um nítido "ME SALVA". A G pode até ser sobrinha dele, mas ele nunca descobriu como lidar com a, hum, exuberância dela. — Por favor, diz pra ele o quanto é importante que eu faça um vestido para a Stone ir à festa de formatura em uma cor que combine com o subtom amarelado dela.

Kurt contorna o balcão, massageando as têmporas. Ele não tem coragem de nos dizer que não podemos usar a loja como nosso principal ponto de encontro, já que a Gabi é sua parente e eu trabalho aqui quase todas as tardes e todos os fins de semana desde o primeiro ano do ensino médio.

— Você está certa. Como eu pude não perceber a importância do... Do que você estava falando mesmo? — Ele dá um sorrisinho e pisca para mim e para Britt.

Kurt se aproxima e abaixa o tom de voz enquanto assumo seu lugar atrás da caixa registradora.

— Vou sentir sua falta quando você se formar, menina, mas você precisa levar minha sobrinha pra bem, *bem* longe daqui. — Ele cantarola alguma música da Ariana Grande sobre partir enquanto se dirige para o escritório dos fundos.

Eu cruzo e descruzo os braços. Fico nervosa, mesmo que provavelmente não devesse ficar. Eu amo minhas amigas. Eu confio nas minhas amigas. Preciso da ajuda delas se quero ir para Pennington.

— É, então... Eu, hum... — Olho para o rosto delas e me lembro do porquê de elas serem as pessoas certas para mim. As três parecem prontas para agir, e elas ainda nem sabem o que vou pedir. — Não consegui a bolsa de estudos pra Pennington.

A reação delas é imediata.

Britt estala os dedos.

— Isso é ridículo! Ninguém merece essa bolsa mais do que...

Gabi balança a cabeça.

— Eu vou dar um jeito nisso. Vou fazer o advogado dos meus pais ligar...

Stone pega o pingente de cristal pendurado em seu colar.

— Eu tenho palo santo na minha bolsa. A gente pode purificar o seu clarinete e...

Faço um gesto com as mãos para elas se acalmarem e rio baixo. Essas esquisitas são as melhores pessoas.

— Pessoal, está tudo bem. Tudo certo. Bom, não certo, é bem horrível, na verdade, mas vai ficar tudo bem. Eu tenho um plano.

Como uma lâmpada se acendendo, o rosto de Gabi passa de raiva para compreensão.

— Vamos fazer você ser rainha da festa de formatura —
ela diz, simplesmente lendo meus pensamentos.

— Vamos o quê? — Britt estreita os olhos.

— Exatamente como eu me sinto — murmuro. Depois
falo mais alto, para que Gabi possa me ouvir: — Robbie disse
a mesma coisa, e eu comecei a acreditar que estou num universo alternativo no qual sou uma opção viável para a corte
da formatura.

Em uma orquestra, as seções são organizadas para que os
instrumentos e os sons que ouvimos sejam similares aos que
vamos produzir – dessa forma, o que está em volta da gente é
a gente mesmo, até certo ponto. É mais fácil saber a parte do
seu clarinete quando não precisa lutar contra o violoncelo de
um lado e a tuba de outro.

Os grupos de amigos no ensino médio são formados
meio que dessa forma. Minhas amigas são esquisitas de
carteirinha, borrões de tinta numa página que costumava
ser branca e intacta, e é por isso que nos damos tão bem.
Porque, enquanto elas forem meu grupo, enquanto elas
estiverem ao meu lado, eu posso até esquecer de vez em
quando que não me encaixo em nenhum outro lugar nesta cidade.

Stone completa:

— Meu horóscopo previu que algo sinistro poderia acontecer hoje, mas eu não esperava por algo assim.

— Não é sinistro. Argh, vocês são tão dramáticas! Lizzie, eu nasci pra ser uma fada madrinha, é o meu destino.

— Gabi joga sua bolsa Chloé amarela fluorescente próxima à caixa registradora e tira o celular de lá de dentro.
Seus dedos deslizam pela tela tão rápido que eu quase não
percebo ela falando: — Algumas pequenas mudanças e

você vai ficar novinha em folha. Uma rainha de festa de formatura autêntica.

Ela coloca a língua no canto da boca, como sempre acontece quando está pensando. Me preparo para o que aquela expressão vai significar para a minha vida, mesmo ela ainda não tendo dito o que tem em mente. A Gabi é meio mágica deste jeito – ela não precisa realmente dizer o que quer de você para que você saiba.

— Com a Stone administrando as menções no Campbell Confidential e o sistema de pontuação, e os meus poderes estratégicos – ou, devo dizer, *dedução sagaz* – sempre vamos saber onde você está na pesquisa dos votos — ela diz. — Nada que um algoritmo rápido não possa fazer, certo, Stony?

Stone olha para o teto, e penso por um momento que ela pode estar dormindo com os olhos abertos, até que ela responde:

— Consultei a minha carta celeste e sim, Liz, eu posso fazer isso pra você.

Balanço a cabeça. Não sei como esse trem desgovernado começou a andar tão rápido, mas preciso pará-lo antes que eu seja jogada completamente para fora dos trilhos.

— Valeu, Stone, sério, mas...

— Perfeito! Está decidido então. Stone, vem comigo. Eu vou te explicar, nós temos muita coisa pra fazer. — Ela não tira os olhos do celular e Stone já pega o próprio aparelho para começar a trabalhar — E, Liz: vamos precisar mudar seu visual em breve. A estética grunge não faz o estilo rainha de festa de formatura — ela finaliza me olhando de cima a baixo.

Olho para minhas roupas e franzo a testa. A Melody não tem uniformes – tudo o que fazemos é vender partituras de

músicas para homens de meia-idade que querem aprender a tocar canções dos Beatles no violão, e para isso não
precisamos de um vestido de gala –, então uso uma versão
do que sempre visto: uma camiseta branca com gola em
v, calça jeans skinny preta com rasgos no joelho, e um All
Star preto cano médio. Às vezes eu dou uma revolucionada
e decido por uma camiseta de brechó com logo dos anos
1990 ou 1980, mas na maior parte do tempo, é isso. Simples e direta.

Mas Gabi é desse jeito desde que nós descobrimos a pilha de revistas *Vogue* da mãe dela no porão quando tínhamos
oito anos – ela tem um pé para fora de Indiana desde então.
Moda é tudo para ela. Por já ser uma estilista tão talentosa
ela foi aceita mais cedo no Instituto de Moda e Tecnologia,
em Nova York, para as turmas do outono. Quando a G decide
o que ela quer, nada a impede de conseguir.

Olho para Britt e levanto as sobrancelhas como que fazendo uma pergunta. Ela levanta as duas mãos, rendendo-se.

— Não olha pra mim! Eu perdi o comunicado de quando
decidimos virar as doidas de festas de debutantes.

Britt está certa. Nós tínhamos um plano, praticamente
desde o dia em que nos conhecemos, de que iríamos todas
juntas para a festa, como um grupo. Só nós quatro, juntas,
usando vestidos originais de Gabi Marino. Era simples e perfeito. Isso não era parte do plano. A corte da formatura não
é nada simples.

— Britt, por que você precisa ser tão negativa? Vai ser
maravilhoso! — Gabi me direciona o seu sorriso mais acolhe-
dor. — Você precisa focar agora no fato de estar oficialmente
concorrendo a rainha da festa de formatura do colégio de
Campbell County, e essas são as estratégias que vão te ajudar

a ganhar. Nós vamos ter que trabalhar muito se quisermos ter alguma chance de te levar daqui... — Ela faz um gesto quase aproximando a mão do chão e depois a sobe até a altura de seu rosto — ... pra cá.

Britt faz uma careta.

— Você vai ficar ainda mais superficial, Marino? Eu só quero estar preparada caso você pretenda soltar mais dessas pelas próximas cinco semanas.

Gabi a ignora e sorri para mim. Seu sorriso é brilhante e passa segurança, o mesmo que ela sempre usa quando se sente confiante e precisa que eu me sinta também.

— Não se preocupe com nada, Lizzie — ela diz, esticando a mão e movimentando os dedos ansiosamente. — Se você puder me dar a sua Declaração de Interesse, agradeço. Eu vou dar um jeito nessas assinaturas.

Pego a declaração dentro da mochila e entrego para ela com hesitação. Isso está mesmo acontecendo.

— Você fez a escolha certa, Lizzie. — Gabi guarda o papel na bolsa e coloca as mãos nos meus ombros, e mesmo ela sendo tão mais baixa do que eu, isso faz com que eu me sinta como se tivéssemos a mesma altura. — Me liga de noite, pode ser? Se você for para a reunião de orientação amanhã sem que eu te prepare para o que esperar, vai ser como se cobrir em temperos e entrar direto na boca de um leão.

Ela balança a cabeça tristemente ao deslizar os óculos pretos de sol, estilo gatinho, do topo da cabeça e os ajustar no rosto. Gabi pega a bolsa do balcão e a coloca no ombro. Como sempre, seus movimentos são elegantes, graciosos e completamente confiantes.

— Meu Deus, imagina a carnificina.

E assim, como se fosse a coisa mais simples do mundo, sou a nova candidata à rainha da festa de formatura do colégio de Campbell County.

PRIMEIRA SEMANA

Vale tudo no amor e na formatura.

CINCO

É domingo à tarde e estou atrasada para a reunião de orientação para a campanha da festa de formatura, andando apressada pelos corredores vazios do colégio. Confiro mentalmente as instruções que Gabi me passou de como lidar com essa reunião e penso nos candidatos que ela previu que estarão presentes, pessoas com quem preciso considerar fazer uma aliança logo no começo dessa jornada; penso em como olhar Jordan nos olhos depois de tantos anos evitando estar no mesmo lugar que ele, e...

Meu celular vibra no bolso, e a mensagem não poderia ter chegado em momento melhor. A telepatia de melhor amiga da G já está funcionando de novo.

> **Gabi Marino:** Não esquece de mostrar os dentes quando sorrir, mas não demonstre medo.

> **Gabi Marino:** LEMBRE-SE: Dentes, sim. Medo, não. Você consegue, fada!

Entro no auditório e encontro um lugar no fundo. De onde estou, atrás de todo mundo, parece ter mais ou menos umas cinquenta pessoas presentes, divididas quase que em metade garotos e metade garotas. Todas as pessoas que eu esperava ver estão aqui.

Temos Lucy Ivanov e Claire Adams, duas integrantes da Turma do Pompom (que é extremamente diferente e definitivamente superior às líderes de torcida, não se esqueça disso), que estão sentadas bem na frente, com laços vermelho e branco vibrantes em torno de seus rabos de cavalo para combinar com os uniformes impecavelmente bem-passados.

Posso ver a nossa modelo de catálogo local e raio de sol constantemente animada, Quinn Bukowski, e seu cabelo loiro brilhante sentados perto de Jaxon Price, um dos garotos do futebol americano; ela dá risadinhas enquanto ele cochicha algo no ouvido dela. Eu nem me dou ao trabalho de identificar todo mundo, porque está bem óbvio: toda a elite de Campbell – incluindo Jordan Jennings – se espalha pelos primeiros assentos. E lá está Rachel Collins, nossa representante de turma e líder destemida das RobôsPompom, ao lado de seu namorado e capitão do time de basquete do colégio, Derek Lawson, também perto de seu grupo.

Graças à reunião preparatória com G e à noite inteira que passei estudando com Ro, sei exatamente em quem preciso prestar mais atenção durante a disputa.

Foco na Rachel. A mãe dela é uma das únicas duas pessoas na história de Campbell County que se tornou rainha tanto no penúltimo quanto no último ano escolar. Essa coisa de festa de formatura está no sangue dela.

Esse pensamento faz com que eu me sinta em um avião prestes a decolar, cheia de ansiedade e com um pouco de tontura.

Mas tem várias pessoas imprevisíveis também. Alguns garotos que sei que estão concorrendo por piada ou por causa de uma aposta (se o jeito que eles não pararam de rir ou conversar desde que chegaram é indicativo do quanto estão interessados em fazerem parte da corte), e garotas como eu, que à primeira vista não transmitem exatamente toda a energia de corte da formatura, por um ou outro motivo.

As luzes se apagam, e, *juro*, a música tema das Olimpíadas começa a tocar.

Quase pulo de susto quando a primeira trombeta toca num estrondo, mas logo o holofote fixa em Madame Simoné usando um longo quimono preto que se arrasta no chão enquanto ela aponta para a tela atrás dela.

— Senhoras e senhores, vocês entraram pra uma antiga tradição de Campbell que logo irá mudar o curso de suas vidas pra todo o sempre! — A sala explode em aplausos. Ela fala com um sotaque francês incrivelmente convincente, como se não fosse nascida e criada em Campbell County e como se nós não tivéssemos visto a foto dela na galeria do colégio com a legenda *Roberta Simon, 1987*.

Madame Simoné discorre sobre todos os poderosos homens e mulheres que participaram dessa disputa e depois fizeram coisas incríveis, quando as portas do fundo se abrem abruptamente, e ela se cala.

— Desculpa, estou atrasada! — o borrão de uma garota sussurra alto ao passar pela entrada. Ela tem um skate sob o braço e uma bolsa transversal que fica caindo de seu ombro enquanto ela sobe para o meio do corredor. — Esse colégio é surpreendentemente parecido com um labirinto. Não falam isso no site.

Todos encaram a intrusa, mas a garota não parece notar. Ela só continua andando até chegar aonde estou, a última fileira com pessoas sentadas, e passa por cima de duas pessoas que estão perto do corredor para conseguir chegar aos assentos vazios. Ela fala para todos e para nenhuma pessoa em particular, sem fixar o olhar em ninguém por muito tempo:

— Eu não me toquei que o auditório e o teatro são duas coisas diferentes, sabe? A maioria das escolas tem um lugar só para as duas coisas. Mas esse lugar é *enorme*! Eu estava mesmo dizendo para o meu pai que...

Madame Simoné tosse dramaticamente, e a garota, enfim, para de falar. Rachel e sua turma nem tentam esconder as risadas que soltam enquanto voltam a olhar para a frente.

— Agora que todo mundo finalmente decidiu aparecer, posso continuar? — Ela lança um olhar severo para a garota atrasada, que já se afundou no assento ao meu lado, e continua o discurso.

— Ela me dá aula de francês no segundo período — a garota atrasada sussurra em meu ouvido, e posso sentir sua respiração no meu pescoço. — Gosto da energia dela. Parece que ela não gosta muito de gracinhas.

Não quero tirar os olhos do palco e perder um minuto sequer do que Madame Simoné está dizendo, mas não consigo evitar. Essa garota é corajosa o suficiente para chegar atrasada e conversar durante a reunião? Preciso saber com quem estou lidando. Tenho certeza de que Gabi ficaria orgulhosa de mim por estar tão atenta à competição.

Me viro para encará-la, e, sério, os olhos dela são do tipo de verde que achei que existia apenas em livros e em fotos de modelos depois de bastante Photoshop. Um pouco verde escuro com manchas castanhas e tudo mais, como se alguém tivesse pintado os olhos à mão. Eles me deixam perplexa por um segundo.

— Espera, o quê?

— Ela é legal, né? Estou sentindo uma vibe legal vindo dela. — Ela rói a unha do dedão. — Eu não sou tão boa em francês, mas sinto que ela pega pesado.

Eu só balanço a cabeça, porque não tenho certeza do que dizer. Assim, faço francês avançado com a Madame Simoné há três anos, mas não sei se isso é relevante para essa garota. Ela parece gostar de falar só por falar, e eu não curto esse negócio de barulho apenas pelo barulho.

— Vocês todos sabem como isso funciona, *les élèves*. Mas se querem ter a chance de serem da corte da festa, vão ouvir atentamente a *nuance*.

Algumas das regras que Madame Simoné enumera em seguida fazem sentido, são até óbvias, mas algumas são completamente antiquadas. Ela fala sobre tudo, desde como deve ser a campanha até a noite da festa: nada de bebida, cigarros, o de sempre. Mas o mais difícil de ouvir são as coisas que ela diz com mais autoridade: por exemplo, garotas devem se candidatar a rainha, e garotos devem se candidatar a rei – definitivamente não levando em conta as pessoas que não se identificam com nenhum dos dois. E o que tenho mais dificuldade de engolir: casais do mesmo gênero não podem ir juntos à festa. Eles podem dançar juntos quando chegarem lá, talvez, se nenhum supervisor se der ao trabalho de interromper, mas não podem ir oficialmente como acompanhantes. Só para o caso de não terem deixado claro o suficiente o quanto são preconceituosos: se a sua identidade de gênero não condiz com aquela à qual você foi designado ao nascer, você não pode ir vestido do jeito que preferir. Garotas vão de vestido; garotos, de smoking. E não tem conversa.

Na minha opinião, essa coisa toda é uma Besteira Real.

— A corte da formatura é decidida por um sistema de pontos determinado pela combinação da presença das candidatas e dos candidatos tanto em eventos obrigatórios quanto em serviços comunitários, assim como sua colocação na turma. — Madame

Simoné continua. A sala se enche de um coro de reclamações, mas fico um pouco animada por dentro. Enfim algum retorno por ser a pessoa mais nerd que essa escola já viu! — A questão aqui vai além de onde vocês se sentam no refeitório, *les élèves*. A questão é a habilidade geral de vocês pra representar o melhor que o colégio de Campbell County tem a oferecer! Cada evento vale vinte pontos, e os oito candidatos com as melhores pontuações – quatro garotos e quatro garotas – serão selecionados pra fazer parte da prestigiosa corte deste ano. E, no caso de empate, o conselho vai ponderar quem será chamado pra representar o que o colégio tem de melhor e mais brilhante pra oferecer!

São cinco semanas de campanha para fazer parte da corte da formatura, e quem for selecionado tem mais uma semana de eleição para rei e rainha, especificamente. Cinco semanas para deixar de ser "Liz Lighty: sem vergonha de ser tímida" e virar "Liz Lighty: um pouco envergonhada de ser candidata à rainha da festa de formatura".

Todos começam a bater palmas, e tento olhar para Jordan e seus amigos mais uma vez. Desta vez, nossos olhares se encontram. Fico muito constrangida por ter sido pega olhando para ele como uma esquisitona. Viro a cabeça tão rápido que juro que a garota ao meu lado ri baixinho. Se minha pele não fosse escura, tenho certeza de que estaria corada. Mas como eu amo me torturar, olho na direção dele mais uma vez.

— Com licença, Madame Simoné. — A mão de Rachel Collins se levanta, suas unhas perfeitamente pintadas de rosa pastel balançando no ar. — Eu tenho uma dúvida sobre o processo de pontuação.

Madame Simoné, obviamente irritada por ser interrompida antes de abrir para perguntas, manda ela continuar "ainda hoje, se puder". Ou pelo menos é isso que eu ouço.

— O.k., bom, eu só quero garantir que não vai ter nenhuma gracinha por trás do processo de pontuação. Tipo, a gente não vai ter que lidar com... — Ela se vira e olha diretamente para mim — ações afirmativas, por exemplo.

O negócio é o seguinte: Rachel e eu nunca gostamos uma da outra. Nós nos enfrentamos em tudo desde o terceiro ano: concurso de soletração (eu ganhei), corrida ao ar livre (não sou atlética, mas minhas pernas são incrivelmente longas – passei dela por meio segundo) e agora oradora de turma (essa é minha, amada!). E essa vitória, a de ter a nota mais alta da turma, tem feito nossa rivalidade ser como Burr *versus* Hamilton. Eu estou quase convencida de que ela vai me chamar para um duelo na formatura.

Mas ela nunca disse algo assim para mim antes. Nada tão claramente racista. Eu passo por umas oito emoções diferentes antes de parar numa combinação de raiva e constrangimento.

A voz ao meu lado grita na mesma hora:

— Na verdade, Rebecca, antes de ficar se preocupando com *pontuações adulteradas*, você deveria saber que as maiores beneficiárias das ações afirmativas são as mulheres brancas.

O sorriso da garota é irritantemente fofo, e ela mantém o olhar em Rachel. Algumas pessoas riem e soltam uns "uhhh, ela te pegou!" depois da sua fala. Quando olho em volta, Rachel estreita os olhos e balbucia "meu nome é *Rachel*" alto o suficiente para podermos ouvi-la de onde estamos.

— O.k., o.k., se isso é tudo, acho que posso continuar. — Madame Simoné faz um gesto com a cabeça para a garota do meu lado e termina seu discurso: — Apesar da corte ser decidida pelo seu envolvimento cívico, o rei e a rainha são escolhidos por voto popular. Pela vontade absoluta do povo.

— Você não precisava ter feito isso, sabe... responder para a Rachel — sussurro para a garota sem tirar os meus olhos do palco. — Ela é assim desde que a gente estava no primário.

— Claro que eu precisava. — Posso senti-la olhando para mim, mas não consigo me forçar a manter contato visual. Meu coração bate mais forte do que achava possível e não tenho certeza do motivo de isso estar acontecendo. Estou acostumada a ouvir Rachel falando coisas duvidosas, mas não estou acostumada com pessoas fora do meu grupo de amigas me defendendo. Especialmente garotas bonitas que mal conheço. — Eu sigo regras.

Então eu olho para ela, não posso evitar.

— Que tipo de regras?

— Bom, pra começar — ela diz, sorrindo para mim com o brilho de algo semelhante a perigo em seus olhos —, eu nunca deixo pessoas horríveis se safarem por fazerem coisas horríveis. E também, se algo está errado, eu me posiciono. Sempre.

— Essas duas coisas não são basicamente as mesmas?

— Eu sorrio também, porque tem algo no jeito em que ela é confiante, em como ela está tão certa desses ideais, que me deixa contente.

— Talvez. Mas pessoas horríveis não são sempre as únicas que fazem coisas erradas. Pessoas boas também erram, o que não quer dizer que a gente deve deixar pra lá.

Engulo com força e concordo com a cabeça.

— Agora, tragam pra mim as Declarações de Interesse e Pedido de Solicitação e peguem comigo os *calendrier officiel*, tanto dos eventos obrigatórios quanto dos opcionais que vão acontecer já nessa semana. — Madame Simoné ajeita os óculos de aro metálico no rosto e coloca as mãos nos quadris.

— E estejam avisados: não pensem, nem *pour um moment*, que o próximo mês vai ser moleza. Eu espero que todos vocês levem isso a sério.

Enquanto todo mundo recolhe suas coisas, me levanto rapidamente. Eu olho para a garota nova, que abre um sorriso enorme para mim.

— Isso vai ser muito divertido — ela diz, segurando o skate sob o braço. — Te vejo por aí?

Eu simplesmente balanço a cabeça concordando, mesmo que parte de mim queira continuar conversando. Enquanto ela acena e vai em direção ao palco, percebo que estou mais do que pronta para sair do auditório, ir para casa e voltar para a minha música. Mal posso esperar para fechar a porta do meu quarto, colocar meus fones de ouvido e aumentar o volume do novo álbum do Kittredge para evitar pensar em como vou ser capaz de fazer essas coisas, com essas pessoas, pelo próximo mês.

SEIS

Sou praticamente um zumbi no colégio na segunda de manhã. A reunião sobre a formatura foi longa, bem mais longa do que imaginei que seria. Mesmo depois de a Madame Simoné terminar suas orientações e de entregarmos nossos formulários, ficamos lá por mais meia hora, pelo menos, assinando os formulários de autorização de uso das fotos para os releases que eles vão fazer.

Com toda a papelada, as assinaturas e as conversas sobre ensaios fotográficos e aparições públicas, me senti como a assistente pessoal da Beyoncé (porque tenho certeza de que Queen Bey não precisa mais gastar seu sagrado e precioso tempo com esse tipo de coisa).

Fui para casa terminar meu dever de casa e praticar meu solo para o concerto de primavera, mas, em vez disso, acabei ajudando a vovó a terminar o jantar e falando por duas horas com a Gabi pelo telefone, respondendo sobre quem estava na reunião e o que foi dito. Quando terminei o relatório do laboratório para a aula de química avançada e fiz o esboço do meu trabalho de literatura avançada, eu estava quase cansada demais para ensaiar minha música, mas me forcei a isso de qualquer maneira. Não dormi quase nada.

Então pode acreditar quando digo que estou de fato cansada demais para responder ao interrogatório desproporcional da Gabi:

— Eu já disse que não sei o nome dela. — Pego o estojo do clarinete do meu armário nos fundos da sala de música enquanto Gabi pega o dela. — Só sei que ela é nova e parece ser... diferente. Mas, tipo, de um jeito legal, sabe?

— Bom, eu não gosto nem um pouco disso. — Gabi estala a língua nos dentes ao sentar e ajusta a estante para partitura. — Você acha que ela é uma agente que a Rachel mandou pra te investigar? Acho que ela seria capaz disso. Você sabe que ela quer encontrar seu ponto fraco desde o dia em que você ganhou dela e virou a primeira da fila no terceiro ano.

Eu interrompo:

— Deixa eu entender: você acha que a garota nova é uma... espiã?

Gabi me encara com a sobrancelha cuidadosamente feita erguida ao máximo.

— Você está brincando, mas eu estou dizendo: toma cuidado. Não esquece: não existem aliados de verdade na guerra, apenas pessoas que são necessárias o suficiente em algum momento pra fazerem você adiar a inevitável destruição delas pelas suas próprias mãos.

— Não sei dizer se você anda lendo *A arte da guerra* ou *Jogos vorazes*.

— Os dois, óbvio.

O sinal toca, e algo dentro de mim se acalma. O mundo pode estar girando a mil quilômetros por hora e posso não saber para onde estou indo ou como chegar até lá, mas aqui, diante da minha música, eu fico firme. Centrada.

O sr. K para à nossa frente para passar alguns avisos antes de começarmos a tocar, quando...

— Desculpa, estou atrasada! — A garota da reunião (a espiã com olhos lindos) corre para dentro da sala, atrasada de novo. Ela não está com o skate dessa vez, mas está tão afobada quanto estava na reunião de ontem à noite.

Gabi me cutuca com o cotovelo e move os lábios para perguntar sem emitir som: "*É ela?*".

Eu assinto e tento manter uma expressão impassível enquanto o sr. K se alegra. Mesmo se já não a tivesse conhecido, seria difícil ela não se destacar como uma aluna nova.

Tudo sobre ela grita "não sou daqui!" com um toque de "mas nem pensa em mexer comigo". Seu cabelo vermelho é curto e assimétrico, revelando uma tatuagem de dente-de--leão atrás da sua orelha direita, suas roupas parecem saídas da capa da revista *Thrasher* – calça jeans de cintura alta com as barras dobradas, um tênis sujo branco e laranja vibrante da Vans, e uma jaqueta camuflada sobre o moletom com os dizeres O FUTURO É FEMININO, que claramente foi ela mesma que descoloriu e envelheceu.

Há um piercing em seu nariz com uma simples bolinha de esmeralda na narina direita e duas argolas de prata na outra. Por um segundo, acredito que ela pode fazer a Britt ter que lutar pela vaga de aluna que não-está-nem-aí-e-veste-o--que-quiser de Campbell.

— Turma, essa é a nossa nova baterista. — Ele se vira para ela. — Como você gosta de ser chamada?

Ela dá um rápido aceno e sorri.

— Meu nome é Amanda, hum, McCarthy, mas todo mundo me chama de Mack.

— Essa é a nossa nova baterista, Mack. Ela vai substituir o Kevin pelo resto do semestre, devido à... lamentável lesão relacionada à festa de formatura. — Ele balança a cabeça.

Há três semanas, nós perdemos nosso baterista, Kevin Kilborn, em decorrência de um convite para a formatura que deu errado. Ele tentou dar um salto mortal do telhado da garagem, segurando um cartaz que dizia: LAURIE FERRIS, MEU CORAÇÃO SALTA POR VOCÊ. QUER IR À FESTA DE FORMATURA COMIGO?, e, bom, ele meio que não caiu de pé. Além da Laurie ter recusado (alegando "dificuldades para se comprometer" no perfil dela do Campbell Confidential naquela noite, de acordo com Gabi), ele também quebrou o pulso esquerdo e os dois dedos indicadores durante o pedido. Fizeram uma *live* de tudo no CC, e Kevin não voltou para a escola desde então.

O sr. K aponta para mim.

— A Liz pode te passar as músicas depois do ensaio em algum momento desta semana, mas, por enquanto, você pode ir para a bateria lá no fundo e talvez tentar só sentir a música?

Ela olha para mim e faz um aceno breve enquanto vai para o lugar dela, e minha boca fica toda estranha e seca. Toda a emoção de estar em paz e completa com música vai embora correndo quando ela passa por mim. Eu não acredito em contos de fadas e amor à primeira vista ou coisa assim, mas, por um segundo, acho que essa garota e esses olhos e o jeito que o rosto dela é todo salpicado por sardas são adoráveis o suficiente para me fazerem começar a acreditar.

Quando Gabi me cutuca com o cotovelo pela segunda vez, volto à realidade. Ela move os lábios, dizendo sem emitir som: *Com certeza uma agente secreta.*

E, sim, minha melhor amiga pode ser um pouco fora da realidade, mas quem precisa cair na real aqui sou eu. E rápido.

Afinal, os Lighty não vivem contos de fadas.

SETE

Meu celular vibra com outra mensagem da vovó. Sei que eu deveria estar indo para casa jantar, mas Gabi fala sem parar, e eu estou anotando como se tudo o que ela diz fosse cair numa prova. Não quero deixar nada passar.

Estamos no porão enorme da casa dela – que eu sinto que vai virar o nosso quartel general durante a campanha – fingindo não ouvir os pais da Gabi discutindo no andar de cima e prestando atenção no que ela está contando sobre seu plano impressionante de como vai fazer comigo o mesmo que acontece em *Uma linda mulher*.

— Então, eu pedi para o *personal shopper* da minha mãe mandar umas opções para a sua casa hoje. — Ela levanta as mãos diante de si. — Sem pressão! Só achei que poderia ser uma boa solução para o problema com as roupas.

Gabi e eu sempre vimos as coisas de um modo diferente. Para ela, sempre há um jeito, se ela quiser o suficiente. Embora seja um pequeno frasco, ela é uma grande fragrância. Ou seja lá o que dizem sobre garotas baixinhas com personalidades fortes. Então, se ela acha que mudar as minhas roupas é o jeito mais rápido de me fazer ganhar o título de rainha da festa de formatura, nenhum argumento vai fazê-la mudar de ideia.

É irritante, mas aprendi a lidar com isso. Eu e G não somos só amigas, somos família.

Penso em dizer que de jeito nenhum vou aceitar uma encomenda cortesia do American Express dos pais dela, como se fosse caridade, mas então me lembro como ela ficou ao meu lado todos os dias, sem reclamar, quando minha mãe morreu. Me levando os deveres de casa das semanas em que faltei, dormindo no chão do meu quarto todas as noites nas semanas depois do enterro para me fazer companhia. Segurando minha mão quando eu não parava de ter pesadelos em que meus avós e Robbie estavam enfileirados em camas de hospitais idênticas, o zunido baixo e constante do aparelho multiplicado por três. Então, mantenho minha boca fechada e engulo os protestos, porque mesmo eu não querendo aceitar, ela quer me dar as roupas, e eu sei que o coração dela sempre está no lugar certo.

Mesmo que a forma como ela faz isso seja... péssima.

— Você é a única que se *importa com as roupas*. — Britt bufa de onde está sentada. Ela cruza os braços sobre o moletom do time feminino de rugby da escola. — Apesar da altura impressionante e das maçãs do rosto ridiculamente perfeitas – elas são mesmo muito bem desenhadas, Lizzo, é quase detestável –, a Liz não é uma Barbie pra você ficar vestindo.

— Bom, eu só estou tentando ajudar. Alguém tem que tomar a iniciativa aqui e...

— Hum, eu estou bem aqui, meninas. Eu? Liz? A amiga de vocês, da qual vocês estão falando?

— Você está certa. A gente devia deixar essa discussão pra depois. — Gabi meio que aceita.

Ela fica quieta por um instante quando os gritos abafados dos pais dela ficam um pouco mais altos no andar de cima, mas logo ajeita a postura como se não estivéssemos ouvindo nada. Gabi usa o laser para apontar uma parte na apresentação de slides que projetou na parede. Na mesma hora desejo não ter pedido para o meu colega de trabalho cobrir o meu turno dessa noite para me sujeitar a isso. Ela olha para a tela e contrai os lábios:

— Nós precisamos conseguir apoiadores pra você entre os alunos, porque são eles que decidem quem ganha no final.

— O.k., mas eu não devo estar muito pra trás, né? Quer dizer, eu vou fazer toda essa coisa de ser voluntária, e com certeza minhas notas são as melhores — digo. — A Madame Simoné fez tudo parecer bem justo ontem.

— Ai meu Jesus Cristinho. — Britt coloca as pernas sobre a cadeira de couro e come um pouco do Doritos sabor queijo nacho coberto por *hummus* picante. — Não vai me dizer que isso é tipo uma droga de colégio eleitoral.

— Ótima pergunta, amigas. — Gabi sorri. Ela estudou esse processo a vida toda. — Suas notas te dão uma vantagem enorme, Lizzie, mas isso vale a menor porcentagem da pontuação inteira. Ainda que os vários eventos e sua colocação na turma te coloquem na corte, são só os votos que determinam se você ganha ou não. Então, por mais importantes que as próximas semanas sejam pra verem quão bem você se faz presente nos eventos e se oferece pra levar um furão analfabeto de uma ONG protetora dos animais pra passear, ou algo assim, o que realmente importa é que você conquiste as pessoas.

Gabi manda o aparelho Alexa acender as luzes para que a única luz não seja mais apenas a luminosidade do Power-Point. Sempre me sinto naquele filme antigo da Disney, *A casa inteligente*, quando estou na casa dos Marino.

— Stone, se você puder. — Gabi gesticula, convidando Stone para se juntar a ela à nossa frente.

— Embora eu normalmente considere melhor deixar o universo ditar a vontade dele pra nós, devido à urgência da situação que temos em mãos, eu acredito ser do interesse coletivo...

— Stone, algumas de nós precisam voltar pra casa em algum momento ainda neste século — Britt interrompe com o máximo de gentileza que consegue.

— Eu desenvolvi um algoritmo pra avaliar em qual posição do ranking a Liz está durante qualquer momento da competição. — Ela entrega o celular para mim. — Eu não sou particularmente uma perita em códigos, mas esse aplicativo deve bastar para o nosso propósito.

— Uau. Sério? — Britt se inclina e encara a tela, pasma. Eu sempre achei que a Stone e distraída assim por estar ligada direto com a placa-mãe. Isso confirma.

— Stone, G, isso é incrível! Como vocês fizeram isso tão rápido?

Gabi esfregas as unhas bem-feitas no seu suéter preto chique.

— Eu falei pra deixar isso com a gente. Nós vamos te levar longe, minha corajosa e fantástica melhor amiga.

— Esteja avisada, é um sistema imperfeito. Estamos usando a quantidade de vezes que o nome de um candidato é clicado no Campbell Confidential pra representar uma projeção dos votos e determinar quanto tipo de tração você vai precisar pra conseguir o voto popular, se chegar à corte — Stone diz delicadamente, como diz qualquer coisa, como se estivesse falando sobre sua lua em Vênus, ou o Mercúrio retrógrado que está chegando. — Mas nossa preocupação inicial é calcular os outros elementos, como notas e serviços comunitários, pra entender o quão competitiva você vai ter que ser pra chegar aos quatro primeiros colocados.

— Tem vinte e cinco garotas na competição até agora, e a Liz, segundo nossos cálculos... — Gabi começa.

Britt olha para o aplicativo e para mim com a expressão distorcida, como se sentisse um cheiro ruim.

— Você está lá no final, amiga.

— Uau, você devia pensar em ser jornalista investigativa no futuro — digo, revirando os olhos.

— Bom, sim, tecnicamente ela está em último lugar no momento, mas é pra isso que serve uma *estratégia*, Brittany Luca — Gabi diz revirando os olhos, e Britt joga uma batatinha nela por usar o seu nome completo. — O que eu estou dizendo é que é *exatamente* por isso que precisamos lidar com tudo isso com precisão.

— Eu acho que a gente pode pular tudo isso e dizer para a Rachel exatamente onde ela pode enfiar a coroa...

Gabi pressiona a ponta do nariz, claramente frustrada com a incapacidade do grupo de desajustadas que ela tem diante de si para executar o seu complexo plano de trinta e duas etapas, que até agora inclui dezenove tópicos especificamente focados em sabotar Rachel Collins. Ela suspira.

— Bótons, Britt. Estou dizendo que nós precisamos de bótons com o rosto da Lizzie. Toda campanha bem-sucedida tem bótons. Seus pais ainda estão dispostos a se voluntariar, certo?

Os pais da Britt são donos da maior gráfica no centro de Indiana, e a G de alguma forma os convenceu a doarem uma quantidade obscena de material para a campanha. Eles são sinceramente o meu tipo favorito de apoiadores: os que investem dinheiro naquilo que acreditam.

— Com certeza. Estou esperando pra cancelar a Rachel Collins desde que ela me chamou de boneca Troll drogada quando estávamos no nono ano. É só você pedir, Liz, e eu faço uma das alunas do primeiro ano que estão no time de rugby cuidarem dela. — Britt passa o dedo pela garganta de um jeito assustador, e eu cuspo a minha água.

— O que foi? Não vou mandar matar ela ou algo do tipo! Elas vão só colocar açúcar no tanque do carro dela, cortar os cabos dos freios, qualquer coisa assim. — Ela dá de ombros. — Nada dramático.

Eu sei que Britt está (em grande parte) brincando e sei que elas estão pensando nos meus interesses, mas essa conversa inteira deixa o meu peito apertado e meu estômago revirado. Todas essas etapas e estratégias para fazer as pessoas gostarem de mim fazem eu me sentir como se estivesse dando um passo maior que as pernas.

Me levanto de repente, limpo os farelos de Doritos do meu jeans e tento sorrir para minhas amigas. Minhas mãos estão tremendo, uma indicação de que estou prestes a ter um ataque de pânico, então as coloco dentro do bolso. Gabi parece confusa com minha iniciativa rápida para ir embora, mas Britt apenas pressiona os lábios e balança a cabeça.

— Acho que está bom por hoje, vocês não acham, meninas? — Britt pergunta. — Inferno, a gente nem está tramando sobre a *minha* vida, e eu estou exausta. Sugiro que a gente se reúna de novo depois do primeiro evento voluntário da Liz.

Gabi aponta para a tela com um beicinho.

— Mas e...

— É, eu acho que nossas amigas queridas estão certas. — Stone coloca a mão com delicadeza no braço de Gabi. — Talvez a gente deva repensar depois de um pequeno intervalo.

Gabi murcha visivelmente, e eu quase me sinto mal por cortar o combustível dela, mas preciso ir embora. Pego minha mochila do chão e a coloco nos ombros. Chego à porta antes mesmo de lembrar de dizer tchau.

Quando chego em casa, estou acabada.

Estou pronta para me arrastar até minha cama e passar as próximas quarenta e oito horas dormindo sem parar. O que, tudo bem, depois do dever de casa e de praticar as posições dos dedos para o novo arranjo de uma das músicas que aprendemos na aula mais cedo, não vai me sobrar nem oito horas de sono, imagina quarenta e oito, mas uma garota pode sonhar, certo?

No entanto, quando já estou na calçada de casa, vejo que a vovó está olhando pela janela da frente com as mãos apoiadas nos quadris, esperando por mim, e eu sei que ir direto para o meu quarto em vez de dar uma passada na cozinha para avisar que cheguei não é uma opção.

— Onde você esteve, Elizabeth? — ela pergunta quando abro a porta. Eu mal tenho a chance de lhe dar um beijo no rosto antes que ela continue: — Você perdeu o jantar, e sabe que não é assim que as coisas funcionam por aqui.

Eu nunca diria para a vovó dar uma segurada na atitude – dou muito valor à minha boca e por isso a mantenho fechada –, mas gostaria de poder.

— Vó, ela estava no ensaio, lembra? Vai até tarde esta semana — Robbie grita do sofá, ao lado do vovô, e eu não poderia ser mais grata pela ajuda. Não gosto que ele minta para a vovó assim como não gosto de mentir para ela, mas tudo sobre a festa de formatura precisa ser mantido em segredo até depois de eu ganhar a bolsa escolar. Porque se eles descobrirem que eu estou concorrendo, vão descobrir sobre a bolsa que quero ganhar e sobre a bolsa que eu *não* ganhei, e, se descobrirem isso, vão começar o processo de vender a casa.

Ouço a voz do Alex Trebek de onde estou. Eles estão assistindo *Jeopardy!*, e mesmo sabendo que Robbie vai acertar todas as perguntas do começo ao fim do programa, como acontece todas as noites, vovô grita cheio de confiança respostas erradas de qualquer jeito.

— Calma, vô! Você está tão longe da resposta certa que nem é engraçado. É: o que é o Tratado de Guadalupe Hidalgo?

Vovó o ignora e me segue à medida que avanço pela casa. Dou uma olhada para sofá, e meu irmão me lança um olhar de solidariedade.

— Você não pode chegar em casa quando bem entende, Elizabeth. Eu não deixava isso acontecer quando sua mãe era jovem e não vou deixar acontecer com você.

E esse era o soco no estômago que eu precisava depois de hoje. Ser comparada com uma das muitas coisas com as quais não correspondo às expectativas estabelecidas pela minha mãe. Mas também não posso dizer isso para a vovó, porque não sou respondona e porque ela está certa. Eu conheço as regras. Se for se atrasar para o jantar, você tem de ligar para avisar, e eu pisei na bola.

Só faz um dia que essas coisas da formatura estão acontecendo, e já estou tão cansada que poderia até vomitar.

— Desculpa, vovó. Não vai acontecer de novo — balbucio.

— Eu sei que não, querida. — A voz dela é suave enquanto aperta o meu rosto com as duas mãos. Vovó me examina e dá dois tapinhas nas minhas bochechas. — Você parece cansada. Vê se bebe água. A última coisa que precisamos é que você fique desidratada de tanto estudar antes mesmo de ir pra Pennington.

Quando volta para a sala, ela tira os pés de Robbie de cima da mesinha de centro e manda ele parar de agir como "um tipo de vândalo". Jogo minhas bolsas no quarto e meio que me arrasto pela sala de estar e até a cozinha. Sei que vovó está irritada, mas ela não deixaria de fazer um prato para mim e guardá-lo embrulhado em papel alumínio, pronto para esquentar. Quando abro a porta da geladeira, ele está na segunda prateleira, bem onde achei que estaria.

Nem me dou ao trabalho de colocá-lo no micro-ondas antes de me arrastar para o meu quarto e me jogar na cama fazendo um estrondo. Não tiro os sapatos, porque isso gastaria muita energia. Ainda preciso ensaiar minha música e relembrar as 32 etapas do plano da G antes de encerrar o dia, mas, por um momento, eu apenas equilibro o prato com frango gelado em cima da barriga e encaro o teto. As notas do meu arranjo praticamente dançam diante dos meus olhos, como se eu estivesse contando carneirinhos. Pela primeira vez no dia, no silêncio do meu quarto e com a quase-música dessas notas imaginárias, me sinto relaxada.

Antes que me dê conta, estou dormindo.

OITO

O problema da ansiedade é que ela é diferente para cada pessoa. Quer dizer, sim, tem alguns traços que perpassam todos nós e nos marcam como, sabe, pessoas ansiosas: ser agitado, se sentir cansado, um certo nervosismo. Mas são as nuances que mudam o jogo. É meu estômago inquieto, como uma gazela saltitando pela minha barriga, que sempre me pega de jeito.

É a razão de eu colocar quase tudo para fora (ou *quase* colocar tudo para fora, se estiver com sorte sobrando) antes de quase todas as apresentações, e o motivo pelo qual estou agora apertando o guidão da bicicleta com força, respirando lentamente pelo nariz, como me ensinou o terapeuta que me fizeram ver quando a mamãe morreu, enquanto me preparo psicologicamente para, depois do colégio, ir limpar um parque que já está limpo.

Vovó já se acostumou comigo indo trabalhar ou tendo ensaio depois da aula, então desde que eu volte para casa antes do jantar, não preciso me preocupar com isso.

> **Gabi Marino:** Você consegue, amiga 😊

> **Gabi Marino:** A Rachel é uma ridícula com cutículas horríveis. Nós podemos ganhar dela

> **Gabi Marino:** Me liga quando terminar pra gente conversar sobre estratégias

Me equilibro no banco da bicicleta no bicicletário próximo ao estacionamento e, de onde estou, consigo ver tudo enquanto percorro o local com os olhos: o grupo de mulheres e seus recém-nascidos fazendo yoga mamãe-e-bebê na grama aparada, os jovens da faculdade comunitária dali de perto jogando Ultimate Frisbee na clareira, os cachorros correndo um atrás do outro na área cercada para cães.

Do outro lado do estacionamento, Jordan Jennings tira o capuz do seu moletom preto da Nike e se curva para dar uma olhada na aparência em seu espelho retrovisor. Ele passa a mão pelas ondas no cabelo – o estilo de corte que tem usado desde que cortou os cachos no primeiro ano – e ajeita a postura. Ele deve ter decidido que está pronto para aparecer publicamente. Nada menos do que a aparência de um modelo em uma capa de revista para Jordan Jennings.

Lembro que tenho um trabalho para fazer – um enorme, do qual meu futuro inteiro depende – e desço da bicicleta na mesma hora que os olhos dele encontram os meus do outro lado do estacionamento. Ele não sorri quando me pega encarando. Em vez disso, sua expressão se contorce em uma quase careta por um segundo antes de se corrigir e voltar a ser o perfeito de sempre.

— Ei, Lighty! — ele grita e balança a cabeça num clássico cumprimento. Prendo a bicicleta e me preparo para esse contato. Temos nos evitado com sucesso há quase quatro anos, mas acho que tudo que é bom um dia acaba. — Sempre com a sua bicicleta, hein? Legal ver que algumas coisas nunca mudam.

Guardo para mim a vontade de responder algo cruel para ele sobre como nem todas as famílias podem comprar carros Range Rover com supercompressor porque os filhos lembraram de amarrar os sapatos ou algo assim. Se temos que trabalhar juntos, a coisa mais inteligente a fazer é tornar isso o mais tolerável possível. Mordo a língua, abaixo a cabeça e faço minha parte. Bem do jeitinho dos Lighty.

— Parece que sim. — Puxo a mochila mais para cima nos ombros e começo a andar em direção ao posto dos funcionários do parque.

— Então, somos parceiros, hein? — Ele fica quieto por um instante, e quando percebe que eu não planejo responder, continua: — Que absurdo colocarem a gente aqui, né? Não é como se eles precisassem dos nossos serviços de faxina.

— Claro.

— Pelo jeito você se transformou em uma mulher de poucas palavras — ele murmura atrás de mim.

A parte mesquinha em mim fica um pouco feliz pelo quanto ele parece frustrado com minhas respostas curtas.

O quê? Nunca disse que sou perfeita. Ele teve quatro anos para puxar conversa fiada comigo: na sala de aula, nos corredores, ligando para o número fixo da casa da vovó que ele costumava saber de cor. Mas ele nunca fez isso, então...

O parque está movimentado, todos os nossos colegas que também foram encarregados de catar lixo hoje finalmente chegaram e estão passeando por aí. Vejo alguns garotos do time de basebol encostados no balanço de dois assentos, as garotas de quem são parceiros tirando selfies.

Um grupo de alunos do primeiro ano usando jaquetas jeans combinando está de pé perto do posto dos funcionários do parque, posando um na frente do celular do outro e ajustando seus *ring lights* portáteis para se certificarem de que tudo está nos conformes. As Videntes da Formatura também agem como se fossem algum tipo de equipe não oficial de documentaristas. Nós temos isso todo ano. Um grupo do primeiro ano, normalmente garotas, filmam cada etapa do processo para passar numa *live* no Campbell Confidential, porque nada – e eu quero dizer absolutamente nada – sobre essa eleição passa despercebido.

— O sobrenome é Lighty — digo assim que chego ao posto e lanço um sorriso para o funcionário entediado do parque com idade para ser no máximo um universitário. Esse é o primeiro sorriso que dou desde que saí da escola hoje. — Estou aqui para o...

— Negócio da festa de formatura. É, eu imaginei. Quando der o seu horário, você volta aqui e eu assino seu registro. *Capisce?*

Jordan estica o braço e pega as coisas pela janela.

— *Capisce*, cara.

Consigo sentir o sorriso na voz dele sem nem ao menos me virar para encará-lo.

— Quem ele pensa que é? Al Capone? — ele fala assim que estamos longe o suficiente para não sermos ouvidos. — Juro por Deus, todo mundo nesta cidade que consegue fazer parte dessas coisas de formatura acha que é o chefão mais poderoso de uma máfia da época da Lei Seca.

Solto uma risada estranha pelo nariz antes de me dar conta do que fiz, mas tento voltar a parecer indiferente bem rápido. Não vou dar a ele a satisfação de me fazer sorrir.

— Como está o Robbie? Não vejo aquele moleque faz eras. Ele ainda é meio que um gênio do mal quando se trata de jogar NBA 2K?

Jordan nunca foi bom com períodos de silêncio que duram mais do que alguns minutos de uma vez. Pego uma garrafa caída de Pepsi na grama à nossa frente e a jogo dentro do saco sem responder. Talvez, se eu agir como se ele não está dizendo nada, ele se toque.

— Entãããããão, a gente está se ignorando, ou vamos pelo menos fingir que gostamos um do outro enquanto fazemos esse negócio? — A voz dele fica mais mordaz do que o normal enquanto ele joga uma embalagem de Honey Bun no saco de lixo. — Só me avisa pra eu poder ajustar minhas expectativas adequadamente.

Minha resposta vem rápido:

— Não acho que devemos fingir ser amigos só por sermos obrigados a trabalhar juntos. Você tem sido ótimo em ignorar a minha existência já faz um tempo.

— Uau. — Ele ri sem vontade. — Essa é boa.

Olho para ele na mesma hora.

— O que você quer dizer com isso?

— Exatamente o que parece. Não fui eu que... — Ele se interrompe de repente e respira fundo.

Eu sei o que ele deixou de dizer: *não fui eu que não quis crescer e agir como todo mundo.*

Ele passa a mão com luva pela cabeça.

— Tanto faz, Lighty. Olha, você está certa. A gente não tem que ser amiguinho ou algo do tipo, mas talvez a gente possa pelo menos, sei lá, reconhecer a presença um do outro?

Eu olho para longe e murmuro:

— Tudo bem.

— É, *tudo bem* — ele zomba. — É perfeito, na verdade. *Perfeito.* Não tem nada de perfeito nisso, mas as coisas são assim às vezes. Elas são assim quase sempre, eu acho. Algo no tom dele me faz enrijecer as mandíbulas para evitar lhe dar uma resposta. Jordan e sua perfeição. Eu quase quero perguntar como andam as coisas com a namorada perfeita dele, Emme, e com o casal perfeito que eles formavam antes de ela sumir. São tantos boatos sobre para onde e por que ela teria partido que eles agora são qualquer coisa menos perfeitos – eu sei que isso deve estar corroendo-o por dentro. Mas não consigo ser tão mesquinha assim. Apesar do que aconteceu entre mim e ele, bisbilhotar não é justo com Emme.

É difícil acreditar que um dia fomos próximos, mas me lembro de tudo, e estar perto dele torna esquecer ainda mais impossível.

No verão anterior ao primeiro ano, Jordan passou dois meses num acampamento intensivo de futebol americano pela primeira vez. Ele não ia voltar para a banda no outono, nós dois sabíamos, mas isso não mudaria muita coisa entre a gente. Ele sempre jogou futebol, agora só jogaria com um pouco mais de seriedade, como seu pai o tinha incentivado a fazer.

Foi o maior tempo que ficamos sem nos falar em três anos, mas não foi insuportável. Passei o verão assistindo TV com Robbie e aproveitando a piscina dos Marino. Eu e G lemos todas as edições de revistas *Vogue* da coleção da mãe dela e passamos horas no Tumblr lendo sobre nossos grupos favoritos de K-pop.

Mas, quando as aulas voltaram, eu estava com saudade do meu amigo. Estava com saudade de rir com ele e fazer piadas bestas nos ensaios e dançar pelos corredores como se ninguém estivesse vendo, mesmo quando estavam.

No primeiro dia do ensino médio, eu o vi parado ao lado de seu armário, cercado por garotos que não reconheci. Eles estavam sorrindo e brincando, a pele deles bronzeada depois de um verão jogando futebol por horas ao ar livre. Jordan parecia mais velho, seu cabelo cacheado tinha desaparecido e sido substituído por um corte de cabelo bem rente que fazia suas orelhas se sobressaírem um pouco. Ele não estava com meias descombinadas ou uma camiseta esfarrapada como ele havia usado no primeiro dia de aula do nono ano. Ele estava usando um par de tênis novos, jeans e uma camiseta preta da Nike. Era um visual comum para os garotos ao seu redor, mas estranho em Jordan.

Corri até ele animada, como sempre ficávamos ao ver um ao outro.

Meu cabelo estava bem cheio, volumoso e coberto por cachos, e caiu sobre meu rosto quando joguei os braços ao redor do pescoço de Jordan. Soube que algo estava errado quando ele não me abraçou de volta.

— Jordan! Você perdeu tudo desse verão. A Gabi teve dermatite, e a gente inventou uma dança nova para o show de talentos deste ano. Ela disse que vai mesmo participar desta vez, e...

— Jennings, essa é sua namorada? — um dos garotos mais velhos perguntou, cutucando-o na costela um pouco forte demais com o cotovelo. Percebi isso porque a expressão do Jordan se retorceu quando ele o tocou. — Você gosta das selvagens, hein?

O garoto esticou o braço e puxou um dos meus cachos, e eu afastei a cabeça rapidamente.

— Não encosta em mim — eu disse, olhando alternadamente para ele e Jordan, esperando que meu amigo dissesse alguma coisa.

— Uhhhh, ela também é bravinha! — o cara continuou, estreitando os olhos e esticando o braço na minha direção de novo. — Ah, você não gosta de se divertir? Só quero ver como você deixa seu cabelo desse jeito. Vai, me fala, qual o segredo? — Ele afinou a voz e imitou um anúncio de comercial antigo. — *Nada melhor do que um brilho no seu afro!*

— Que isso, cara, eu não gosto dela — Jordan disse, soltando um riso nervoso e ácido. — Eu nem a conheço. Não passaria meu tempo com ela.

Eu me senti como costumava me sentir sempre depois que minha mãe morreu: com medo, insegura, fora de controle. Meu estômago se retorceu, e meu coração pareceu subir até a garganta. Meu peito se apertou, e eu sabia o que aconteceria a seguir. Mas não fiquei ali esperando acontecer. Corri para o banheiro o mais rápido que minhas pernas conseguiam, e chorei durante o primeiro período do meu primeiro dia no ensino médio. Por fim, Gabi me encontrou escondida em um dos reservados no intervalo entre períodos, me ajudou a lavar o rosto e me levou para a próxima aula.

Eu nem consegui olhá-lo nos olhos no dia seguinte quando passei por ele no corredor. Não consegui nomear o sentimento, mas me senti envergonhada como nunca antes. Simplesmente comecei a me sentir constrangida com tudo o que me fazia ser quem eu era. Qual comunicado oficial informando que todos deveriam mudar da noite para o dia eu havia perdido? De repente, tudo entrou em foco para mim:

as roupas estavam mais descoladas, os penteados mais parecidos com os do Pintcrest, os carros no estacionamento eram os mais brilhantes que já tinha visto.

E o Campbell Confidential estava ali para que tudo – coisas boas, ruins e constrangedoras – fosse registrado em vídeo. Eu aprendi o que Jordan descobriu durante o verão: ele tinha o lugar dele no colégio, e eu, o meu. Então comecei a usar o meu cabelo esticado para trás em um coque bem apertado quase todos os dias. Mudei as cores vibrantes pelos tons mais discretos para que ninguém notasse minha presença. Ninguém faria eu me sentir daquele jeito de novo.

Entendi o meu lugar na hierarquia social de Campbell e me mantive ali.

Engulo o nó que se forma na minha garganta ao me lembrar disso. Embora eu esteja irritada por ter que ficar ali, fingindo limpar um parque que já está limpo, fico ainda mais irritada pelo fato de ter que fazer isso ao lado do Jordan. Por isso, quando o alarme do meu celular toca para avisar que está na hora de ir embora, eu saio dali. Faço a volta e caminho com segurança até o posto dos funcionários, como se dependesse disso para respirar, deixando Jordan com os sacos.

— Bom, o tempo voa quando estamos nos divertindo, né, crianças? — O funcionário irônico do parque está com os nossos registros assinados na mão e os usa como um leque improvisado.

Sinto Jordan chegando atrás de mim na mesma hora em que a vontade de agredir o funcionário na cabeça com o catador de lixo me domina.

— É só assinar os papéis, cara — Jordan diz abruptamente, bem menos feliz do que estava quando chegamos. Quase me sinto culpada por ter algo a ver com isso. — Não temos o dia todo.

— Falando assim comigo, não vai ter mesmo. — O funcionário coloca a franja, muito longa e ressecada, atrás da orelha com um sorriso. — Eu não *tenho* que assinar isso, sabia? Meu corpo fica tenso imediatamente, e meu coração acelera. Meu estômago começa a se remexer. Eu não posso fazer essa tarefa mais uma vez. Não tenho tempo. Não posso não ganhar créditos por esta tarde, tudo depende de cada um desses eventos voluntários e eu...

Jordan coloca dois dedos na parte interna do meu pulso e os mantém ali, com o dedão na parte de trás. Ele segura firme, mas com gentileza, enquanto bate o pé no ritmo da minha pulsação. É algo familiar. Me acalmo mesmo sem querer, sem perceber, e a voz de Jordan fica mais profunda quando ele se inclina na cabine do funcionário. Aquele pequeno e glorioso banheiro químico.

— Olha, eu não quero ter que fazer isso, mas ainda tenho *aquele* vídeo seu na minha festa do dia da independência do ano passado, e algo me diz que você não iria querer que ele misteriosamente aparecesse no Campbell Confidential, né?

O rapaz emudece, abandonando o sorriso presunçoso. Ele pega uma caneta e assina os papéis depressa antes de entregá-los para a mão esticada de Jordan.

— Aqui, o.k.?. Nossa, só eu estava brincando. — Ele balança a franja para longe dos olhos. — Por favor, não posta aquele vídeo.

— Eu estava blefando, cara. Nunca faria isso. — Jordan solta meu pulso e me passa o documento com um sorriso. — Mas foi bom negociar com você.

Estamos na metade do caminho para o estacionamento quando recupero minha voz.

— Você se lembrou.

Jordan anda mais devagar.

— Claro que eu lembrei.

Massageio o pulso onde ele segurou. Eu fui a um terapeuta por alguns anos depois que minha mãe morreu, quando comecei a ficar bem mal da ansiedade. Era horrível. Eu ficava mal com as menores mudanças: perguntas e respostas, ter que escolher dupla para fazer um trabalho em aulas em que não tinha nenhum amigo, qualquer coisa. Meu coração batia tão forte que parecia querer pular para fora do peito. Até o meu terapeuta sugerir um truque: colocar dois dedos no pulso, tentar sentir minha pulsação e, se eu conseguisse, contar quantas batidas aconteciam por minuto. Eu costumava marcar o tempo com o pé quando fazia isso, como fazia ao testar um ritmo novo para alguma música da banda. Isso deveria me deixar firme, me ajudar a me manter centrada – e funcionou. Eu faço isso até hoje.

Mas era tão constrangedor me sentir tão fora de controle, ter que usar truques para me impedir de surtar, que nunca contei para ninguém. Nem mesmo para Gabi. Então, um dia, antes do nosso primeiro concerto como primeiro e segunda clarinetistas, Jordan me viu usando o truque enquanto tentava me esconder atrás de uma das enormes cortinas de veludo dos bastidores.

— O que foi? — ele perguntou, seus olhos grandes e castanhos procurando em meu rosto algo que eu sabia não conseguir esconder. — Você parece estar mal.

— Eu estou mal — respondi, secando os olhos. Ainda não estava chorando, mas as lágrimas costumam vir logo depois do vômito. — Ou vou ficar. Eu tenho que fazer isso quando fico com medo. Geralmente me acalma.

De onde eu estava, conseguia ver o público e meus avós na fileira da frente com Robbie, que estava jogando o seu 3DS. Vovó estava com uma câmera descartável nas mãos, pronta para fazer alguns cliques. Era importante, a primeira vez que eles me veriam tocar em público. Até o vovô tinha colocado uma gravata e um par de calças bonito para a apresentação. Eu não poderia nem pensar em fazer algo errado na frente deles, não quando eles pareciam tão orgulhosos.

— Tudo bem. — Ele olhou para o público e de novo para mim. Os pais dele não viriam, ele tinha me contado mais cedo. Seu irmão tinha um jogo importante fora da cidade, então seu pai tinha ido assistir ao jogo e a mãe estava na aula de pilates. Ele estava sozinho. — O que a gente faz?

E foi fácil assim. Eu contei a ele sobre a contagem dos batimentos, sobre respirar fundo, e ele ficou na minha frente, imitando meus movimentos como se fosse a coisa mais simples do mundo. Dali em diante, pelo resto do fundamental, ele fez o mesmo. Finalmente esse ritual que adotei para evitar desmoronar não seria mais só meu. Eu tinha com quem compartilhá-lo.

Paro para olhar para Jordan agora, alto e bonito e exatamente como o garoto norte-americano comum que seus pais sempre quiseram que ele fosse. E, bom, que ele sempre quis ser, acho.

— Mas, hum, desculpa por ter, tipo, te tocado sem o seu consentimento ou algo assim. Você pareceu bem estressada quando aquele cara começou a zoar. Sei como você costumava, sabe...

— É, bom, você sabe. É, valeu. — Pego o papel e o coloco dentro da mochila. — Hum, todo ponto importa. Então eu agradeço.

Ele sorri, vibrante, reluzente e exatamente como o Jordan Jennings que eu conhecia. Como se algo tivesse sido destrancado, como se aquela postura descolada e recomposta que o dominou pelos últimos quatro anos houvesse desaparecido. Então, por um segundo, tudo o que posso fazer é retribuir o sorriso.

Não o perdoo — nem um pouquinho —, mas acho que pode não ser a pior coisa do mundo tirar o melhor de ter que trabalhar com ele se for preciso. Madame Simoné escolhe as duplas desses eventos como e quando acha melhor, e se tem uma chance de acabarmos juntos de novo, preciso tentar não me sentir péssima quando acontecer. Eu não sei se as pessoas mudam de verdade com o tempo, mas, pelo bem dessa competição, estou disposta a ter esperanças.

NOVE

— **Faz só alguns dias** que a campanha começou, Lizzie — a voz de Robbie é baixa ao me entregar um prato ensaboado para enxaguar e secar. — E daí que o algoritmo esquisito da Gabi te colocou um pouco atrás de onde você queria estar?

A vovó está no quarto colocando o uniforme para em seguida sair para o plantão noturno como enfermeira na casa de repouso e o vovô cochila na frente da TV, mas Robbie e eu estamos cochichando por precaução.

— Não estou "um pouco atrás", Ro. Entre as vinte e cinco garotas concorrendo, no momento, estou em vigésimo quarto lugar. E isso só porque a Cameron Haddix usa a mesma roupa pra treinar há três anos seguidos e ainda tenta convencer todo mundo que a Maria Sharapova é sua prima distante — reclamo. — Não é difícil estar na frente dela.

— Tudo bem, mas antes de qualquer coisa: aquela roupa de treino é um clássico vintage da Adidas. Eles nem fazem mais dessas! Então acho que você deveria respeitar mais o estilo dela.

Reviro os olhos. Quatro dias de campanha, e mesmo com o algoritmo da Gabi e da Stone indicando uma mudança de posição das outras pessoas na lista, o meu nome se mantém firme em vigésimo quarto lugar. Subi uma posição, graças à roupa de ginástica da Cameron e por ela faltar nos eventos comunitários, mas, fora isso, não tive sorte. Ontem, num momento de desespero, até mesmo experimentei algumas das roupas que a G mandou para a minha casa.

O cardigã de tricô vermelho vibrante que estou usando não é exatamente o meu estilo, mas tenho que admitir que é muito confortável. Sinto como se estivesse vestindo um milhão de dólares – literalmente. Eu nem me dou ao trabalho de olhar o preço antes de arrancar a etiqueta.

— O.k., mas sério, você e o Jordan estão ficando amiguinhos, né? — Ele me entrega outro prato e olha para mim como se soubesse algo que não deveria saber. — O Campbell Confidential não para de falar sobre isso. E algumas coisas não são... bacanas.

Eu não diria "amiguinhos", mas Jordan e eu fizemos par nas duas atividades de serviço comunitário desta semana. Não foi exatamente fácil ficar perto dele de novo, mas ele ainda é encantador e engraçado, então não foi difícil meio que esquecer de ficar brava com ele. Como no começo desta semana: nós limpamos a sala de arte e por um segundo foi quase como nos velhos tempos.

Estávamos trabalhando em silêncio quando ele disse:

— É bem legal que você esteja concorrendo, sabe. — Jordan sorriu para mim por cima da cesta cheia de cola que segurava. Fomos alocados longe do restante dos candidatos designados ao serviço de limpeza das salas, e era menos intimidador ser sincero um com o outro sem mais ninguém por perto. — É bom ter você comigo nas trincheiras.

— Trincheiras? Você faz parecer como se a gente estivesse indo para a guerra.

Ele enrugou o nariz como se estivesse prestes a espirrar e a pontinha de diamante na sua narina reluziu com a luz florescente da sala de arte. Jordan é o único atleta que eu conheço que fica bem com um piercing no nariz sem ninguém dizer nada suspeito sobre isso. Mas, também, quando se é gostoso o suficiente para poder fazer parte do elenco de *Riverdale*, se quisesse, e o seu pai jogou no Colts por oito anos, você meio que pode fazer o que quiser.

— Acho que se você não percebeu que essa eleição é um pouco como ir pra uma batalha, então você definitivamente precisa tirar a cara das partituras — ele disse, seu cotovelo cutucando o meu. — Não se preocupa, eu vou ser seu tio Iroh pessoal, oferecendo conselhos sábios durante a jornada.

— Desculpa, mas você acabou de usar uma referência de *Avatar: A Lenda de Aang* comigo?

— Claro que usei! Esse é só o desenho mais incrível na história da televisão sobre amor, amizade, descoberta da identidade e bondade triunfando sobre a presença iminente da força do mal. — Ele esfregou o queixo como se estivesse pensando profundamente. — Você é muito o príncipe Zuko do Livro Um: preocupada com honra, determinação e essas coisas. Você poderia fazer uso da orientação de um profissional experiente pra te fazer virar o príncipe Zuko do Livro Três: mais tranquilo, aberto pra aventuras, com um cabelo melhor.

Meus ombros enrijeceram quando ele disse "um cabelo melhor", e Jordan recuou imediatamente.

— Só estou dizendo que precisamos tirar o melhor de uma situação que não é tão boa, assim a gente chega até o outro lado com algo mais do que apenas uma coroa de plástico. Não me dei ao trabalho de dizer que se nós ganhássemos, teríamos a bolsa de estudos. Àquela altura, quem se importava com a coroa de plástico?

— Se você acha tudo isso uma bobagem, por que está aqui? — perguntei, pegando uns tubos de cola vazios e os jogando no lixo.

Eu sabia que estava me apressando, mas não queria passar a tarde toda limpando armários. Ainda precisaria estudar e fazer lição por pelo menos uma hora quando chegasse em casa – se minhas notas piorassem e Pennington revogasse minha admissão por completo, tudo isso teria sido por nada.

— Porque faz parte de quem eu sou — ele respondeu com simplicidade, um pouco resignado. — Vem junto com ser um Jennings. Minha mãe faz parte do comitê de planejamento há oito anos, então tenho quase certeza de que ela me mataria se eu não concorresse.

Ele fez uma pausa antes de se virar para mim com um sorriso.

— Além do mais, Lighty, você não sabia? A festa de formatura é... — ele enrolou a ponta de um bigode imaginário como se estivéssemos numa Londres antiga ou algo assim — *o grande evento social da temporada.*

Eu gargalhei e um pouco da tensão que estava carregando nos ombros o dia inteiro se dissipou.

Era legal o quanto o Jordan estava sendo amigável, mas tentei não me deixar envolver por isso. Sentir-se livre para ser um tipo de pessoa quando está sozinho não diz nada sobre quem você é em público. Sei disso melhor do que qualquer pessoa.

— Sério, Jordan, você está me dizendo que sua mãe faz parte do comitê de planejamento dos ex-alunos há *oito anos?* Isso é tipo o comprometimento que se tem com a faculdade de medicina. — Balancei a cabeça enquanto ele testava marcadores num pedaço de papel colorido para ver se estavam secos ou não.

— É. — Ele fez uma careta rápida e esticou o pescoço.

— Ela e o meu pai são... dedicados.

— Como eles estão? — perguntei. Sei o que ele quis dizer, mesmo sem o ter dito. Eles eram mais do que dedicados, eram muito obcecados, como vários outros pais em Campbell.

— Eles estão bem. Você sabe. — Ele deu de ombros e pigarreou. — Mas mal posso esperar pra eles viajarem por um fim de semana daqui uns dias! Vai ser que nem em *Uma festa de arromba.* Você e eu podemos reprisar os nossos papéis como Kid 'n Play.

Então, sem dar tempo para eu me preparar, ele se afastou e levantou o pé, como Kid 'n Play no filme. Ele apenas deixou o joelho ali, pendendo por um minuto, enquanto olhava para mim cheio de expectativa.

Foi besta. Foi muito besta fazer isso, mas eu conhecia esses passos como a palma da minha mão desde que tinha oito anos. Os filmes da série *Uma festa de arromba* são hilários, cada um deles sobre esses dois amigos que continuam arranjando encrenca. Eles são super bobos – usam aquelas roupas coloridas dos anos 1990 e falam gírias antigas –, mas assistir pelo menos o primeiro é, tipo, obrigatório para conhecer mais da cultura negra estadunidense. Robbie e eu éramos obcecados pelos filmes quando crianças, e acho que velhos hábitos nunca morrem.

Então, quando levantei meu pé até o dele e depois o coloquei de volta no chão, só precisei usar minha memória muscular. Estreitei os olhos para sinalizar que ele estava mesmo me atrapalhando, mas o imitei sem reclamar. E assim, foi como se não estivéssemos numa sala de aula afastada no fundo da área artística do colégio de Campbell County. Estávamos de volta ao palco do show de talentos do ensino fundamental, ouvindo hip-hop dos anos 1990, nos mexendo como se isso fosse apenas algo que sempre fazemos no nosso tempo livre. Jordan era bom nisso, e embora nunca tenha me considerado uma dançarina, eu conhecia a coreografia bem o suficiente para fazê-la como uma profissional.

Quando terminamos eu estava em êxtase, com as mãos nos joelhos e gargalhando.

E foi aí que ouvi os aplausos. As Videntes da Formatura estavam na entrada da sala de aula com os celulares apontados em nossa direção. Naquele momento, eu quis instantaneamente sair do meu próprio corpo.

Jordan se aprumou na mesma hora para ajeitar a camisa preta e se virou de novo para o armário como se não estivéssemos nos divertindo juntos há apenas alguns segundos. Foi como se, no minuto em que apareceu uma plateia, eu não existisse. Do mesmo jeito que ele fez no primeiro ano.

Encarei as Videntes da Formatura e elas estavam sorrindo, mas também sussurravam entre elas. Não precisei ouvi-las para saber o que estavam dizendo: *Por que ele está andando com ela?*

Mas agora, na cozinha, eu quero contar a Robbie tudo isso que aconteceu, para descarregar nele todos os detalhes sobre passar esse tempo com o Jordan, de um jeito que não consigo fazer com Gabi, Britt ou Stone. No entanto, vovó escolhe esse momento para entrar na cozinha e dar boa noite, completamente uniformizada com sua roupa azul sem graça de enfermeira.

— Robert, tenho certeza de que não acabei de ouvir alguma coisa sobre Campbell Confidential! É melhor você dar um fim nos aplicativos e redes sociais, ou Deus me ajude, você vai mandar sinal de fumaça para os seus amigos no lugar de mensagens. — Ela estica o braço para dentro da geladeira e pega seu pote floral com a marmita. — Vocês dois sabem que eu não gosto dessa bobagem.

— Como você sabe que estou falando sobre o Campbell Confidential? Eu podia estar falando da boa e velha fofoca raiz. Sabe, um rapaz trabalhador e curioso como eu.

— Trabalhador e curioso meu nariz, Robert. Eu pago a conta do seu telefone, lembra? — É da vovó que puxamos nossa altura, então apesar do fato de ela estar ficando menor com a idade, ainda consegue beijar nossas testas com facilidade, o que ela faz antes de se encaminhar até a porta. — Eu sei o volume de dados que você usa.

Ao se despedir, vovó pede para meu irmão não esquecer de tomar os remédios dele e me pede para garantir que ele o faça. Não é que nós não confiamos nele, mas ele esquecer ou achar que é saudável o suficiente para não tomar uma dose é algo que não estamos dispostos a arriscar. Ele é um garoto inteligente, mas algumas vezes começa a se sentir bem e fica arrogante e convencido de que é invencível, por isso não toma os remédios. Ele fez isso antes, e morro de medo que faça de novo.

— Como ela sabe o que são dados? — Robbie sussurra para mim quando a porta da frente se fecha atrás dela. Rio enquanto dreno a água ensaboada da pia. — Os idosos estão evoluindo e vão acabar com todos nós.

DEZ

A semana fica tão cheia que eu nem tenho tempo para encontrar com Mack depois da aula para ensinar a música para ela antes de sexta-feira de tarde. Já que ela também está concorrendo à rainha, os horários dela são tão agitados quanto os meus. E mesmo fazendo isso como um favor para o sr. K, fico meio ansiosa. Raramente existe um momento em que eu não escolheria estar na sala de música do que em qualquer outro lugar, especialmente com tudo o que está acontecendo agora.

Só me irrito um pouco quando ela aparece quinze minutos atrasada.

— Oi! Desculpa, eu...

Ela irrompe pela porta e, na mesma hora, o livro que segura escorrega de sua mão e cai no chão. E quando ela se curva para pegá-lo, as baquetas presas de um jeito frouxo no rabo de cavalo alto dela caem no chão. Mack as pega e sorri para mim com ar de desculpa.

— Essa não era a impressão que eu queria causar em você hoje, mas de alguma forma ainda consigo me perder neste lugar, mesmo depois das várias vezes que vim aqui nesta semana. Mas meu colégio de antes, uma escola de arte super pequena em Chicago, não era desse jeito. — Ela caminha até a bateria, se atira no assento e joga a bolsa no chão com um baque. — Eu sinto falta da minha escola, mas fico contente de estar aqui. Este lugar parece o mais típico colégio americano, pra ser sincera.

— Eu...

Acho que ela não me escuta, porque apenas continua falando. Estou convencida de que Mack tenta bater o recorde do máximo de palavras ditas sem respirar na história do universo.

— É engraçado, porque eu meio que sempre quis frequentar um colégio como este, mas queria que não tivesse acontecido desse jeito. A gente se mudou por causa da minha tia-avó, Ida. Ela está bem doente e não tem filhos, então meu pai trouxe a gente pra cá pra cuidarmos dela.

Ela olha para cima e me encara do seu lugar atrás da bateria. É quase como se ela estivesse me vendo pela primeira vez. Mack ajusta o parafuso de afinação do prato sem quebrar o contato visual comigo, e mais uma vez fico impactada com os olhos dela. Sei que é superficial, mas não ligo de ouvi-la falar sem parar se isso significar que vou poder continuar olhando para eles.

Estritamente para... hum, investigar a concorrência, óbvio.

— Sabe, você se veste um pouco como ela. — Mack arruma o assento do equipamento. Ela diz aquilo com tanta naturalidade, como tudo o que ela diz, que não acho que ela não se dá conta de que acabou de me comparar com uma mulher que agora imagino ter a boca cheia de dentes de porcelana e um pouco de cheiro de naftalina e de proximidade da morte. Olho para o suéter que Gabi mandou para minha casa e me encolho um pouco, constrangida. — Eu a amo. Ela é uma carrasca de verdade. Como a Madame Simoné, sabe? Que não aceita desaforo de ninguém.

Mack olha para mim e sorri. O sorriso dela desaparece quando ela vê a expressão no meu rosto. Posso apenas imaginar que pareço chocada. Ela não só me comparou com sua tia Ida que usa dentaduras, como também com a dona do francês falso e que leva a festa de formatura a sério demais, Madame Simoné. Mack é uma graça, mas me pergunto se talvez sua parte do cérebro que impede a maioria das pessoas de soltar seus pensamentos mais íntimos nunca se desenvolveu.

— Ai, meu Deus, eu fiz de novo, não fiz? — Ela rói a unha do dedão e solta um grunhido. — Meu pai vive dizendo que eu coloco o carro na frente dos bois, e na maior parte do tempo eu ignoro, porque pais, né? Mas estou começando a ver o que ele quer dizer, porque eu acabei de comparar você com uma mulher irlandesa branca de setenta anos que usa uma peruca torta e sempre tem coentro nos dentes, então...

Eu rio. Não posso evitar. Essa garota continua se enrolando cada vez mais.

— Tenho que dizer, eu não estava esperando pelo coentro, mas totalmente imaginei a peruca torta. — Apalpo a lateral do meu cabelo, como faria se estivesse usando uma. Percebo que isso é a primeira coisa que consigo dizer desde que ela entrou na sala. — Nem acredito que você notou.

Ela sorri também, obviamente aliviada. Algo me diz que essa garota já espantou uma boa parte de amizades potenciais devido à sua falta de filtro.

— O que quero dizer é: a sua blusa. Minha tia Ida tem uma coleção enorme de cardigãs. — Ela balança a cabeça. — Isso provavelmente não melhora nada, né?

— Na verdade, não.

— Eu falo muito quando fico nervosa. É péssimo. Uma vez falei para a professora de inglês que ela me lembrava o meu dentista de infância porque toda vez que chegava perto de mim, eu sentia aquele cheiro misterioso de médico, e ficava dominada pela vontade de chorar, pois me vinham lembranças de quando coloquei o aparelho bem apertado no fundamental.

Essa garota é esquisita. Tipo, esquisita de verdade. Mas eu rio de qualquer maneira, porque é uma esquisita que eu compreendo.

— Talvez a gente deva trabalhar na música juntas antes que eu comece a falar loucamente de novo? — ela pergunta.

Concordo com um gesto de cabeça.

— É um bom plano.

Fico por ali enquanto explico como a música soa com a orquestra inteira. As partes nas quais ela tem um pouco mais de liberdade para ser criativa ao tocar, tomando alguns cuidados, mesmo não estando marcado na partitura. Mack é boa. Tipo, boa *de verdade*. Ela aprende o arranjo bem mais rápido do que eu esperava, e parece ser quase sem esforço algum. O jeito que ela toca, o movimento fácil das mãos e a forma sutil que marca o tempo mexendo os lábios com as batidas, me deixa perdida em uma versão nova e renovada da música.

Eu tecnicamente fiz o arranjo, mas, com ela tocando, parece algo que nunca ouvi antes. Me sinto um pouco culpada, mas mando um agradecimento aos deuses lá em cima pelos membros quebrados do Kevin.

Não percebo que estamos aqui há mais de uma hora, até que meu celular começa a tocar. É a vovó ligando, sem dúvida para me lembrar que precisa que eu volte cedo para casa para fazer o jantar, porque ela precisa sair para seu turno na casa de repouso um pouco mais cedo que o normal.

Ela não costuma perder as refeições em família, porém nós não estamos numa posição em que ela possa negar turnos extras.

— Nossa, uau. — Vejo a hora no relógio do celular e coloco ele de volta no bolso da calça rapidamente. — Desculpa sair assim, mas preciso ir pra casa.

Ela coloca as baquetas em cima da caixa e alonga os braços sobre a cabeça, como se tivesse acabado de malhar.

— Isso foi maneiro! — Mack sorri e entrelaça os dedos atrás da cabeça. — Você é tipo uma cientista maluca ou algo assim. Nunca tirei uma música tão rápido.

Fecho a pasta de partituras e a coloco dentro da mochila. Sorrio enquanto olho para o tapete e digo:

— Uma cientista maluca com uma coleção de suéteres de velha.

Vou ter que conversar com Gabi sobre as roupas que ela me mandou.

— Por favor, não use isso contra mim! Eu odiaria perder minha primeira amiga antes mesmo de nós entrarmos para a lista de "melhores amigos" uma da outra no Instagram. — ela brinca.

— Instagram, é? — Ela recolhe as coisas, mas não é nem de longe tão cuidadosa quanto eu ao colocar os objetos dentro da bolsa. Consigo ver um papel solto velho e um caderno de exercícios de francês meio aberto na parte de cima. Nem é a minha bolsa, mas me estresso com o estado de desordem.

— Você quer dizer que o comitê de boas-vindas não pegou o seu celular no minuto em que você entrou pela porta e automaticamente baixou o Campbell Confidential? O cc é a rede social de ouro por aqui.

Mack ri, mas não do jeito que eu esperava. Tudo nela é tão audacioso, mas o seu riso é tão singelo, um pequeno lampejo sonoro que ela tenta esconder com as mãos.

— Na verdade, teve uma garota! Ela trabalha na secretaria, tem um cabelo muito loiro, dentes que poderiam fazer parte de um comercial da Colgate...

— Quinn Bukowski. — Já pensei o mesmo sobre os dentes dela antes, para ser sincera, enquanto pegava os meus horários na secretária. — Ela é uma das assistentes dos alunos. A maioria dos amigos dela são grandes defensores do aplicativo, provavelmente porque foi criado com eles em mente.

Os bonitos, os populares, as pessoas cujas vidas você quer ver de fora, com o rosto espremido no vidro.

— Isso, ela mesma! Ela estava na reunião da formatura no outro dia, né? — Mack se levanta e coloca a bolsa transversal. — Acho que prometi que votaria nela quando ela estava me explicando como chegar na minha sala porque estava muito impressionada com os dentes dela.

— Se todo mundo fosse fácil assim de persuadir... — Ela me segue até a porta, e desligo a luz atrás de nós. — ... isso tiraria toda a dor e sofrimento e a, hum, diversão do processo.

— Reviro os olhos para que ela saiba que estou brincando, e ela solta uma risada de porquinho. O som é mais fofo do que deveria ser legalmente permitido, sério.

— Você é bem engraçada.

Não estou corando. Não *posso* estar corando, porque Liz Lighty não cora. Mas meu rosto fica de fato um pouco quente.

— Isso é questionável. Acho que ninguém me confunde com o palhaço da turma ou algo assim.

Ela desliza as baquetas pela mão, coloca-as de novo no cabelo e sorri. Coloco as mãos nos bolsos da calça, porque de repente fico nervosa e não sei o que mais fazer com elas.

— Bom, eu, por exemplo — ela diz ao dar alguns passos de costas em direção a porta que dá para o estacionamento — acho que existe muito mais sobre você do que os olhos podem ver.

ONZE

A competição de confeitaria é uma tradição em que os candidatos à corte da formatura se juntam na oficina de culinária do colégio no domingo de tarde e preparam diferentes sobremesas para serem vendidas no dia seguinte em uma ação para a caridade. A parte competitiva, neste caso, é que o valor em dinheiro que sua sobremesa arrecadar é incluído na sua pontuação total. E a parte pública é que a oficina de culinária parece ter saído do *MasterChef*, com janelas altas onde deveria haver paredes.

— Como está o gloss? Melecado demais? — Lucy vira para Quinn e faz um bico com os lábios. Seu avental branco e bem-passado já está amarrado na cintura, e, apesar dos lábios melecados de gloss darem a ela um ar de garota propaganda da Covergirl, ela parece pronta para apresentar seu próprio programa em um canal culinário. — Acabei de comprar pela internet, tem diamante de verdade nele.

— Ai meu Deus, Luce! Esse é o novo M·A·C? — Quinn bate palmas. — Vai ficar ótimo nas câmeras.

Enquanto as duas não param de falar, não consigo evitar desejar ter sido pelo menos colocada ao lado da minha meio que nova amiga, Mack, que está na fileira em frente à minha, mexendo a cabeça no ritmo de batidas que ninguém mais pode ouvir. Mas, em vez disso, estou espremida no meio do sanduíche de RobôsPompom cobertas de gloss. E, como se tivessem combinado, os quinze ou mais alunos do primeiro ano que se juntaram ali pegam os celulares para gravar. Eles estão pressionados contra o vidro, manchando-o com suas mãos, que sem dúvida estão suadas pela emoção. Tem uma *live* da competição de confeitaria marcada para hoje no Campbell Confidential, e pensar nisso me deixa um pouco suada também. Embora que por motivos muito diferentes.

Todos estão a postos em seus fornos, preparando suas sobremesas, quando Quinn mergulha o dedo na própria batedeira e o lambe.

— Ai, Deus, que delícia! — As *E. coli* vão se maravilhar nessa venda de sobremesas, já posso sentir. — Tão bom! Posso provar o seu?

Não consigo acreditar que Quinn está falando comigo. Por outro lado, esta tem sido uma semana com acontecimentos inacreditáveis. Ela sorri para mim e inclina a cabeça para o lado, seu rabo de cavalo balançando atrás de sua cabeça.

— Não acho que seja uma boa ideia — respondo lentamente, me perguntando quando a máscara dela vai cair. — Melhor não desperdiçar mercadoria.

Nós não trocamos mais do que duas palavras uma com a outra desde que fizemos um trabalho juntas no primeiro ano para a aula de inglês avançado. Tínhamos que desdobrar os elementos temáticos em *Antígona*, e Quinn literalmente pronunciou o título como "Antíjona" pelo tempo que durou o projeto, apesar de nossa professora tê-la corrigido gentilmente em todas as aulas.

— Você está certa. Nós *devíamos* guardar para a caridade. — Ela balança a cabeça e limpa a mão no avental. — Eu devia ter pensado nisso. Argh, Liz, o *jeito* que sua cabeça funciona!

Quinn volta a cantarolar seja lá qual música pop ela estava cantarolando antes de se aproximar de mim com os dedos melecados e a esperança de profanar minha sobremesa, e Madame Simoné põe para tocar algum jazz obscuro.

Jordan está cozinhando na fileira de fornos atrás da minha, sua bancada perfeitamente organizada com os ingredientes para fazer um autêntico bolo de semente de papoula alemã. Ele parece confiante enquanto mede um pouco de extrato de baunilha e o coloca em uma vasilha. Me pergunto se ele andou praticando em casa para poder parecer tão sereno hoje enquanto cozinha quanto parece ao fazer qualquer outra coisa.

Quando volto a focar na minha sobremesa, mal tenho a chance de colocar a massa na assadeira antes de Rachel aparecer ao meu lado. Sei que é ela sem sequer levantar a cabeça, porque consigo enxergar o avental rosa vibrante que ela trouxe de casa com minha visão periférica. A maioria de nós escolheu pegar emprestado os aventais brancos e simples que já estavam pendurados na sala de culinária, mas ela tinha que ir além. Como sempre. Porém, ela definitivamente vai chamar a atenção das câmeras, e essa é a parte mais irritante. Ela é horrível, mas conhece estratégias.

— Que bom que estamos aqui onde todo mundo pode nos ver, né? Desse jeito ninguém pode trapacear e comprar sobremesas caras irresistivelmente gostosas e gourmet. — Rachel passa a mão ao longo da lateral do balcão onde estou. Ela se posiciona bem entre mim e Quinn. — Fico feliz que seja assim, na verdade. Deixa tudo mais igualitário, né, Liz?

Olho para ela brevemente com os olhos semicerrados, como se quisesse decifrá-la. Posso não gostar dela, posso não confiar nela, mas não tenho medo. Fiquei experiente em segurar minha língua durante anos, mas algo em Rachel Collins me faz querer ser um pouco mais rebelde. Abaixo o tom de voz e a encaro:

— Você não cansa de ser esse grande clichê de Campbell?

O rosto dela se contorce, surpreso.

— Você pode ter conseguido dar seu jeito de virar a oradora da turma, mas a formatura? Isso é coisa *minha*. Você sabe o que vai acontecer. Eu vou ser rainha, Lucy, Claire e Quinn serão da minha corte, e só. — Ela se inclina na minha direção e abaixa a voz. Seu sorriso é gentil de um jeito maníaco, com algo de falso, amargo e malvado: — E, em um ano, ninguém vai se lembrar de você. Não vão passar pela sua fotografia nos corredores, e ninguém vai sentir sua falta.

Ela joga o cabelo para trás e sua expressão volta a ser como a de uma rainha da festa de formatura.

— Amor, vem aqui rapidinho — Derek a chama, e ela estica o avental antes de fazer a volta para ir até ele.

Me sinto abalada quando ela sai de perto, mas dou o meu melhor para fazer minha expressão passar algo como indiferença, porque sei como fazer isso. Sei como fazer parecer que eu não me importo.

Consigo colocar a sobremesa no forno, apesar do fato de minhas mãos estarem tremendo um pouco.

— Não liga, a Rachel late muito mais do que ela morde.

— Olho para a direita e Quinn sorri para mim. É brilhante e branco de um jeito caro, como se o seu pai dentista pessoalmente fizesse limpeza nos dentes dela todos os dias. Ela parece distante, como se nada disso a incomodasse. E talvez ela esteja alheia a tudo isso como parece estar. Tão alheia o quanto imagino que alguém tem que ser para ser amiga de Rachel Collins. — E você não devia fazer caretas assim, vai te deixar com rugas.

Ela está errada: o latido e a mordida de Rachel são péssimos na mesma medida, mas balanço a cabeça como se concordasse.

— Sua pele é tão elástica. Fico com inveja... você nem vai precisar usar Botox quando tiver trinta anos ou algo assim. — Ela ainda tenta conversar comigo, mas me distraio com a comoção atrás dela. Rachel está com Derek, sussurrando furiosamente e esfregando as costas dele para acalmá-lo.

Lucas White, o co-capitão da equipe de tênis, está à minha direita, e Derek está a dois fornos à minha esquerda. Eles ficam praguejando insultos um para o outro do tipo "Você não duraria um dia na quadra", sendo rebatido por "Você não duraria cinco minutos antes de desmaiar na *nossa* quadra" por cima de mim, e eu consigo pensar em um milhão de coisas melhores que eu poderia estar fazendo agora que não envolveriam estar presa num programa de esportes.

Mas da segunda fileira de fornos, eu tenho Mack na minha linha de visão direta, e ela está, no momento, misturando manteiga para preparar um cheesecake. E essa é minha salvação. Vez ou outra, quando Derek e Lucas dizem algo particularmente ridículo, ela se vira para mim e sorri de leve, como se compartilhássemos uma piada que mais ninguém na sala soubesse.

É estranho. Nós só passamos tempo juntas nos limites da sala de música, mas gosto de tê-la por perto. Ela se atrasa para todas as aulas, o que é irritante; no entanto, ela sempre aparece com um sorriso e uma desculpa. Ela também é uma baterista incrível. Aprendeu o meu arranjo em menos de uma semana e – sem ofensa ao Kevin – é a melhor percussionista que nossa banda já teve. É algo mágico.

Robbie e G sempre dizem que tenho um problema sério porque me apaixono por talento quase na mesma medida em que me apaixono pela pessoa (um exemplo: meu *crush* intenso e de uma vida inteira por Teela Conrad, uma das vocalistas do Kittredge), mas não se trata disso. Definitivamente não. Não mesmo.

— Ei, você pode provar isso pra mim? — Mack se aproxima com uma colher de plástico cheia de massa de cheesecake em mãos. Ela mexe as sobrancelhas. Mal sabe ela que essa oferta já é anos-luz melhor do que a última vez que alguém tentou trocar amostra de trabalho (e, tipo, dos nossos DNAs). Não preciso ser convencida. — Por favor? Juro solenemente fazer apenas coisas boas e não estar pedindo pra você só por achar que posso ter deixado cair um pedaço de casca de ovo aqui e preciso que alguém me ajude a achar antes de oferecer a sobremesa para os súditos.

— Uau, você sabe mesmo como fazer uma garota confiar nas suas habilidades confeiteiras.

Me inclino para comer um pouco da massa e tento não pensar no fato de talvez estar corando de verdade por estar sendo alimentada por esta garota neste momento. Tipo, com tudo que tem direito: uma mão embaixo do queixo e a outra colocando a colher em minha boca, contendo o que na verdade é uma massa de cheesecake ridiculamente saborosa.

É surpreendentemente fácil me deixar levar pelo momento.

— Gostou?

— Eu mais do que gostei. Já estou na expectativa de ter um cheesecake VIP só pra mim quando tudo isso acabar.

Ela fica radiante.

— Posso dar um jeito nisso.

Madame Simoné bate palmas duas vezes na frente da sala para chamar nossa atenção, e fico mais do que um pouco decepcionada quando Mack se vira para encará-la. Ela avisa que vai sair da sala por uns instantes para atender a um dos repórteres do *Tribuna de Campbell* que está ali para fazer algumas perguntas para a matéria de capa anual do jornal sobre a festa de formatura.

A porta mal fecha atrás dela, quando ouço:

— Não, amor! Eu estou cansado dele!

Meus reflexos são péssimos – quer dizer, eu nunca pratiquei esportes ou joguei videogame na vida –, mas me abaixo e saio do caminho da bola de massa de biscoito que voa por cima da minha cabeça. Lucas, contudo, não é rápido o suficiente. A massa o atinge bem na têmpora e meio que fica grudada ali.

Sério, ela nem escorrega pelo rosto dele. E se eu não estivesse tão assustada com o que está acontecendo diante de mim, ficaria impressionada com a densidade e viscosidade da massa.

— Isso é por ontem à noite! — Derek grita por cima de mim. — Foi a última vez que você e seus amigos tentam dominar o ginásio quando nós estamos treinando.

O time de basquete e a equipe de tênis têm algum tipo de rivalidade, segundo Britt. Eu não entendo, mas algo me diz que a briga tem a ver com isso.

— Sua sujeira de umbigo! — Lucas levanta a mão e tira a massa lentamente do rosto, como se não acreditasse no que aconteceu. — Você está tão ferrado.

Eu tenho o bom senso de dar um passo para trás e sair do caminho quando ele alcança a própria vasilha com uma mistura que acredito que deveria virar bolo de chocolate em algum momento.

— Ah, é? — Derek ri. — Quem vai me encarar? Aquele bando de modelos de imitação da Lacoste que você chama de equipe? Vocês sabem onde me encontrar.

Todos os olhos da sala estão focados na briga. As pessoas estavam trabalhando sobretudo em suas sobremesas e conversando vez ou outra até este momento, mas alianças já estão começando a serem feitas. Os outros Atletas de Jaquetas – aqueles que usam as mesmas jaquetas todos os dias, a maioria garotos dos times de futebol e de basquete (menos Jordan, que reveza o olhar entre os dois como se tentasse decidir quando se envolver) – começam a se aglomerar perto de onde estão Derek e Lucas.

— *Modelos de imitação da Lacoste?* — Chad Davis, um dos garotos da equipe de golfe, o que o faz *não ser* um Atleta de Jaqueta, tente acompanhar, ri baixo da última fileira. — Vocês, neandertais, nem conseguiriam *soletrar* Lacoste.

Jaxon Price, a dois fornos dele, responde de volta:

— Beleza, quer apostar que eu consigo soletrar *vou te encher de porrada* sem nenhum problema?

Sinto que estou numa realidade alternativa, juro. Essa coisa toda é tão bizarra, tão risível, nem consigo acreditar que estou no meio disso. Não acredito que pessoas brigam por coisas assim. Não acredito que estamos virando um Sharks *versus* Jets na sala de culinária.

— Ô, galera! — Jordan diz, contornando o balcão e se posicionando entre eles. — Vocês não vão começar uma guerra de comida aqui, né? Até vocês dois devem ter consciência o suficiente pra saber o quanto isso é ridículo.

Mas ninguém o ouve a esta altura, pois no fundo da sala, Ryan Fuqua e Chad Davis já começaram. Chad acerta Ryan no peito com cerejas marrasquino, e Ryan explode.

— Vai se ferrar, Chad! Agora vou ter que mandar minha empregada levar isso para a lavanderia!

E, daí em diante, é anarquia.

Eu me abaixo correndo quando as sobremesas começam a voar. A sala irrompe em gritos e risadas, e os destroços estão recaindo em minhas costas quando começo a me arrastar para a primeira fileira, onde Mack se esconde sob uma bandeja de biscoitos. Vejo ela ser atingida por gotas de chocolate do ataque violento que está acontecendo em cima, quando acidentalmente enfio uma das mãos numa poça de glacê de baunilha, escorrego e dou de cara com o chão.

— Mulher ferida! — Mack grita em solidariedade, mas também de um jeito divertido. Ninguém a ouve além de mim. — Você está bem?

Ela estende o braço para mim e eu pego sua mão com a mão que não está coberta de glacê. Ela segura forte e seu toque é quente, e não a solto imediatamente quando consigo chegar sob sua assadeira de proteção. Estamos escondidas juntas, tão próximas – definitivamente mais próximas do que já estivemos – que eu consigo sentir o cheiro do seu shampoo de essência de jasmim sobre o cheiro excessivo de doce da sala de culinária em que estamos. Nossos ombros se encostam, e fico toda estranha e quente com isso.

— Isso é o suficiente pra deixá-los tão agitados assim? — Consigo ouvir sobre o barulho. Preciso dizer alguma coisa, qualquer coisa, para me distrair da sensação do corpo dela contra o meu e do cheiro do shampoo dela me rodeando.

Tudo bem, sim, talvez eu me sinta atraída por algo mais do que o talento dela.

Ouço algo estraçalhar no fundo da sala e uma voz que soa como a de Rachel gritando:

— Derek, por favor! Você vai estragar tudo pra gente!

Mack não diz nada, apenas ri enquanto seus olhos buscam os meus.

Mas a mão dela – que deve ter percebido que ainda segurava a minha – solta os meus dedos. E então, quase como se precisasse de um novo jeito para mantê-la ocupada, ela levanta a mão e passa a agora derramada massa de cheesecake pela minha bochecha com o indicador. Não deve ter sido intencional, mas ela passa a massa perigosamente perto dos meus lábios. Tão perto, na verdade, que antes de ela afastar a mão, eu provavelmente poderia ter beijado a ponta do seu dedo.

Sem pensar ou quebrar o contato visual, coloco a língua para fora e lambo a massa rapidamente. De repente, nenhuma de nós ri. De uma só vez, fico apavorada e animada sobre o que isso pode significar.

Mas então, como um disco aranhado, uma voz estridente desprovida de qualquer sotaque francês falso irrompe pelo ar e tudo termina.

— Minha Nossa Senhora! — Madame Simoné grita. — Pelo amor de Deus, o que vocês fizeram?

SEGUNDA SEMANA

Quando a caminhada se torna difícil, a dificuldade viraliza.

DOZE

Quando chego na escola segunda-feira de manhã, fico paralisada assim que entro no pátio.

Eu mal aguento Rachel no tamanho humano, mas o rosto à minha frente é o suficiente para fazer uma freira falar o nome de Deus em vão e andar de costas até o inferno. Um banner do tamanho de uma pequena nação do Mediterrâneo está pendurado de uma ponta a outra do pátio. COLLINS PARA CORTE se destaca pelo banner com uma fonte cor-de-rosa cafona com glitter. Ela nem escolheu um slogan inteligente, e essa é, talvez, a parte mais devastadora disso. Quer dizer, sinceramente, cadê o esforço?

Mas eu entendo. Rachel tem que reafirmar o seu valor como rainha, já que não vai participar da venda de sobremesas de hoje, graças ao desastre provocado ontem pelo namorado dela. Gabi estava certa: o capeta trabalha duro, mas Rachel Collins trabalha ainda mais.

— Isso é incrível, mas também um pouco assustador. — Mack diz, sorrindo, sobre meu ombro. — É de se pensar que com um banner desse tamanho ela teria pensado um pouco mais no slogan.

Ela deve ser clarividente ou algo do tipo. Eu deveria saber que aqueles olhos eram um sinal de estar em contato com... como a Stone chama? Plano astral?

— Rachel Collins é muito mais aparência do que conteúdo. É meio que o superpoder dela.

Mack ri pelo nariz e me cutuca com o ombro.

— Falando nisso, mal posso esperar pra provar o pão-de-ló que você fez. Ontem meu cheesecake morreu antes mesmo de eu conseguir me abaixar e me proteger. — Ela faz o sinal da cruz como se fosse rezar. — Temos que lamentar um soldado caído.

O sinal toca para nos lembrar que temos três minutos para chegar à sala de aula, mas hesito em me afastar, mesmo sabendo que preciso me apressar. Nunca fui advertida por atraso na minha vida, e não estou particularmente a fim de começar agora. Porém, também meio que quero continuar conversando com Mack.

— Te vejo mais tarde quando eu estiver vendendo o bolo? — pergunto ao sair do caminho de um garoto correndo para chegar na sala. — Eu, hum, vou guardar um pedaço pra você.

Eu não poderia ter sido menos sutil, mas Mack apenas sorri e bate continência para mim.

— Eu não perderia, companheira.

E no final das contas eu passo mais tempo durante as aulas pensando nela se despedindo de mim do que conjugando verbos em francês ou analisando o simbolismo em *Grandes Esperanças*.

Nós temos dois intervalos em Campbell, e já que a venda dos doces é feita entre os dois, sou liberada da aula de estatística avançada para arrumar a mesa. Madame Simoné se certifica de que todos estão em seus lugares – usando luvas de látex e com as sobremesas recuperadas da sala de culinária, onde estavam desde a noite anterior – antes de se despedir e voltar para sua aula. Antes de ir, ela dá um aviso carinhoso:

— Como eu disse ontem, é melhor não ter nenhum *drôles d'affaires* hoje. Já perdemos uma parte dos candidatos devido ao comportamento irresponsável desse fim de semana. Eu odiaria que víssemos outros membros da nossa *petite famille* sendo removidos antes que tudo isso acabe. *Comprenez-vous?*

Nós todos assentimos juntos. Derek e alguns outros garotos que participaram da guerra de comida foram expulsos da competição por causa da bagunça, o que ninguém esperava. Mas como tudo o que aconteceu foi transmitido para toda Campbell assistir, foi meio difícil negar que eles eram os culpados.

Por sorte, já fiz esse pão-de-ló tantas vezes que fui rápida na preparação, então, diferente da maioria das pessoas, consegui colocar minha sobremesa no forno antes das outras começarem a voar. Eu, Harry Donato, Lucy e Aaron Korman – um dos garotos da equipe de tênis que conseguiu sair da guerra de doces ileso – organizamos nossas sobremesas em uma mesa comprida no pátio. Dois alunos do primeiro ano se voluntariaram para supervisionar a caixa registradora para que nenhum de nós tivesse que mexer com comida e depois com dinheiro. Estamos aqui basicamente só para sorrir e vender nossas guloseimas.

Pela cara das outras sobremesas, tenho que admitir que meu pão-de-ló parece cem vezes melhor do que tudo que os outros três fizeram.

Por dentro, estou radiante. Parece que não consigo mudar minha posição no ranking indo aos eventos voluntários ou coisa assim, mas a receita tradicional da vovó de pão-de-ló nunca falha. Ele está perfeitamente amanteigado e ainda fresco, mesmo depois de ter passado a noite na sala de culinária. Isso, além do fato de que a competição nessa área parecer bem fraca, pode ser o que me fará subir no ranking. Pode até me afastar bem rápido da Cameron Roupa de Treino e me aproximar com segurança do território dos candidatos que não inventam histórias sobre seu passado com jogadores famosos de tênis.

Tenho dois bolos na mesa, exatamente como vovó me ensinou: "Um pra galinha e outro pro galo". Não tenho certeza do que isso quer dizer, mas sei que quando chega o Dia de Ação de Graças, nós sempre temos o dobro de sobremesas de que precisamos, e não acho certo questionar o que Deus determinou.

Gabi é a primeira a comprar uma fatia, seguida imediatamente por Britt e depois Stone, que na verdade não pode comer o pedaço dela por não ser vegano e ela ser "eticamente contra qualquer produto alimentício que requer trabalho animal para o nosso próprio consumo egoísta", mas Britt promete doar a fatia mais tarde para um dos alunos esfomeados do segundo ano que fazem aula de artes com ela.

— Fico feliz que você conseguiu terminar isso antes da rinha começar — Britt fala com a boca cheia de pão-de-ló. — Esse bolo é o melhor! Lembra quando sua avó mandou um pouco para a minha casa na primeira vez que você dormiu lá? Minha mãe ficou fora de si quando provou. Pessoas brancas realmente não sabem fazer coisas saborosas.

Ela balança a cabeça tristemente, e eu rio. Ela está certa: fora a comida da mãe da Gabi, eu não como nada que os pais das minhas amigas preparam, pelo bem do meu paladar. A vovó mandou que eu levasse o bolo naquele dia em parte porque ela acha errado chegar na casa dos outros de mãos abanando, mas também porque ela queria garantir que, no pior dos casos, eu teria algo para forrar a barriga até que ela fosse me buscar no dia seguinte. Não tem como ser cuidadoso demais quando se trata de comida de gente branca.

As três voltam para o refeitório quando a fila começa a ficar um pouco maior. Não são muitas opções para escolher, mas fico surpresa com o quanto meu pão-de-ló está detonando as outras sobremesas.

Depois de um tempo, e antes que eu perceba, Mack está na minha frente. Ela pega a fatia separada para os VIPs e a aperta contra o peito com um sorriso enorme, como se fosse uma medalha de Honra ao Mérito ou algo igualmente valioso. Ao se afastar, ela nem parece notar Lucy bufando e olhando feio para a exibição dramática.

— AimeudeusLiz! — Melly, uma aluna do primeiro ano e também flautista, quase tromba sem querer com Mack quando se aproxima rapidamente e se inclina sobre a mesa. Ela é fofa, muito entusiasmada, mas precisa melhorar isso de falar as palavras todas grudadas uma na outra. — Issoémaravilhoso!

— Valeu, Melly, mas você ainda nem provou. — Balanço a cabeça.

— Nãoestoufalandodobolo! — Ela sorri e abaixa o tom de voz. Seu cabelo castanho claro é raspado rente a cabeça, e de perto parece fofo e felpudo, como uma bola de tênis. — Vocêvaiconcorreràcortedaformatura! Pessoascomonós*nunca*passamdaprimeirasemana.

Pessoas como nós. Isso soa bem, de um jeito que me deixa surpresa. Ela está certa. O ensino médio é complicado, e as linhas demarcadas pelo filme *Clube dos cinco* para nos dividir não são tão claras. Os atletas também são inteligentes; o pessoal do teatro também pode ser presidente do conselho estudantil. No entanto, sempre tem o grupo dos excluídos. Aquelas pessoas que estão em todos os lugares, mas não se encaixam em nenhum. As pessoas que se envolvem, mas que não são invejadas – presentes, mas imperfeitas –, então os olhares inquisidores as tiram da competição. Pessoas como eu, como G, Britt e Stone. E, aparentemente, pessoas como Melly.

Quando o intervalo termina, nem preciso que o aluno do primeiro ano conte o quanto arrecadei quando vejo as sobras nas bandejas dos meus colegas. Vibro com um entusiasmo que não sinto há muito tempo. Há claramente uma vencedora, e, pela primeira vez em muito tempo, essa pessoa sou eu.

TREZE

Você pode achar que subir cinco posições no ranking seria motivo para comemorar, mas estamos sentadas no porão dos Marino e ninguém celebra. Seria meio difícil, devido ao ritmo incansável da Gabi e ao fato de ela estar passando sua apresentação revisada.

— Eu estava confiante de que você subiria mais depois das vendas das sobremesas. Eu tinha certeza absoluta — ela diz, demarcando com o seu fiel laser a sua antiga previsão de conseguir subir oito lugares em vez de só cinco. — Isso simplesmente não é aceitável. Eu culpo aquela abominação de cartaz pendurada no pátio.

Puxo o decote da blusa transpassada *off-white* que estou usando. É com certeza uma melhora depois do cardigã, mas queria estar com minha camisa vintage favorita da turnê do Fleetwood Mac. Não sinto como se eu fosse eu mesma agora, porém estou disposta a fazer sacrifícios por Pennington. Se estou falando sério sobre ganhar o lugar de rainha da festa de formatura, tenho que me apresentar como tal. Então farei isso, mesmo que signifique parecer mais com alguém do elenco de *The Real Housewives of*

Beverly Hills do que pareço: uma garota normal do centro-oeste dos EUA de dezessete anos de idade.

— Sendo justa, G, ela não precisou nem de dois segundos e meio pra pensar naquela frase. — Dou de ombros. — Devemos agradecer a dádiva que é a pura falta de criatividade dela e a completa incapacidade de fazer trocadilhos com o nosso idioma.

Britt aponta para minha direção com a caneta que estava usando para desenhar no seu joelho descoberto.

— Dez pontos para a Grifinória!

Eu rio e me inclino para a frente, me apoiando nos meus cotovelos.

— Mas sério, os pais da Britt terminaram os novos cartazes, e nós vamos colocá-los amanhã. Isso deve empurrar a gente um pouco mais.

— A gente precisa bem mais do que um *empurrãozinho*, minha doce e querida melhor amiga. Nós precisamos de um salto enorme, e precisamos pra ontem. — Ela bate no queixo e fica com a expressão que sempre faz antes de uma prova importante. Como se soubesse a resposta, mas estivesse quase hesitando em escrevê-la caso esteja errada. — Nós precisamos jogar o jogo da Rachel melhor do que ela. Precisamos de cartazes duas vezes maiores do que o dela. Bótons circulando por todo o corpo estudantil, inclusive entre as RobôsPompom e seus coleguinhas. Precisamos de uma reformulação completa da sua imagem pública, Lizzie. — Ela silencia por um segundo. — Me refiro a maquiagem completa antes das aulas, cabelo novo...

— Me escuta. — Britt levanta as mãos para o alto. — Talvez, só talvez, os cartazes da Rachel e a maquiagem não sejam o que a coloca na frente. Alguém levou isso em consideração? Talvez seja algo mais traiçoeiro do que isso? Como o fato de esse sistema ter sido criado pra beneficiar pessoas como a Rachel Collins?

Stone está no acupunturista, então somos só nós três esta noite. Torço para que pelo menos uma vez ninguém precise parar uma briga entre Britt e Gabi, mas parece improvável pela forma que Britt balança os joelhos.

— Por que vocês não deixam a estratégia comigo? Não tem ninguém que queira ver Liz indo pra Pennington mais do que eu, o.k.? — Gabi cruza os braços. — Já que estamos falando de estratégia, eu não gosto de como aquela Mack anda sendo amigável com você ultimamente. Não é bom para a sua imagem.

— O que você quer dizer? — Ajeito minha postura. — O que tem de errado com ela?

— É, ela parece legal — Britt diz, pegando o saco de Doritos e mastigando alguns nachos. — Lembra da Billie, aquela aluna do terceiro ano do rugby? Ela é da turma da Mack, e aparentemente, o pai dela trabalha com marketing na empresa que faz os nossos uniformes, ou algo assim. Ele vai descolar material de graça pra gente.

— Ela mastiga enquanto fala. — Então pra mim ela é bem legal.

Seja lá por qual motivo, fico contente que Britt também goste da Mack. Britt costuma ser boa em julgar caráter, e se ela gosta da Mack, talvez meus instintos estejam certos.

Gabi aperta a ponta do nariz, frustrada. Sinto que essa expressão é seu estado permanente nestes dias – um cruzamento de irritação e constipação. Ou os dois.

— Mas e os boatos sobre ela? Vocês não têm lido meus briefings noturnos?

Meu sorriso some imediatamente, e sinto como se tivesse sido pega fazendo algo que não deveria, apesar do fato de não ter feito absolutamente nada. Eu não nos chamaria exatamente de amigas; porém, toda vez que vejo a Mack agora, há algo de familiar. Toda vez que, por exemplo, passamos uma pela outra nos corredores da escola, o sorriso dela é reluzente e enorme, como se nos conhecêssemos de verdade. E parte de mim sente que é isso mesmo.

— Seja realista. Ninguém tem tempo pra ler essas coisas, Marino.

— Quais boatos? — Minha boca seca e meu estômago começa a doer. Começa de repente, como se todo o ar tivesse sumido dali. — O que as pessoas poderiam estar dizendo sobre ela? Ela acabou de chegar.

— Ah, você sabe, só que ela é meio, hum… Como eu posso explicar? Que ela tem uma vibe meio Teela Conrad.

Gabi Marino, que nunca evita confrontos, está contornando o tema. E eu sei por quê.

Teela Conrad é uma das vocalistas principais do Kittredge, e ela é bem ambígua sobre sua sexualidade desde o começo da carreira. Os sites de fofoca estão sempre postando fotos dela saindo de festas com mulheres ou em tapetes vermelhos com homens, e fazendo perguntas super invasivas sobre a vida dela em coletivas de imprensa.

Teve até um boato de que ela estava namorando Davey Mack, o baixista gostoso e também vocalista da banda e o mais próximo de um Finnick Odair da vida real que qualquer pessoa vai ter. Mas ela se recusa a se assumir e diz o que as pessoas já acreditam ser verdade sobre ela, porque, como ela canta em voz baixa na balada "My life, my story", o que ela escolhe fazer deveria pertencer apenas a ela e às pessoas com quem ela compartilha. Ela não deve nada a ninguém.

O último álbum inteiro deles foi sobre esses boatos e, na minha opinião, foi facilmente o melhor que eles fizeram até agora. Porque, sim, Teela Conrad é tipo a minha heroína.

— Quer dizer, sinceramente, ela não pensou sobre como isso a afetaria na competição? Ela tem uma *bandeira do orgulho* pendurada no armário e tudo o mais. — Ela mexe as mãos em volta da cabeça. — As pessoas amam um drama, uma novidade, mas não vão votar nela se acharem...

Ela para de falar, numa repentina falta de palavras.

— Se acharem que ela é *queer* — finalizo sua fala. Cruzo os braços e olho pela janela. — Não cai bem numa cidade pequena de Indiana. É, eu sei.

— Jesus, Marino — Britt fala rispidamente. — A gente não está nos anos quarenta.

— Mas não é isso o que eu quero dizer! — Gabi tenta recuar. — Tipo, Liz, é diferente pra você! Ninguém nunca desconfiaria que você gosta de garotas. Quer dizer, você esconde tão bem.

Mas essa é a questão: eu nunca tentei esconder. Não exatamente. Eu só... nunca transformei isso em algo enorme. Gostar de garotas nunca foi uma grande questão para mim ou para as minhas amigas. Nossa, quando me assumi para os meus avós, a única coisa que o vovô me perguntou foi: "Então agora a gente vai ter que parar de comer aquelas batatas fritas em formato de waffles do Chick-fil-A? Porque vou te dizer uma coisa, aquele troço é o mais perto do céu que eu já estive".

Ninguém fez um bolo para mim; ninguém me deu uma festa. Só aconteceu. E grande parte disso é porque eu já sabia como seria me assumir vivendo em um lugar como Campbell County, Indiana.

Silêncio e vergonha não são a mesma coisa – nem de longe. Mas, algumas vezes, é mais fácil escolher o silêncio.

— Nossa, então que bom que eu cancelei a compra da minha camiseta "GAROTAS SÓ QUEREM BEIJAR GAROTAS", né?

— Eu rio, mas é sem vontade.

Olho para os meus sapatos, um par de botas estilo Chelsea que eram da mãe da Gabi, e seguro meu pulso como costumava fazer. Posso sentir meus batimentos cardíacos na garganta e meus olhos estão queimando nos cantos, como se as lágrimas fossem inevitáveis. Às vezes acho que nunca será o suficiente: as notas boas, as roupas discretas, o estilo do cabelo, o comportamento. Eu nunca serei o tipo de pessoa que faz sentido para os outros. Eu nunca vou poder reconhecer todas as partes em mim.

— Lizzo, acho que o que a Gabi quer dizer é...

Balanço a cabeça rapidamente e seco o nariz. Preciso ir embora. Preciso sair daqui.

— Tudo bem. Tranquilo. Eu entendo. — Me levanto e caminho até a porta. — Encontro vocês antes da primeira aula pra pendurar os cartazes amanhã de manhã, o.k.?

Digo um tchau apressado para a mãe da G, que está cozinhando uma nova receita de torta de maçã vegana para desestressar, e saio rápido pela porta da frente. Passei pelas casas dessa vizinhança mil vezes, pedalei pela rua da Gabi e imaginei todas as vidas que poderia ter morando numa casa grande e bonita como essas se eu não fosse eu.

No entanto, nunca tinha me sentido exatamente deste jeito. Como se não soubesse se estou fugindo *de* ou *para* algo. Tudo o que sei é que estou cansada – incrivelmente cansada – de ter que fugir.

CATORZE

Gabi me ligou nada mais, nada menos, do que dez vezes desde ontem à noite, mas ainda não consegui me forçar a atender. Não é culpa dela, acho. Pelo menos, não de verdade. Ela estava certa sobre Mack e estava certa sobre Campbell. Não há espaço para uma paixonite como essa na minha vida, pelo menos não agora, quando tanta coisa depende desse negócio de festa de formatura dar certo.

Mesmo assim, dói vê-la falando tão francamente. Como se minha sexualidade fosse um interruptor que posso ligar e desligar quando for conveniente. Me sinto culpada por ignorar as ligações da G, mas sei o que aconteceria se eu atendesse. Eu aceitaria suas desculpas e fingiria não estar mais borbulhando por dentro por causa do que ela falou.

No entanto, eu apareço no colégio cedo de qualquer jeito, para conseguirmos pendurar os cartazes que os pais da Britt fizeram. E ainda bem que o fiz, porque nós não somos as únicas que tiveram essa ideia.

— Que droga aconteceu aqui? — pergunto quando encontro Stone e Britt no pátio. Britt tem em mãos dois copos da Starbucks com alguma bebida quente e me dá um deles quando me aproximo. Eu o pego educadamente. Nunca estou disposta a recusar uma boa dose de cafeína antes das oito da manhã. — Parece que *Nos bastidores do poder* e *Carrie, a estranha* tiveram um bebê e o chamaram de *A garota de rosa shocking*.

Olho em volta no pátio e fico maravilhada com a magnitude dos cartazes. É como se o rosto gigante de Rachel Collins num banner no dia anterior tivesse impulsionado todos a exagerarem da noite para o dia.

De um lado, Lucy e Quinn posam de costas uma para a outra usando seus uniformes de pompom no campo de futebol. Do outro, Jaxon Price faz pose com o troféu do campeonato estadual da terceira divisão de futebol americano do ano passado, com a legenda FAÇA O CO-CAPITÃO CAMPEÃO SEU REI CAMPEÃO – o que ainda é bem ruim, mas consegue ser melhor do que o que a Rachel colocou no seu banner irritantemente tedioso. E, no meio de todos eles, de alguma forma conseguindo se destacar de toda bagunça, está o rosto de Jordan. Os cartazes dele são elegantes, parecem uma recriação hábil do retrato oficial do presidente Obama na National Portrait Gallery. Alguém fez uma imitação bem impressionante do trabalho de Kehinde Wiley, com Jordan no lugar onde o presidente Obama deveria estar. Não há nenhum slogan, mas, por outro lado, ele não precisa disso. A imagem é o suficiente. A mensagem dele é simples: você reconhece a realeza quando a vê.

— Há algo realmente energizante na vitalidade do corpo estudantil neste momento — Stone diz, suspirando. Ela se aproxima com um suco verde na mão, e eu imagino que talvez seja isso o que faz dela uma pessoa tão positiva a essa hora do dia. De qualquer forma, tomo um gole do *caramel macchiato* que Britt me deu.

— Sabe o que me deixaria energizada? — Britt pergunta.

— A Marino chegar logo. Eu adoraria pendurar esses cartazes antes de me aposentar.

Então começamos a pendurá-los sem a G, e, embora a ideia de ter meu rosto estampado por toda escola me deixe enjoada, devo admitir que eles ficaram incríveis. A própria Britt fez o design.

Tiramos a foto há alguns dias, mas parece diferente agora. O que originalmente era eu segurando meu clarinete e parada diante de uma parede branca na casa dos Marino agora sou eu segurando meu clarinete com uma coroa dourada, inspirada no estilo do Basquiat, editada em minha cabeça, atrás de um vibrante esquema de cores como o de Andy Warhol, dizendo: ALCANCE A NOTA CERTA. VOTE LIGHTY PARA RAINHA.

Colocamos alguns no pátio, claro, mas decidimos colocar ainda mais nos corredores da sala de música, do teatro e do coral. Se alguém pode se conectar com o que estamos propondo, seriam os meus similares: os geeks das artes performáticas.

O tempo voa. Gabi não aparece, e me sinto um pouco aliviada. Quando os primeiros alunos entram nos corredores, nós já penduramos todos os cartazes e ninguém brigou ou teve um ataque de pânico. Levando em conta o nosso histórico, considero isso uma manhã vitoriosa.

Os alunos do grupo do coral estão fazendo uma grande competição neste fim de semana, e uma das atividades voluntárias dessa semana é ajudá-los com a organização. Quando chego na sala do coral depois da aula, a diretora do grupo, uma mulher baixa de voz grossa vestindo um macacão preto, grita instruções aos voluntários de trás de um piano digital. Todos já estão zanzando como formigas trabalhadoras e assustadas. Até as Videntes da Formatura estão assustadas.

— Vocês duas! — Ela aponta para mim, e eu me viro para ver Mack tirando o fone de ouvido enquanto chuta o skate para cima e o pega com a mão livre. — Preciso que as cadeiras sejam colocadas na sala de ensaio e empurradas pra perto da parede. Agora mesmo!

Mack e eu praticamente trombamos uma na outra para sair da sala antes que o chão se abra para uma dimensão alternativa – uma em que eu não entendo de música como esses fãs da Broadway e me sinto totalmente confortável em fazer os quatro passos do *jazz square* na frente de todo corpo estudantil – e nos engula por completo. Assim que estamos livres, nos encaramos com as sobrancelhas levantadas por um momento e explodimos em risadas. Pode ser nervoso, pode ser alívio, mas tento me convencer de que não importa qual dos dois.

— Achei de verdade que a gente podia acabar sendo vítima de um homicídio lá dentro. — Ela estica a mão e segura meu queixo gentilmente, movendo-o de um lado para o outro, como se me examinasse. Sua expressão é séria, mas o jeito que os cantos dos seus lábios se levantam um pouco a entrega; e eu não posso evitar me sentir quente sob seu olhar. — Por sorte, parece que você se safou sem machucados. E eu?

Ela levanta a cabeça, e eu penso em erguer minha mão e fazer o mesmo com ela, mas decido que não. Me lembro da fagulha que posso jurar que senti entre nós na competição de confeitaria quando estávamos nos protegendo sob a bandeja. Me lembro de que não estou nesta competição para isso.

Então, em vez disso, enfio as mãos nos bolsos e solto um riso curto.

— Você está bem. — Eu olho pelo corredor. Ela começa a ir em direção à sala, segurando o skate debaixo do braço enquanto caminha. — Vamos lá empilhar umas cadeiras.

O cabelo dela está preso em dois coques, e os cachos que são curtos demais para chegar até eles estão caídos no seu pescoço. É o contrário do meu cabelo, com cada fio esticado para trás e preso com força para que nenhum cacho saia muito do controle. Gosto disso nela – que ela não se importa em ser tão cuidadosamente ajeitada.

Toda vez que a vejo, ela parece ter acabado de sair da cama ou ter passado horas na frente do espelho antes da aula dando o seu máximo para parecer despreocupada. Mas tem algo na forma que ela caminha, meio que saltitando nas pontas dos pés como se não quisesse tocar o chão para valer, que me mostra um pouco dos dois. Como se ela estivesse aqui, mas não muito; como se ela já tivesse passado por este lugar e pelas coisas que estão acontecendo aqui.

Quando chegamos à sala, Mack acende a luz e se vira para sorrir para mim enquanto encosta o skate na parede. Eu dou uma boa olhada na parte de baixo da prancha pela primeira vez. Percebo que está decorada com stickers – um em que está escrito RUIVAS SÃO AS MELHORES embaixo da imagem da princesa Fiona, de *Shrek*; outro de um quadrado azul com um sinal de igual amarelo estampado que me parece familiar, mas não consigo me lembrar de onde; um escrito em cor-de--rosa vibrante: GAROTAS SÓ QUEREM DI... REITOS IGUAIS; e um sticker enorme do Kittredge.

— Espera. Você curte Kittredge? — pergunto, pegando uma das cadeiras e empurrando-a contra a parede para começar a empilhá-las. Sorrio para ela, não posso evitar. — É a minha banda favorita.

Não conheço mais ninguém no colégio que goste da música dessa banda. Tentei fazer Gabi gostar há uns anos, e depois de ouvir uma vez o primeiro álbum deles no carro dela um dia, ela virou para mim com um olhar envergonhado e perguntou: "A gente pode, por favor, voltar a ouvir Beyoncé agora?".

Desde então, estou totalmente sozinha na ilha Teela Conrad.

— Sim, eles são a *minha* banda favorita! — O rosto de Mack se ilumina. — Você conseguiu comprar ingresso para o show deles no domingo? Eu era a única pessoa que gostava deles na minha antiga escola, então presumi que isso automaticamente significava que eu tinha um gosto melhor do que os meus colegas. Mas você, Liz Lighty, prova que eu estava errada. Encontrei oficialmente alguém à minha altura.

— Não, eu não vou. Eu estou... — *juntando cada moeda que tenho para sair desta cidade*, penso. — Tenho certeza de que seu gosto é ótimo. Se o jeito que você toca bateria significa algo, você conhece música. — Olho para o nada quando digo isso, e não tenho certeza do porquê. Soa meio íntimo falar para alguém que você esteve pensando no jeito que essa pessoa toca, mesmo depois de sair do confinamento da sala de música.

Continuo empilhando cadeiras, mas sei que ela parou porque o barulho do plástico duro batendo contra plástico duro cessou.

Sua voz é meio baixa quando ela pergunta:

— Você acha mesmo que eu sou tão boa assim?

— Sim, é claro. — Viro meu rosto rapidamente para observá-la. — Você não faz ideia com o que a gente lidava antes do, hum, acidente. Você foi um presente divino.

Pode parecer sincero demais, mas estou falando a verdade. Existem poucas coisas que levo tão a sério quanto a banda, e a presença de Mack nela torna tudo ainda melhor. Isso significa mais para mim do que ela pode imaginar.

Ela não diz nada por um segundo. A sala fica completamente em silêncio, exceto pelo barulho da outra cadeira que empilho. Em vez de me dar uma resposta, Mack apenas aumenta o volume do celular e o som de "My Life, My Story", minha música favorita do Kittredge, enche a sala. Parece meio que destino.

Então, enquanto arrumamos as cadeiras lentamente, conversamos sobre a banda – nada de conversa sobre a festa de formatura, ou o colégio ou a bolsa de estudos. Conversamos sobre o melhor álbum deles e sobre os melhores looks da Teela Conrad em festas de gala. Conversamos sobre o que Mack quer fazer com música depois do ensino médio e por que fazer arranjos musicais é um dos meus passatempos favoritos.

Nós quase conseguimos amontoar todas as cadeiras contra a parede antes de eu perceber que estamos juntas há uma hora. Me viro, e ela está mais perto de mim do que eu lembrava, mas pode ser só nervoso. Fico meio tonta por estar perto assim dela, mesmo que não estejamos falando sobre nada. Só música, futuro e nossa *crush* comum, Teela Conrad, mas é bom.

É exatamente o que eu precisava.

— Eu não imaginaria que você seria alguém que concorreria à rainha da festa de formatura — digo, pensando alto.

— Poderia dizer o mesmo sobre você. — Ela apoia um cotovelo na pilha de cadeiras. — Mas aqui estamos nós, arrumando cadeiras juntas, como duas concorrentes reais. Não sei por que não jogam coroas na gente agora mesmo, pra ser sincera.

— Então você está nisso por causa da coroa? — Balanço a cabeça em falso desapontamento. — Achei que fosse uma mulher de princípio, alguém dedicada à bolsa de estudos e à ajuda financeira que a coroa representa!

Ela ri.

— Posso te contar uma coisa meio constrangedora?

Você pode me contar o que quiser, penso. Balanço a cabeça.

— Você já viu, na galeria de fotos, uma rainha de uma das festas de formatura com uma franja péssima e um vestido verde-limão horrível cheio de pregas? — Ela sorri.

Mack está se referindo à Galeria de Fotos da Realeza – a parede em que estão os retratos de todos reis e rainhas coroados desde que tudo isso começou e que fica próxima à diretoria. É impossível não reparar. A partir do momento em que você entra na escola, não existe a menor dúvida sobre o comprometimento desta cidade com a pompa e circunstância da maior noite do ano.

Passei na frente daquela foto mil vezes, então sei exatamente de quem ela está falando, e não sei por que não juntei as peças mais cedo. As sardas. O cabelo. O mesmo sorriso.

— Aquela é sua...

— Sim. — Seu sorriso é o maior que já vi. — É a minha mãe.

— Você deve estar brincando! — grito, mais animada do que normalmente deixaria transparecer. — Então você está concorrendo como um legado?

— Um legado? — ela pergunta, e me lembro de que na verdade ela não é de Campbell, mesmo tendo se jogado direto na maior tradição daqui, como se fosse sua única missão.

— Ah, hum, alguém com pais que já ganharam a coroa. Isso meio que te garante um tipo de vantagem que concorrer por si só não pode realmente te dar. — Não completo dizendo que ser um legado é o mais perto que você consegue chegar de ter a coroa garantida sem ser um Jordan ou uma Emme. Afundo a ponta da minha bota no carpete. — Campbell é muito dedicada a tradições e coisas do tipo.

— Ah! Bom, nesse caso, acho que não sou, sabe? Quer dizer, ser um legado só funciona se as pessoas souberem disso, certo?

— Bom, sim, eu acho. Mas por que você não falaria para as pessoas sobre isso? — Penso no que Gabi diria se ela estivesse gerenciando a campanha da Mack em vez da minha. A fórmula para medição do status de cada concorrente que G e Stone criaram entraria em parafuso se essa informação virasse conhecimento público. — Você estaria disparando no ranking.

— Ranking? — Ela ri um pouco. — Não, não estou preocupada com isso de verdade. Minha mãe costumava me contar sobre essa época incrível e maravilhosa de quando ela concorreu à rainha da festa de formatura em sua cidade natal. Fui criada com histórias sobre como essa tradição é deslumbrante e quantos amigos ela fez. — Ela dá de ombros e rói a unha. — Pensei que, já que tive que me transferir no meio do meu último semestre do último ano, viver isso faria valer a pena.

— E está valendo?

Ela meio que dá um sorriso e inclina a cabeça para o lado.

— Vou dizer que tem sido uma… experiência até o momento.

Rio. Definitivamente sei o que ela quer dizer.

— Mas aposto que ela está orgulhosa de você por se jogar.

— Ah — ela solta, olhando para baixo. — Ela morreu há alguns anos. Câncer no ovário.

Isso é estranho, e provavelmente meio errado, mas ouvi-la dizer que também faz parte do Clube de Mães Mortas faz eu me sentir mais próxima dela. Como se nós duas tivéssemos um segredo – um trauma profundo e incurável que só quem já passou por isso entende – que não pode ser explicado.

— A minha também — digo, e completo rápido: — Mas não de câncer. Derrame. Ela, hum, ela tinha anemia falciforme.

Eu não falo sobre a minha mãe nunca, mas por algum motivo, a confissão de Mack me fez querer ser honesta também.

— Ela ficaria animada com você concorrendo à rainha da festa de formatura?

Paro o que estou fazendo com a mão alcançando a última cadeira. Percebo que não sei como minha mãe se sentiria sobre a formatura. Nós nunca chegamos perto desse tipo de conversa. Eu era nova demais quando ela morreu para chegar às conversas importantes. Conselhos sobre namoros, como lidar com sua menstruação começando no meio de uma aula de educação física (uma vergonha enorme, falando nisso), qualquer uma dessas coisas. O que me lembro é de aprender a amar as pessoas que me amam com tudo o que tenho. Me lembro de visitar Pennington nos jogos de futebol com a presença dos ex-alunos usando minha blusa em miniatura da torcida dos Pennington Penguins. Me lembro de conhecer a sensação de ter alguém sendo seu mundo inteiro em um segundo e partir para sempre no instante seguinte.

Meu estômago se remexe, mas tento sorrir.

— Espero que sim.

QUINZE

Quando alguém que faz parte de sua vida está doente, ou pode ficar mais doente, sempre se espera pelo inevitável. Mesmo quando as coisas estão indo bem, quando tudo parece ótimo, uma parte sua fica esperando o pior. As palmas das minhas mãos começam a suar imediatamente enquanto leio a mensagem que a vovó me mandou, e mesmo não sendo a pior mensagem que poderia ter recebido, é definitivamente uma entre as quais eu mais temo receber.

> **Vovó:** Busquei o Robbie mais cedo hoje, ele estava apresentando sinais de crise.

> **Vovó:** Está tudo bem. Não precisa vir pra casa.

— Lighty, você está bem? — Levanto o rosto do celular para encarar a expressão muito preocupada de Jordan Jennings e percebo que parei de andar no meio do corredor. Ele aparenta estar quase tão assustado quanto eu ao repousar a mão no meu ombro. — Parece que você viu um fantasma.

Abro a boca, mas fecho-a de novo imediatamente. A vovó sabia que tinha que avisar para eu não voltar para casa mais cedo, porque o meu primeiro instinto é ir embora, ir ficar com ele. Mesmo sabendo que ele provavelmente está bem. Deve ter só exagerado na educação física ou algo assim e precisou ir para casa para descansar depois de uma crise. Anemia falciforme é algo no sangue. Foi assim que explicaram para mim na primeira vez que lembro de ver minha mãe ficar hospitalizada por um longo tempo. É algo genético. Enquanto na maioria das pessoas os glóbulos vermelhos – as células que carregam oxigênio – são moldadas como círculos, em pessoas com anemia falciforme elas têm o formato de lua. Às vezes, quando essas células em forma de lua não transitam pela corrente sanguínea, pessoas com a doença podem sentir uma dor agonizante.

Mas o que eles não explicam quando você tem cinco anos de idade é que a idade média de mortalidade para mulheres com a doença é em torno dos 40 anos. E que, para algumas mulheres, é até menos do que isso. Para mulheres como nossa mãe, foi o segundo caso.

A dor que descrevem é o que a comunidade de pessoas com anemia falciforme chama de crise. Robbie diz que parece só uma câimbra quando não é tão ruim, mas é como levar uma facada seguida de outra quando está pior. A mudança pode ser bem rápida, e essa é a parte mais assustadora: não poder adivinhar quando vai acontecer. Então, nos dias em que as dores dele ficam em oito numa escala até dez, quando não há nada que eu possa fazer para ajudá-lo além de esperar passar e garantir que ele tem os remédios por perto, esses são os dias mais assustadores da minha vida. Nunca me livro do medo de perdê-lo.

A mão de Jordan ainda está no meu ombro quando finalmente respondo, e em vez de surtar por ele estar falando comigo e encostando em mim no meio de um corredor cheio de conhecidos nossos, algo em seu gesto é reconfortante.

— Eu estou bem. É só que recebi uma notícia não tão boa. — Puxo as alças da mochila mais para o alto. — Desculpa bloquear o seu caminho ou sei lá.

Ele faz uma careta como se o que eu disse o machucasse fisicamente. Não quero ser grosseira, mas ele delimitou os termos dessa não relação há muito tempo. Apenas tento respeitar isso. Só porque baixei a guarda algumas vezes durante os eventos voluntários, não quer dizer que posso confiar nele.

— Você não bloqueou o meu caminho — ele responde.

— Você parecia mal, então parei para ver se estava bem. Não é como se... Eu estava preocupado com você.

— Você não tem que se preocupar mais comigo, Jordan.

Minhas palmas estão suadas, e embora ir para a aula seja a última coisa que quero no momento, não sei se consigo ficar parada na frente dele e ter essa conversa. Nós podemos estar em um cessar fogo, mas meus nervos estão corroídos e gastos demais para eu ser paciente.

— Sempre vou me preocupar com você, Lighty — ele fala. — A gente não andar mais junto não muda isso. — Seu sorriso aparece, rápido e fácil. — Mas, ei! Você devia pensar em trocar o negócio voluntário e vir escrever cartas hoje à noite. Fui colocado junto com a Rachel ontem, e prefiro você me ignorando de novo do que conversar com ela sobre seus planos de dominação mundial.

Sorrio. A outra atividade voluntária obrigatória à qual eu poderia ter sido designada esta semana é ainda mais inútil que o normal: escrever cartas para gatos velhos com refluxo, que serão lidas para eles por seus cuidadores. Fico mais contente de passar o meu tempo preparando o colégio para ser tomado por fanáticos por musicais do que gastar minhas noites me correspondendo com gatos com gases. O que diz muita coisa.

Jordan encosta no armário mais próximo e cruza os braços, despreocupado com o sinal que acabou de tocar e com o fato de que nós dois deveríamos estar indo para a aula.

— Estou convencido de que ela só escreve essas cartas pra poder convocar os gatos pra um altar de sacrifício na próxima lua cheia.

— Ei, J! Vamos para a aula, cara!

Me viro e vejo que a voz é de Jaxon Price, mas Jordan faz um gesto com a mão para ele ir sozinho. Jaxon bufa e segue, deixando-o para trás.

Faço a minha melhor imitação da voz da Stone:

— Tenho certeza de que o feitiço só funciona quando Vênus está na sexta casa.

Jordan desencosta do armário e caminha comigo na direção da minha aula de química avançada. Eu sei com certeza que ele deveria estar indo para o outro lado, como estava indo quando me parou, mas não me dou ao trabalho de mencionar isso.

— Enfim, você e a Rachel não são amigos? — Não consigo evitar perguntar.

As RobôsPompom e os Atletas de Jaqueta parecem grudados. Eles sempre vão às mesmas festas, fazem as mesmas atividades extracurriculares, namoram uns aos outros.

Jordan ri, andando de costas. As pessoas meio que saem do caminho quando ele passa, assim ele não precisa se preocupar se vai esbarrar em alguém.

— Nós não somos amigos, Lighty. Só conhecemos as mesmas pessoas. — Ele dá de ombros quando vira sem esforço por um corredor. — Me avisa se sua notícia estranha ficar mais estranha ainda, o.k.?

Balanço a cabeça, e ele me dá um aceno rápido antes de correr para alcançar Jaxon.

Olho para o celular mais uma vez, esperando que vovó tenha me mandado mais alguma mensagem – uma atualização, qualquer coisa –, mesmo sabendo que provavelmente não é nada sério. Mesmo sabendo que ele estará melhor amanhã. Às vezes me preocupo menos, mas nunca deixo de me preocupar completamente.

Jordan entende. Ou costumava entender. Mas esse limbo, o espaço entre quem costumávamos ser e quem somos agora, parece que vai sempre estar entre nós.

Na primeira vez que vejo Gabi em dois dias, ela marcha pelo corredor que dá à sala de música, o celular pressionado contra o ouvido e uma caixa de papelão na mão.

Ela acena e se aproxima, desligando o celular quando chega mais perto.

— Oi, minha incrível e altruísta melhor amiga.

— Espera. A gente não vai conversar sobre o fato de você ter abandonado as aulas por, tipo... — Eu olho para um relógio inexistente no meu pulso — dois dias inteiros?

— Ah, não liga pra isso. Tinha umas coisas que eu precisava fazer em horário comercial e a escola estava me atrapalhando. — Ela sorri, como se esse fosse o fim da discussão. E acho que é mesmo. Gabi é ótima em apenas conversar sobre o que ela quer a qualquer momento. — Aqui. Esses são pra você.

Ela coloca a caixa na minha mão, e olho para baixo. Uma variedade de bótons com o meu rosto estão espalhados lá dentro.

— G, isso parece… olha não é uma provocação, porque reconheço que você é genial com operações para a formatura…, mas isso parece absurdo — digo. — Tem pelo menos uns cem desses aqui.

Ela estica a mão e pega um para prender no blazer. Depois ela faz o mesmo na blusa que estou usando – uma peça estranha e com babados que nunca escolheria para mim mesma.

Nem acredito ao que me reduzi por causa de uma bolsa de estudos.

— Você tem que confiar no processo, Lizzie.

Ela dá um toque no bóton sobre o meu coração. Percebo que nunca ouvi um pedido de desculpas de fato ou uma retratação pelo que ela disse na outra noite. Nem mesmo nas mensagens de voz ou de texto ela disse que estava errada. Só diferentes variações de "meu terapeuta diz que meu tom precisa melhorar" ou "você sabe que eu te amo por quem você é, né?". Nada que amenizasse o jeito que aquela conversa fez eu me sentir.

G ajeita a bolsa de pele de cobra no meio do braço.

— Por favor, acredita em mim quando eu digo que esse é o único jeito de você vencer, o.k.? — Ela pega o celular, olha a tela e faz uma careta. Quero perguntar o que é tão ruim que faz ela franzir a testa com tanta força, mesmo com rugas sendo seu segundo maior medo na vida (perdendo apenas para a banda formada por robôs do Chuck E. Cheese, claro). — Os números não são bons. O jogo está contra nós.

— Nós? — Minhas sobrancelhas sobem. — É, desculpa, mas a última vez que eu conferi, é o meu rosto nesses bótons, nos cartazes e nos adesivos que você pediu para os Lucas fazerem. — Consigo perceber minha frustração aumentando. — Sou eu que tenho que fazer tudo... — balanço minha mão ao redor, apontando tudo, do meu rosto nos cartazes da parede próxima a mim até a roupa ridícula de vaqueira — ...isso.

— Lizzie, por favor. — Ela suspira, sua mão pequena tocando meu braço. Eu odeio quando ela usa meu apelido desse jeito, como seu eu fosse algum tipo de bebê que precisa ser acalmado. — Você sabe o que eu quis dizer. Só estou dizendo que quero eu e você fazendo tudo o que podemos pra que você tenha chances de ganhar.

— Bom, se quer tanto ajudar, *você* pode carregar essa caixa ridícula. — Empurro a caixa de volta para a mão dela quando chegamos perto da sala de música.

Melly e sua amiga Katherine Evans, nossa melhor violoncelista, se aproximam rápido de nós quando entramos na sala.

— Liznós*nunca*temosnerdsdabandaemcoisascomoessa!

— Melly vem falar comigo mostrando o celular. Meu cartaz é o plano de fundo dela. Ver isso me deixa meio chocada por um segundo, e Gabi cutuca minha costela com o cotovelo, como se dissesse "viu, eu falei!". — Vocêélamosa!

Gabi ama que Melly e Katherine se tornaram minhas duas maiores apoiadoras. As duas praticamente me fizeram virar o assunto do momento no círculo nerd graças ao tanto que têm falado de mim. Eu agradeço – de verdade, sério –, mas acho que ainda não me acostumei a ter a atenção voltada para mim, em especial uma atenção que eu mesma provoquei.

Katherine abaixa a voz como se estivesse compartilhando uma informação secreta:

— Isso faz a gente quase parecer *legal*.

— Vocês já são legais — respondo e conduzo as duas para dentro da sala de música, rindo quando elas reviram os olhos.

— Mas sintam-se à vontade pra pegar uns bótons! Nós temos uma quantidade exagerada deles. Direciono essa última parte para a Gabi, mas ela finge que não me ouve enquanto se dirige ao fundo da sala para pegar o seu clarinete. Quando entramos ali, a banda está daquele jeito maravilhoso antes do ensaio, em que todos já se ajeitaram e estão afinando os instrumentos, arrumando o porta-partitura e entrando no modo ensaio. É um dos meus momentos favoritos hoje em dia.

Ela me entrega outro bóton quando nos sentamos.

— Ainda acho que isso é demais, G. Eu já tenho esse rosto por 24 horas, sete dias na semana. — Aponto para a minha cabeça. — Pra que eu tenho que usar dois?

Reviro os olhos e o coloco na minha blusa mesmo assim. Não brigo com muito empenho. Contanto que estejamos nos preparando para tocar, nada dessas outras coisas importam.

— Tudo bem, turma! — O sr. K sacode as mãos no ar para chamar atenção para ele. — Vamos lá!

Coloco a partitura em minha frente e respiro fundo, o nervoso indo embora na mesma hora. E, por um segundo, bótons, festa de formatura e melhor amiga autoritária são esquecidos. Porque isso, bem aqui, sempre faz sentido.

DEZESSEIS

— O.k., uma pergunta, uma resposta. Você me pergunta uma coisa, e eu te pergunto algo — Mack diz enquanto organizamos algumas mesas no pátio. Tem uma pilha enorme delas em um carrinho que esperam que a gente descarregue antes que o nosso turno como voluntárias acabe. Algumas pessoas do grupo do coral que vão competir chegarão amanhã à noite, e o colégio está gradualmente virando algo ainda pior do que A Inútil Terra da Festa de Formatura: A União da Dancinha de Jazz. Por cima da já ridícula camada de cartazes de campanha e panfletos com candidatos à corte da formatura que se enfileiram pelas paredes e armários, agora temos que lidar com decalques de notas musicais e cartazes com glitter feitos à mão dando as boas-vindas a grupos com nomes como Petulante Colégio Park Meade e Velocidade Vocal de Valley Glen. Fico enjoada só de ver.

— Hum, parece perigoso. E se você me perguntar algo que eu não quero responder? — Meus braços parecem estar especialmente moles enquanto desmontamos as pernas da mesa de plástico e a prendemos direito. — Ninguém precisa saber que eu atirei num homem em Reno só pra ver ele morrer.

— O.k., dez pontos pela referência a Johnny Cash. — Ela ri.

Decido começar:

— Como você se sente sobre Campbell agora que está aqui há um total de três longas semanas?

— Às vezes consigo entender por que minha mãe e meu pai gostavam tanto deste lugar. Outras vezes não sei como qualquer pessoa consegue respirar nesta cidade.

Me sento sobre uma das mesas e fecho os olhos por um segundo. Se tem uma coisa que eu entendo, é esse lance de se sentir sufocado no lugar onde moramos e com as pessoas que temos de conviver. Mas também entendo a outra parte, embora eu a sinta com menos frequência.

— E você? — ela pergunta, me encarando e roendo a unha do dedão. — Sei que deve ser difícil ser uma das poucas alunas negras em Campbell. E não ajuda que a Regina George racista, Rachel Collins, fica no seu pé.

Em vez de responder, faço uma pergunta:

— Você percebeu?

— Claro que percebi. Eu percebo muita coisa sobre você. — Ela lança um sorriso suave para mim antes de puxar uma mesa do carrinho sozinha, como se não tivesse acabado de virar o Furacão Mack, bagunçando minha vida com uma só frase. — Você consegue fazer com que eu cale a minha boca e escute por um minuto. De acordo com o meu pai, isso é quase impossível.

— Ei, quer ir pra um lugar comigo? — Eu pergunto, surpreendo a mim mesma. Eu me apresso em esclarecer o convite quando ela se vira para olhar pra mim com as sobrancelhas levantadas: — Quer dizer, se eles querem que a gente faça serviço voluntário, podemos fazer algo que ajude a comunidade.

Estamos trabalhando há apenas, sei lá, quinze minutos, mas me dou conta de que já estou pronta para ir embora. Bom, talvez pronta para ir para outro lugar com a *Mack*. O único aspecto da campanha que faz sentido para mim, sinceramente, é o serviço social. Mas parece meio vazio fazer algo assim numa cidade como Campbell; uma cidade que já tem todos os recursos que precisa. Se vou fazer isso, quero servir a um lugar que realmente precisa da nossa ajuda.

É arriscado.

Podemos perder os pontos do dia.

Mas às vezes vale a pena fazer o que achamos ser o certo.

— Hum, sim. Com certeza! — Ela balança a cabeça rapidamente e limpa as mãos no macacão, se inclinando para pegar o skate que repousa próximo ao carrinho cheio de mesas. Juro que os olhos verdes dela brilham quando ela me encara. — Pra onde você está pensando em ir?

Estacionamos em uma vaga na rua próxima a um despretensioso prédio de tijolos. Mack é pé no chão demais para ficar assustada com o bairro ao qual a trouxe, mas percebo que ela está se perguntando o que estamos fazendo aqui.

— Você é boa com crianças? — finalmente decido perguntar, enquanto ela me segue pela rua.

— Hum, sim. — Ela balança a cabeça. — Não convivo com nenhuma faz um tempo, mas...

— Tia Lizzie! Tia Lizzie! — Ela é interrompida pelas vozes das crianças berrando o meu nome assim que passamos pela porta. Não tem como prepará-la para a multidão de pestinhas que voam até nós, se enroscando nas pernas dela

e me puxando pela mão na direção da sala de recreação. —
Você voltou!

— Liz, hum... — Mack está parada no lugar, presa ali
por Peanut Parker, que se senta no chão na frente dela, amarrando os seus cadarços juntos. — Me ajuda aqui?

Balanço a cabeça, rindo. Peanut é uma garotinha de seis
anos cheia de energia que parece ter 26 e ama perturbar os
novos visitantes desde o dia que nasceu.

— Peanut, deixa ela em paz! Por isso não trago mais gente aqui. Vocês não sabem se comportar!

Eu trouxe Gabi aqui uma vez, há dois anos, quando estava me voluntariando no verão. E Peanut – na época com
apenas quatro anos e o terror da creche – pintou com os
dedos toda a bolsa rosa clara de couro, muito cara, que ela
tinha ganhado da avó no aniversário de dezesseis anos. Sinceramente, nunca vi minha melhor amiga chorar como naquele
dia. Foi uma tragédia daquelas que não ousamos comentar.

Nem preciso dizer que parei de trazer convidados à Bryant House.

Mas sinto que posso confiar à Mack essa parte da minha
vida. E, se a forma como ela reprime um risinho enquanto
imita a voz de um gigante com a Peanut enlaçada em sua
perna esquerda é indicativo de algo, eu fiz a escolha certa.

— Lizzie. — A doutora Lamont me surpreende colocando a
mão no meu ombro. Ela é uma mulher negra alta e esbelta com
seus cinquenta e poucos anos. Ela anda com tanta delicadeza
que algumas vezes mal consigo ouvi-la se aproximando. — Por
que você não me disse que estava vindo? — Ela inclina a cabeça
na direção de Mack com um sorriso. — E trouxe uma *amiga*.

— Sim, doutora L, uma *amiga*. — Eu me viro e envolvo o pescoço dela em um abraço apertado. — Mack e eu estávamos por aí fazendo serviços sociais em Campbell hoje. Mas achei que você poderia precisar mais da gente. Bryant House sempre está à procura de gente para vir ajudar. É o pilar da comunidade de Indianapolis: uma creche, um acampamento de verão, um refúgio para as crianças do bairro que não têm outro lugar para ir. Mas, além de tudo isso, a doutora L organiza, desde que eu era criança, um grupo de apoio e eventos com bufês especiais para as crianças que estão sendo tratadas no hospital infantil no fim da rua e para a família deles. Costumava ser um projeto pessoal de meio período, algo que ela fazia para ajudar os familiares de seus pacientes, mas, desde que se aposentou, ela trabalha em tempo integral ali.

Antes de deixar a medicina, ela cuidou do Robbie quando ele ainda era bem pequeno, e vê-la trabalhar foi um dos motivos que me levaram a decidir que quero ser hematologista.

— Bom, então vamos lá. Os pequenos precisam de alguém pra ler pra eles por um tempo. — A doutora L beija minha testa e inclina a cabeça na direção da sala de recreação. — É bom você vir também, Amiga Ruiva.

Olho para Mack por cima do ombro e vejo que o rosto dela ficou completamente vermelho.

— Hum, sim, senhora. — Mack sussurra algo para Peanut, e a garotinha solta risinhos e corre na frente até a sala de recreação. Não consegui entender direito o que ela disse, mas ninguém consegue fazer Peanut obedecer na primeira tentativa. Nem mesmo eu.

Caminhamos pelo curto corredor que leva à sala de recreação. Normalmente as crianças estariam brincando ao ar livre, mas vi no jornal que teve um tiroteio no bairro na semana passada. A doutora L é sempre muito cuidadosa ao deixar as crianças no parquinho depois de notícias como essa.

Enquanto a doutora L dá bronca em algumas das crianças de seis anos – as mais velhas deste grupo específico – Mack vem para o meu lado.

— Tudo bem, me fala, por favor, quem é essa magnífica mulher amazona e por que eu estou com vontade de oferecer meu primogênito pra ela?

Sacudo a cabeça, e meu riso explode de um lugar nas minhas entranhas de onde só as risadas mais honestas saem. Percebo que eu ri mais com Mack nesta tarde do que tenho rido nos últimos tempos.

— Bom, primeiro, você devia oferecer seu primogênito pra ela porque ela é uma mãe melhor do que qualquer outra que já conheci, e ela nem filhos tem. E, segundo, o nome dela é doutora Leanne Lamont, mas pode chamá-la de doutora L. Ela controla esse lugar com pulso de ferro e coração de ouro.

Mack assente e rói a unha do dedão, claramente absorvendo a informação. Ela sempre faz isso, rói a unha quando processa algo novo ou está diante de uma situação ou pessoas novas. Eu acho estranhamente fofo. Mas, tipo, fofo de um jeito que com certeza não vai dar em nada, nunca, entre nós duas, porque somos apenas amigas e tenho muito na minha cabeça agora para começar a me preocupar com garotas fofas e...

— Pulso de ferro e coração de ouro? — A doutora L aparece atrás de nós e eu dou um pulo de surpresa de verdade.

— Acho que vou registrar essa frase. — Ela coloca dois dedos na boca e solta seu famoso assovio para chamar a atenção de todos. — Vocês sabem do que é hora agora! Quem quer ouvir a tia Lizzie e a amiga dela lerem algumas histórias?

Peanut é a primeira a correr para longe do lugar onde estão pulando corda, que ela mesmo organizou, e se junta a nós onde formamos um círculo informal no chão. Eu me sento com as pernas cruzadas e ela sobe no meu colo, em vez de encontrar um lugar para ela.

— Ela é branca — Peanut sussurra em meu ouvido num tom conspiratório.

— Eu sei que ela é branca, P. — Sorrio, achando graça. — Tem várias pessoas no mundo com aparências diferentes da nossa.

Bryant House é o coração de um bairro quase que inteiramente negro, então não é sempre que temos uma pessoa branca passeando por estes corredores. Não posso culpá-la por estar um pouco curiosa.

Não satisfeita, ela olha para Mack, que se senta do outro lado da roda, no momento em uma conversa intensa com um garoto de cinco anos chamado Troy.

— Bom, o.k, mas por que o cabelo dela é assim? Ela parece aquela menina assustadora com flechas.

Vale dizer que Peanut não gostou de *Valente* quando assistimos durante o acampamento de verão no ano passado.

— Ela nasceu com esse cabelo. Assim como eu nasci com este cabelo, e você nasceu com seus cachos lindos. — Eu seguro uma de suas tranças e imediatamente a solto. — Por que você está tão curiosa?

— Sei não. — Ela dá de ombros. — Eu gosto dela. Ela tem um cheiro bom e falou que gostou da minha blusa.

E, veja bem, a aprovação de Peanut Parker vale muito para mim.

Quando todo mundo está finalmente acomodado em seus lugares, a doutora L dá a Mack a pilha de livros em vez de dá-la para mim.

A doutora L nunca nem chegou a pedir para a G colocar suco em um copo quando ela esteve aqui, então isso parece uma aprovação também. Menos emotiva do que a de Peanut, mas ainda assim é uma aprovação.

Então Mack pega a pilha e pede para Troy escolher um livro. Ele puxa o *Whistle for Willie*, do Ezra Jack Keats. Meu coração se aperta ao ouvir Mack lendo, a voz dela fluindo perfeitamente em cada cena. Ela parece tão confortável com o livro em uma mão e Troy encostado em seu ombro. Quando ela vira a última página, Peanut se estica para sussurrar em meu ouvido de novo:

— Tia Lizzie, por que você olha pra garota branca desse jeito?

— Que jeito, P?

Ela revira os olhos e tenta mais uma vez:

— Dããã, do jeito que a Tiana olhava pro Naveen?

Porque, sim, a Peanut não curtiu *Valente*, mas ela simplesmente amou *A princesa e o sapo*. E... ah, droga! Uma menina de seis anos acabou de perceber meu ridículo e inconveniente (e agora difícil de ignorar) *crush*.

Então, enquanto Mack lê as últimas frases e recebe uma rodada de aplausos entusiasmados da sua cativa audiência, eu percebo algo importante: a doutora L precisa parar de deixar as crianças assistirem a tantos filmes da Disney.

DEZESSETE

Jordan parecer ter o dom de me encontrar quando estou esgotada. Estou saindo apressada pelas portas da frente do colégio quando Jordan me vê. Ele está encostado no carro de Jaxon Price, rindo com alguns outros garotos do time de futebol.

— Ô, Lighty! Espera! — ele grita e se despede dos garotos antes de caminhar na minha direção.

Olho a hora no meu celular. Estou atrasada para o trabalho, porque decidi parar e conversar com o sr. K depois da aula. Eu tinha que contar a ele sobre não ter conseguido a bolsa de estudos. Estava começando a parecer muito com uma mentira. E eu não podia fazer dele uma das pessoas com quem não ando sendo completamente honesta.

Quando ele se ofereceu para fazer o que pudesse para ajudar, eu disse que estava trabalhando em uma solução e que tudo ficaria bem. Ele concordou silenciosamente, mas sua expressão me disse que ele não acreditou muito. Não posso culpá-lo. Eu também não acreditaria. Não sei nem se acredito.

— Pra onde você está indo? — Jordan pergunta quando finalmente me alcança. — Para o trabalho? Precisa de carona? — Ele aponta o carro com a cabeça. — Ainda trabalha na loja de música? Estou indo para aquela direção.

Hesito e olho para o bicicletário. Eu realmente preferiria não ter que pedalar por todo o caminho até o trabalho.

— Hum, na verdade, sim, eu quero. Isso seria ótimo.

Eu dou uma corridinha para pegar a bicicleta, e ele a levanta com facilidade para acomodá-la em sua caminhonete. Subo no banco de passageiro e fico meio surpresa com o quanto o interior do carro dele é limpo.

Estou nervosa, incapaz de ficar focada. Depois de conversar com o sr. K, uma parte de mim parece mais leve. Mesmo assim, o peso de tudo o que não estou dizendo começa a parecer quase esmagador.

— Lighty, você pode não ser mais o meu segundo, mas algo está errado. — Ele olha para mim enquanto saímos da garagem. — Você está fazendo aquela coisa com as sobrancelhas.

— Eu estou bem!

Esfrego as sobrancelhas depressa, porque sei exatamente do que ele está falando. É um desses tiques de ansiedade. Minha sobrancelha esquerda tem a tendência de ficar com vários espasmos quando me estresso. Na verdade, isso piorou tanto ano passado por causa das provas admissionais que minha vó considerou seriamente me levar ao médico.

— Tudo bem, eu estou um pouco estressada, mas nada que eu não possa lidar. Nada que não possa resolver.

O caminho da escola até a Melody é curto de carro. Jordan contorna a esquina do shopping center e, sem precisar que eu explique onde tenho de ficar, estaciona e vira para me olhar.

— Olha, se você precisar que eu cuide de alguém, posso fazer isso por você. — Ele tenta fazer uma expressão intimidadora, mas seus olhos castanhos suaves e o rosnado nada convincente o entregam. Quando eu rio, ele fica sereno.

— Como nos velhos tempos.

— Bom — digo, puxando uma linha da desconfortável calça social da Yves Saint Laurent que a G me mandou —, não exatamente como nos velhos tempos. Sabe, devido às circunstâncias.

Não há realmente um jeito bom de abordar o assunto: que teve uma época, anos inteiros de nossas vidas, que nossa amizade significava tudo para nós, e ele jogou tudo fora em um dia.

— Você tem razão. — Ele parece vulnerável e sincero. — Mas é legal estar de novo perto de alguém que me conhece de verdade.

E, sim, eu entendo isso. Sei como é o conforto que vem junto de estar perto de pessoas que sabem quem você é, lá no fundo, quando ninguém mais está prestando atenção. Eu costumava me sentir assim com o Jordan e, até umas semanas atrás, eu me sentia assim com a Gabi também.

Jordan fez o que ele achou que precisava fazer para sobreviver ao primeiro ano do ensino médio, e eu fiz o mesmo. É uma droga não receber o pedido de desculpas que quis tanto nos últimos anos, mas senti falta dele. Senti falta de *nós*, e parece que ele também. E isso é o suficiente por agora.

Levanto o dedo mindinho, oferecendo uma promessa que estou meio aterrorizada de fazer.

— Trégua?

Ele enlaça o dedinho ao meu e mostra o seu meio sorriso típico.

— Pode ter certeza, Lighty.

DEZOITO

É dia do jogo anual de futebol americano feminino que sempre acontece no meio da campanha para a corte e, graças aos meus nervos, estive prestes a vomitar a manhã inteira.

Me apronto na nossa modesta quadra fechada, e as palavras que Robbie disse durante o café da manhã – que se tudo der errado, eu deveria apenas "me fingir de morta" quando entrasse em campo – ecoam nos meus ouvidos. Nós não precisamos derrubar ninguém de verdade, mas ele tem um argumento válido: nada é fora de questão com esses monstros, e todas as opções de autopreservação devem ser exploradas.

Para me distrair da iminente humilhação, pego o celular na bolsa uma última vez para ver se não tenho nenhuma mensagem perdida. Mack ainda não apareceu, e meu peito se aperta um pouco. Espero que ela não perca esse evento. Passar um tempo com ela é a única parte boa de tudo isso.

Preciso relaxar, mas nenhuma das minhas estratégias de enfrentamento estão funcionando. Esse jogo é uma combinação de tudo o que mais odeio: público grande, atividade física e nenhum treinamento no qual eu pudesse pelo menos tentar criar uma estratégia, então sinto como se estivesse prestes a sair do meu corpo por causa da ansiedade. Pior ainda: as pessoas do time vencedor ganham pontos extras na campanha, e subir um pouco poderia me ajudar. Segundo Gabi, mesmo com a ajuda dos cartazes e dos bótons, já que as notas são a menor parte da pontuação, ainda estou bem longe de entrar para a corte. Seis posições, para ser exata. Isso é anos-luz de onde comecei, mas ainda não é onde preciso estar.

— Liz! — Um par de braços ossudos enlaça com força a minha cintura, e levanto um pouco o pé no ar.

— Quinn. — Me viro, e Quinn abre um sorriso enorme. Dou um pequeno sorriso pelo tanto que ela parece animada, meio que como um filhotinho que acabou de ser solto na praia pela primeira vez. — Preciso que você saiba que eu não sou o tipo de pessoa que gosta de contato físico.

— Aimeudeus, Liz, eu esqueci! Você está totalmente certa: consentimento é tudo. — Ela balança a cabeça vigorosamente, mas seu sorriso nunca some. — Só queria te dizer o quanto estou animada por estarmos no mesmo time! Vai ser ótimo. Acho que podemos correr um...

— Espera. Quem mais é do nosso time? — pergunto, percebendo de repente que a única coisa pior do que competir contra Rachel Collins seria ter que ajudá-la a ganhar.

— Ah, você sabe, o de sempre! — Ela sacode a mão, como se isso respondesse tudo. — São dez de cada lado. Eu e você estamos juntas, o que é ótimo porque eu sei de fato que a Rachel e a Luce não sabem a diferença entre um *linebacker* e um *cornerback*.

Ela ri como se fosse a piada mais óbvia do mundo, e eu rio também. Não por saber do que ela está falando, mas porque Quinn Bukowski é a personificação viva de alguém que controla multidões.

— Vamos lá! Vamos reunir o resto das garotas e montar um plano de jogo juntas. — Ela começa a caminhar até os es pelhos onde as atrasadas ainda estão se arrumando pensando nas fotos, e eu a sigo. — Estou pensando que podemos fazer um passe na nossa primeira jogada, já que queremos guardar o braço da Becka pra mais tarde... a garota tem um canhão ali, e não queremos desperdiçá-lo.

— Quinn, como você sabe essas coisas? — pergunto enquanto ela agrupa gentilmente os outros membros do nosso time para a reunião. Ela também não precisa pedir duas vezes para elas, que parecem prestar atenção no mesmo instante em que ouvem a voz animada dando instruções, como se soubessem de algo que eu não sei. — Você está, tipo, me assustando um pouco.

— Ah, eu achei que todo mundo soubesse. — Ela joga a cabeça para o lado e sorri do jeito reluzente de sempre. — Meu pai é o dentista oficial do Colts!

No minuto em que saímos do vestiário, fico impactada com a magnitude do jogo. O ginásio está mais cheio do que fica durante a temporada de futebol. Pessoas de toda a comunidade estão aqui, prontas para fazer parte de um dos momentos favoritos dos pais na competição. Consigo ver Robbie a postos na primeira fileira, ao lado de Gabi, Stone e Britt. Eles balançam os braços no ar enquanto corro para a quadra, e eu sorrio em resposta. Sinto vontade de rir, e acabo soltando uma gargalhada. Isto parece selvagem, um pouco absurdo, mas também é empolgante. O zunido da ansiedade ainda está aqui, tamborilando sob minha pele, mas isso é meio... divertido?

Todos torcem, e mesmo não sendo de noite, colocaram a iluminação do estádio no máximo. É como a junção entre *Friday Night Lights* e *Gossip Girl*: mães usando colares de pérolas e blusas imaculadas ao lado de pais com o moletom dos Campbell County Cougars e segurando cartazes para torcer por suas preciosas filhas em um jogo falso de futebol americano.

Os garotos estão usando uniformes de líderes de torcida, e eles fazem uma versão muito ruim (mas bem-intencionada) de *Bomm! Dynamite*, que envolve Jaxon mexendo muito a bunda e Harry fazendo o *worm*.

Nos ajeitamos em nossas posições quando finalmente vejo Mack. Ela está na lateral da quadra, de uniforme, e balança a cabeça com firmeza para algo que Madame Simoné está dizendo. Então Madame S coloca uma bandana branca na mão dela e a manda para o campo.

Nosso time se reúne de novo para repassar a tática de jogo. Começamos com a bola, graças à excelente habilidade de Quinn de jogar uma moeda. Mack vem para a minha direita e joga o braço sobre meu ombro, como todas fazem. Quero perguntar o que houve, mas ela apenas sorri e pergunta "o que eu perdi?", como se tudo estivesse normal.

— Bom, aparentemente Quinn é a encarnação de Peyton Manning e está no momento transformado esse grupo diverso em um time de verdade. — Balanço a cabeça. Quinn está falando e não quero interromper, então continuo em voz baixa: — Eu estava torcendo pra poder só ficar no banco e, você sabe, ser a garota que passa a água. Mas ela não aceitou.

— Você seria uma garota da água tão atenciosa — Mack diz, e meneia a cabeça em falsa solenidade. — Isso é uma perda real para o nosso time.

— E a Liz vai continuar daí! Ela é nossa arma secreta. — Quinn está com uma mão no centro da roda, e todos fazem o mesmo.

— Espera, o quê?

— Cougars no três, meninas! — Quinn grita. — Um, dois, três, Cougars!

Agora eu estou estressada. Estava ocupada demais flertando para prestar atenção no plano, e não tenho ideia o que devo fazer. Enquanto todas conseguem encontrar suas posições na linha de *scrimmage*, eu só acho um espaço próximo ao meio e me ajoelho, porque parece a coisa certa a se fazer. Afinal, você não consegue notas como as minhas sabendo *todas* as respostas. Metade disso consiste em interpretar corretamente as pistas em seus contextos.

— Nossa, olha só o que temos aqui, meninas. A Senhorita Estudiosa com Méritos Nacionais decidiu dar o ar da graça. — Rachel coloca as mãos na cintura e sorri com raiva. Eu sei o quanto isso soa estranho, mas é verdade. Rachel Collins se tornou especialista na arte de sorrir com raiva.

Claire e Lucy estão uma de cada lado dela, e Claire ri baixinho enquanto Lucy revira os olhos.

— Rach, a gente pode só começar a jogar? Algumas de nós temos hora marcada com a manicure depois disso, e você sabe o quanto é difícil fazer a Lila atender em casa.

Rachel se posiciona diretamente na minha frente e sorri com desdém.

— Espero que esteja pronta pra ser destruída, querida.

O time da Rachel usa bandanas vermelhas na cabeça, e há algo de apropriado na imagem das pontas dos nós aparecendo, como chifres, na testa dela.

A voz estrondosa do locutor que anuncia o começo da temporada de futebol dá início ao jogo:

— Olá, olá, olá, fãs do Cougars! Quem está pronto pra um pouco de futebol? A multidão reage instantaneamente, explodindo em gritos. Quero corrigi-lo e lembrar que não estamos nem usando o equipamento de proteção aprovado pela Associação dos Atletas do Ensino Médio de Indiana, então legalmente não deveríamos chamar isso de futebol, mas na mesma hora que o pensamento entra na minha mente, as pessoas ao meu redor explodem num alvoroço de movimentos.

E quando Becka — nossa *quarterback*, aparentemente — empurra a bola para a minha barriga de repente, olho em volta freneticamente, tentando entender que droga eu deveria fazer com isso. Consigo ouvir Mack gritando em algum lugar atrás de mim:

— Vai, Liz, vai!

Logo, faço minhas pernas dispararem, canalizando uma das alfinetadas que Robbie me deu mais cedo:

Lizzie, suas pernas são mais longas do que as de qualquer uma que vai estar lá. Tudo o que você precisa fazer é dar um passo, e você vai ter passado do meio de campo para a linha do gol.

Pelo canto dos olhos, consigo ver garotas me seguindo, braços esticados para pegar minhas bandeiras, mas apenas continuo a dar passos mais largos até minha panturrilha doer, até não ter nada na minha visão periférica além do gramado verde e da plateia. O som da torcida me anima, e antes que eu perceba, atravesso a *end zone*.

— Isso é um *touchdown* para o time branco, e o primeiro ponto do jogo vai para Lighty Ligeirinha! — A voz do locutor ressoa pelo alto-falante, e a arquibancada treme com o som dos pés pisoteando o metal.

Respiro com dificuldade, ainda com a bola agarrada ao peito, e Quinn corre até mim, batendo palmas.

— Eu sabia, Liz, eu sabia! — Ela parece tão contente, e do jeito que minhas bochechas ardem, minha expressão provavelmente combina com a dela. Não posso acreditar! Eu fiz o ponto! Eu, Liz Lighty. A alta, desengonçada e esquisita Liz Lighty marcou ponto com um *touchdown* no jogo de futebol americano feminino. Quinn pega a bola de mim para levá-la de volta à linha de partida e comenta, sorrindo: — O Jordan disse que você seria nossa arma secreta.

Jordan?

Eu olho para a lateral da quadra, onde Jordan joga um punho no ar enquanto balança o pompom para todo lado.

— Deu certo, pessoal! — ele grita.

Aceno para ele ao me apressar de volta para a linha central. Estou cansada de correr, mas me sinto forte – finalmente andar de bicicleta para todo lado está valendo para algo! Nunca me considerei uma garota com espírito de equipe, porém o jeito que todas dão tapinhas nas minhas costas e oferecem as mãos fechadas para um cumprimento quando passo faz eu me sentir bem para caramba.

Nós tentamos um ponto extra depois disso, e Quinn é quem chuta. A bola sobe perfeitamente pelo ar, e ela se vira para sorrir para nós como se não tivesse nenhuma dúvida que seria assim.

Estamos quase no intervalo quando Quinn decide que é hora de tentarmos a sorte e fazer a jogada de novo, só que comigo correndo pela esquerda em vez da direita. O time vermelho está com menos oito jogadoras, e posso ver Rachel ficando visivelmente aflita. Ela explode com Kaya Mitchell-son, uma das pobres almas atualmente abaixo de mim no ranking:

— Para de arrastar seu pé tragicamente gigante e descoordenado e vê se começa a jogar direito!

Quando o jogo começa, consigo pegar a bola e atravessar a quadra de novo. Me sinto imbatível enquanto corro. Olho para a arquibancada e vejo Robbie pulando para cima e para baixo, Britt levantando o punho no ar, e Gabi gritando enquanto grava tudo no celular. Até mesmo Stone parece realmente animada. Estou levitando, deslizando. Ninguém pode me alcançar. Sou como um pássaro, gracioso e...

— Ai! Isso deve ter doído! — o locutor grita. — Uma jogada irregular de Rachel Collins tira Lighty Ligeirinha da jogada!

— Hmmmmmmm — gemo do chão.

Abro os olhos, mas os fecho logo em seguida. Posso sentir a iluminação brilhante do estádio, e tudo dói. Sinto como se tivesse sido atingida por um caminhão. Penso em me sentar, porém imediatamente mudo de ideia. Meu corpo dói, mas pior do que isso: sei que todos os olhos no estádio estão em mim. Estou vivendo um dos meus maiores medos.

Então me lembro do que Robbie disse e decido que vou ficar deitada no chão para sempre. Vou fingir estar morta até todo mundo ir embora. Vou fingir estar morta até a festa de formatura acabar, e aí talvez eles me concedam uma bolsa de estudos póstuma por ter sido brutalmente machucada no cumprimento do dever.

— AI MEU DEUS! — Ouço Quinn arfar em cima de mim enquanto segura meu rosto com as duas mãos. Elas são incrivelmente macias e, de alguma forma, não estão nem um pouco suadas, mesmo que estejamos no meio de um jogo de futebol. Ela continua: — Por que você está comemorando, Rachel? Ela está morta! — Abro os olhos quando a voz dela sobe para uma oitava que apenas pequenos cachorros e pessoas abaixo dos trinta anos podem ouvir. — Você a matou! Ah, Liz, você era tão jovem!

Inclino um pouco a cabeça para a direita e olho a multidão.

— Quinn — consigo dizer baixinho. No momento em que ela ouve minha voz, suas lágrimas cessam e seu sorriso retorna.

— Liz, você voltou! — Ela se joga sobre meu corpo, e eu solto um ganido em resposta. Ela se senta rapidamente e faz uma careta. — Desculpa! Esqueci como seu corpo é frágil e como não gosta que encostem em você.

Quando ela se levanta, eu respiro um pouco para me acalmar. Consigo me mexer, agora que o choque inicial passou, mas ainda não tento me levantar. Não estou machucada, pelo que parece, porém posso dizer que terei uns hematomas sinistros onde Rachel me atacou.

Vejo que o resto do time se ajoelhou na quadra, e fico surpresa com o quanto tudo isso parece solene. Um árbitro está parado na lateral com as mãos no quadril, repreendendo Rachel. Não consigo ouvir o que ele diz, mas pelo jeito que o rosto dela fica vermelho e o pé dela bate no chão, não tem como ser algo bom.

Enquanto olho para a multidão, petrificada e esperando pela minha reação, penso no que Gabi faria.

Decido dar um show para eles.

— Lighty, você está bem? — Jordan se ajoelha ao meu lado, sua expressão a imagem da preocupação. A saia que ele está usando parece mais curta agora que o joelho peludo dele está bem ao lado da minha cabeça. Ele coloca uma mão no meu braço e aperta gentilmente. — Você levou aquele tranco como uma campeã.

Faço um gesto para ele se abaixar e ele o faz.

— Vou ficar bem — sussurro. — Mas preciso que você me carregue pra fora da quadra agora mesmo, do jeito mais dramático possível. Eu explico depois.

As sobrancelhas dele se juntam, mas ele não hesita antes de me pegar em seus braços. Quando o faz, a multidão explode em gritos.

— Lighty é forte! Lighty é forte! Lighty é forte!

Não tento dar outra olhada para a plateia, mas algo me diz que Gabi está no centro dessa torcida. Chame de telepatia entre melhores amigas, mas também tenho certeza de que ela não largou o celular nenhuma vez durante esse suplício todo.

Jordan sussurra em meu ouvido ao nos aproximarmos do vestiário:

— Que tipo de truque você tem na manga, Lighty? — Ele está com seu meio sorriso quando eu o encaro.

Sorrio de volta.

— Continua andando, Jennings.

DEZENOVE

Jordan não me solta até chegarmos ao vestiário. Está bem mais silencioso agora; sinto que posso pensar claramente de novo. Ele gentilmente me coloca sobre a mesa de tratamento, e olho para onde um treinador estaria se isso fosse um jogo de futebol de verdade. Acho que ninguém estava antecipando uma batalha no estilo de luta de gladiadores hoje. Ainda mais antes do segundo tempo.

Eu peço para ele pegar meu celular no armário, e quando volta, ele está cheio de uma energia sem fim. Ele me entrega o celular com um floreio.

— Lighty, preciso dizer: você não desapontou hoje! — Ele toca o meu ombro, e eu faço uma careta. Entre ele e Quinn, meus machucados reais podem ser consequência apenas, sabe, do fato de as pessoas gostarem demais de mim.

— Desculpa, desculpa! Mas, sério, não esperava que você se machucasse daquele jeito, mas você viu até onde você chegou? Você *correu*. Ninguém conseguia te alcançar.

— Como você sabia que eu ia conseguir? — murmuro, penso no que Quinn disse sobre eu ser a "arma secreta" delas e de repente me sinto estranhamente tímida. Estranhamente *vista*.

— Você sempre foi imbatível, Lighty. — Jordan sorri, um dos sorrisos antigos. Um dos que reconheço. — Chame de intuição.

— Alguém aqui chamou um médico? — Mack aparece na porta com um sorriso de leve e um kit de primeiros socorros na mão.

Jordan olha de mim para ela, e não consigo decifrar sua expressão. Um sorriso ainda maior se espalha no rosto dele quando ele bate palmas uma vez.

— Tudo bem, Moranguinho, cuida aqui da minha amiga. Eu vou reunir meu grupo. Tenho certeza de que aquela galera precisa de uma animada agora.

Quando Jordan sai de vez, olho de novo para Mack, e meu coração bate um pouco mais rápido. Fico contente em vê-la, claro, mas é algo mais. Como se estivesse animada e aliviada ao mesmo tempo. Eu estava errada quando disse que a presença dela podia me acalmar. Pelo contrário, estar perto dela me faz ainda mais consciente de como me sinto. Nem mesmo no ápice da minha amizade-que-poderia-muito-bem--ter-sido-um-crush com Jordan eu me senti assim.

— Onde você conseguiu isso? — pergunto enquanto ela vem na minha direção.

— Você está olhando pra uma profissional, madame. — Ela se senta ao meu lado na mesa de tratamento e coloca o kit no colo, abrindo-o e tirando de dentro o que procurava: um lenço antibacteriano. — Eu tento várias manobras no meu skate que provavelmente não deveria tentar. Acabei ficando muito boa em cuidar dos meus machucados.

Mack limpa gentilmente um pequeno corte acima da minha sobrancelha, onde meu rosto comeu grama. Eu recuo, e ela imediatamente afasta o braço.

— Não, está tudo bem — esclareço. — Me distraia. Me conte o que está acontecendo lá fora.

— Madame Simoné está fazendo uma reunião importante com os dois times agora. Alternando várias vezes entre francês e inglês, então você sabe que ela está falando sério. — Ela sorri. — Mas pelo lado bom, eu nunca vi os alunos do primeiro ano tão preocupados. Ouvi um deles gritar "A Liz Lighty é mais forte do que a marinha dos Estados Unidos!" quando estava vindo pra cá.

Não posso evitar o riso. Um dia alguém vai fazer um documentário sobre os paparazzi mirim da festa de formatura em Campbell County e vai ser sucesso em todos os serviços de *streaming*.

— Tão ruim assim, é?

— Pra ser justa: "tem apenas uma coisa no mundo que é pior do que falarem sobre você, e é não falarem." — O sorriso dela é digno de ser colocado numa revista, eu juro. — Oscar Wilde podia ser indelicado às vezes, mas estou convencida de que ele escreveu essa frase com Campbell em mente.

Mack se movimenta para colocar um band-aid em cima da minha sobrancelha, e tenho certeza de que pareço com um daqueles rappers antigos que usavam camisetas largas: uma pateta do caramba.

Meu celular vibra com uma mensagem da Gabi.

> **Gabi Marino:** Você já subiu três lugares! Do 10 pro 7! O CC está PIRANDO

> **Gabi Marino:** #LightyÉForte já está nos trending topics!!!!!

> **Gabi Marino:** E A RACHEL CAIU PRO TERCEIRO LUGAR lkjflaksjgldjgdfljg

> **Gabi Marino:** Fazer o Jordan te levar no colo? GENIAL. Eu te criei bem.

Fecho os olhos e espero. Nenhuma mensagem perguntando se eu estou bem.

Preciso de uma distração.

— Uma pergunta, uma resposta? — proponho de repente.

— Sempre.

— Por que você se atrasou para o jogo?

— Não foi assim que imaginei que eu te chamaria pra sair, num vestiário suado quando você pode muito bem estar com uma concussão... — ela começa e rói a unha do dedão. Eu solto uma arfada, algo entre um riso e um arquejo. — Mas estava conversando com um amigo meu sobre conseguir colocar nós duas no show do Kittredge amanhã à noite. Tipo, se você quiser ir.

Eu sei que as pessoas falam coisas assim o tempo todo: que o mundo parou de girar ou que a vida inteira passou diante dos olhos ou qualquer coisa do tipo, mas sinto tudo isso e ainda mais. O jeito que ela olha para mim – sorrindo como se não tivesse certeza se vou dizer "sim", os olhos verdes procurando os meus – me faz esquecer por um momento que eu não saio com ninguém. Que eu não exatamente me "assumi". Que tenho que focar em ganhar a competição e conseguir a bolsa de estudos. Esqueço tudo isso.

— Eu adoraria.

VINTE

Mack perguntou se poderíamos sair mais cedo do que o planejado e se ofereceu para me buscar em vez de nos encontramos no show. Talvez tenha sido o fato de eu ainda estar nas alturas por ter ganhado o jogo ou pelo nosso momento no vestiário, mas nem consegui achar em mim forças para dizer "não". Eu vou realmente deixá-la ver minha casa. Não quero esconder coisas dela; parte de mim, uma grande e assustadora parte de mim, quer que ela saiba tudo sobre mim.

Já que não vai ter ninguém do colégio para me ver sair do meu novo personagem, escolho usar um macacão antigo da minha mãe, completo com remendos nos joelhos e mancha de água sanitária dos vinte anos de lavagem; um *cropped* de moletom preto; e um par de botas legais que encontrei na promoção em uma loja de segunda-mão há alguns meses. Prendi o cabelo em dois *afro puffs* no topo da cabeça com alguns cachos rebeldes escapando nas pontas. Normalmente eu ficaria irritada com a incapacidade do meu cabelo de seguir ordens simples, mas hoje, na verdade, eu meio que gosto do que vejo.

É a primeira vez em semanas que uso algo no qual me sinto total e completamente confortável, e não consigo parar de me olhar no espelho do banheiro. Tiro uma selfie para a posteridade e rio quando a vejo. Meu sorriso é bobo e o enquadramento não está bom, mas eu não a deleto. Quero me lembrar de tudo sobre essa noite. Meu celular vibra com duas mensagens da G.

> **Gabi Marino:** Sessão de estratégia na minha casa esta noite?

> **Gabi Marino:** Minha mãe tá fazendo tres leches vegano :)))

Odeio mentir para a minha melhor amiga mais até do quanto amo quando a sra. Marino cozinha para desestressar, mas eu sei como ela reagiria. Respondo com uma desculpa medíocre sobre precisar adiantar umas tarefas enquanto Mack já está estacionando na frente da minha casa. A resposta da G chega quase instantaneamente.

> **Gabi Marino:** Argh, é preciso s2 Minha bff estudiosa e obstinada

> **Gabi Marino:** Me manda mensagem depois pra conversar sobre os planos pra semana que vem, tá?

Quando Mack se aproxima da entrada eu enfio o celular no bolso e fecho a porta atrás de mim. Encontro com ela do lado de fora antes de ela ter a chance de bater na porta. Meu estômago se remexe um pouco quando me dou conta de que ela provavelmente ia fazer toda aquela coisa de "encontros": tocar a campainha, cumprimentar meus avós, prometer me trazer para casa no horário combinado.

— Nossa, uau. — Ela para de repente quando me apresso para chegar até ela. Sorrio, porque, para ser sincera, não consigo evitar, não quando ela me olha como se eu fosse algo real e verdadeiramente especial. — Acho que nunca te vi usando uma roupa que parece de alguém do ensino médio. Você está, hum...

— É. Você também.

Porque, tipo, uau. Ela está maravilhosa.

Ela parece como todos os dias, mas com algo a mais. Ela está usando uma camiseta *tye-dye* com a frase MANTENHA INDIANA ESTRANHA, que transformou em um *cropped*, com uma jaqueta camuflada que poderia ter saído direto de uma loja de sobras do exército, bem larga por cima, e ainda um short jeans preto de cintura alta e meia-arrastão. Ela também usa um par de tênis cano alto da Converse com a plataforma de arco-íris, um design da Miley Cyrus para o Mês do Orgulho mil anos atrás. Isso pode não ser nada de mais em outros lugares, mas, aqui, faz da Mack um farol – chamando atenção e declarando algo em qualquer lugar que ela for.

Quando entro no carro, ela vira para mim e rói a unha do dedão.

— Tudo bem, eu perdi as minhas funções cognitivas por um minuto ali atrás. O que eu quis dizer é que você está maravilhosa. E mudou o cabelo.

Estico a mão para tocar meus *afro puffs*. É estranho, até para mim, tocar meus cachos em vez de um rabo de cavalo bem apertado.

— É, fiquei com medo de ficar muito Princesa Leia.

— Sem chance, acho que eles estão incríveis! — Ela olha rapidamente para mim. — E se a Princesa Leia fosse uma garota negra do centro de Indiana, com um gosto ótimo pra música e melhor ainda pra sapatos, tenho que dizer: acho que a franquia poderia mesmo ter feito valer todas as sequências, *prequels* e *reboots*. Minhas bochechas chegam a doer de tanto que sorrio.

— Bom, você parece profissional nisso. Me sinto mal vestida pelo quanto você parece seriamente pronta pra um show.

Ela morde o lábio antes de responder:

— Você tem um convite permanente pra ir comigo em qualquer show a partir de hoje. Vai me vencer em pouco tempo. Não sei se o convite é real ou não, mas, Deus, eu quero que seja.

— Mack — digo, meio baixo sob a música do Kittredge tocando nos alto-falantes. Fico quase surpresa quando ela olha para mim, os olhos brilhantes. Ela estica a mão para o rádio e abaixa o volume imediatamente. — Você deveria saber que ninguém fora meus melhores amigos sabem que eu… hum. Bom, que eu… — Mexo a mão num movimento entre nós duas sem dizer nada.

Mack entra com o carro lentamente na estrada que leva até o centro de Indiana. Não consigo decifrar a expressão dela. Seu rosto lampeja entre surpresa e desapontamento, e então ela se decide por uma simples balançada de cabeça.

— Eu entendo. Eu total entendo. Este não é o lugar mais tolerante da Terra, com certeza. E aposto que é mais difícil pra você, porque você não é só *queer* como também negra, e tenho lido muito Kimberlé Crenshaw, então, tipo, *interseccionalidade* e essas coisas todas tornam tudo mais difícil. Quer dizer, não é o ideal, claro, mas sua segurança…

— Mack — eu a interrompo, e ela olha para mim de novo.

Ela não divaga assim desde que nos conhecemos, e me assusta um pouco; me faz achar que com uma frase desfiz tudo de bom que construímos entre nós nas últimas semanas. Ela ri de nervoso.

— Desculpa, uau, é, desculpa. Achei que estivesse curada. Pensei que fosse parar de repente de tagarelar a cada minuto, mas não. Parece que não.

Eu não penso. Estico a mão e a coloco sobre a dela, que está repousada na marcha. Ela acha que estou preocupada com minha segurança, mas isso não é inteiramente verdade.

Não acho que corro o risco de sofrer qualquer crime de ódio em Campbell ou algo assim, mas isso arruinaria minha campanha, exatamente como – julgando pela sua posição dezenove no ranking – está arruinando a da Mack. Isso estragaria as minhas chances de ir para Pennington e de salvar a casa dos meus avós, o que é inaceitável. Então em vez de dizer a verdade, continuo fazendo perguntas:

— Tudo bem pra você manter isso entre nós duas? Não quero, hum, te colocar numa situação em que você não queira estar.

Ela vira a mão sobre a minha e a aperta.

— Eu não quero voltar para o armário, sabe? Levei um longo tempo pra conseguir me sentir confiante com a minha sexualidade. — Engulo um nó na garganta. Se esse esquema não funcionar para ela, convenço a mim mesma de que é melhor saber agora. — Mas não vou pedir pra você se assumir antes de estar pronta se isso significa que não vai estar segura. Nunca faria isso com você.

E lá está de novo. *Não estar segura*.

Eu não a corrijo. Apenas balanço a cabeça.

— Por outro lado, acho que depois de você conhecer o pessoal, pode acabar nem querendo mais me ver, de qualquer forma — ela adiciona depois de um tempo, sorrindo para mim de novo. — Eles são meio difíceis de lidar.

— É, quer dizer... — Eu a encaro. — Calma aí. A gente vai conhecer a banda? Foi isso que você quis dizer quando falou que precisava me buscar mais cedo porque tinha uma surpresa pra mim?

Não sou das pessoas que ficam super esquisitas quando conhecem celebridades, mas, só estou dizendo: uma garota precisa receber pelo menos um pequeno aviso antes de um acontecimento desse tipo.

— Se essa fosse a surpresa, você ainda teria vindo comigo?

Ela levanta as sobrancelhas, e consigo ver que está tentando fazer uma piada, mas algo no tom de voz dela me diz que sua curiosidade é genuína. Que ela acredita mesmo que eu posso fugir se ela fizer algo errado esta noite. Como se eu – a magra demais para o meu próprio bem e muito esquisita, Liz Lighty – fosse quem sequer consideraria fugir disto.

A ideia é tão absurda, tão do avesso, que quase rio.

— Se tem algo que eu posso te prometer — digo e olho pela janela, porque de repente fazer contato visual com ela me deixa tão nervosa que sinto vontade de vomitar — é que provavelmente vou te seguir pra qualquer lugar que você me levar esta noite, Amanda McCarthy.

VINTE E UM

O show não tem lugares marcados, então mesmo faltando duas horas para as portas se abrirem, a fila já começa a dar a volta no Old National Centre. Mas Mack estaciona a um metro do outro lado da rua e faz um sinal para que eu a siga, passando pela fila e indo até as portas laterais. Um cara branco usando uma camiseta e calça jeans preta está parado inabalável com um cigarro na mão até Mack se aproximar. Ele sorri e faz um gesto para que entremos, e isso é tão inesperado que quase dou um passo para trás por pura surpresa.

Tenho tantas perguntas para fazer enquanto ele nos conduz até o prédio e depois por uma série de corredores, que quase não sei por onde começar.

— Espera. Estou saindo com uma agente dupla que é estrela do rock e não sabia?

Mack cora e estica a mão para entrelaçar os dedos dela aos meus como se fosse totalmente normal. E, por alguma razão, não fico nem confusa com isso. Como se, talvez, neste universo alternativo esquisito no qual uma garota como eu também é uma estrela do rock disfarçada, sou totalmente o tipo de pessoa que passa um tempo em *backstages* de shows, afinal isso é o tipo de coisa que fazemos.

— Uma estrela do rock não. — Ela sorri. O cara da porta está conversando com alguém pelo *walkie-talkie* ao seguirmos firmes pelos corredores. — Estou mais pra uma ajudante júnior. A banda foi legal o suficiente pra me deixar acompanhar eles algumas vezes em uns shows no último verão.

— Você ainda não explicou como…

Não consigo terminar a pergunta, porque logo que o segurança empurra a porta para uma sala úmida e fedida, as pessoas nos apressam, mais rápido do que consigo acompanhar.

— Primita! — Alguém grita e se levanta da cadeira onde está. — E…

É Davey Mack, baixista do Kittredge, um cara magrelo e desgrenhado, uma estela do rock, fazendo um aperto de mão complicado com a menina com quem estou saindo. Quando terminam, ele se vira para mim com o mesmo sorriso bobo que apareceu na capa da Billboard há dois meses.

— E a namorada da primita. Ela disse pra gente que você é uma musicista boa pra caramba, mas esqueceu de contar que você é uma gatinha.

Mais gente se aproxima para nos abraçar e dizer "oi", e me dou conta de quantas pessoas têm nessa sala. A banda toda, e talvez alguns membros da equipe, estão sentados por todo o lado, conversando, comendo e dedilhando suas guitarras.

— Davey, você precisa dar em cima de, literalmente, todo ser humano do planeta? — Mack reclama. Percebo que ela não corrige a parte sobre eu ser sua namorada, e tento ignorar o friozinho no estômago que sinto ao pensar nisso. — Liz, desculpa por meu primo não saber mais desligar o modo "estrela do rock".

Eu paro na metade de outro aperto de mão. Ela tem que estar brincando comigo.

— *Primo*? — Quando olho para os cachos ruivos dele, tudo faz sentido.

Ela e Davey trocam socos falsos um com o outro por um segundo, e sinto, não pela primeira vez nesta noite, que não sei nada sobre essa garota.

Enquanto eles continuam, o resto das pessoas volta aos seus lugares, retornando para o que quer que estavam fazendo antes de chegarmos.

— Está tudo bem? — Mack se inclina e sussurra em meu ouvido quando termina sua briga falsa. Posso ouvir seu sorriso sem vê-lo: — Esses caras são meio... demais. Todd, o cara que você conheceu na porta, me ensinou todos os melhores jeito de fazê-los ficarem quietos, se precisar que fiquem. E só dois deles envolvem força bruta.

Eu rio de um jeito suave e leve, bem diferente de como sempre faço. Ficamos na sala verde por quase uma hora, conversando com a banda sobre a turnê, sobre nossos artistas favoritos e influências, e a apresentação que a banda da escola vai fazer.

— Mands disse que você é sinistra com os arranjos, Liz.

— Davey pega um par de baquetas de uma mesa próxima e começa a bater distraidamente no tampo da mesa. — Isso é massa! Você vai cursar música no outono?

— O Davey é curioso demais para o bem dele, querida.

E é isso. Este é o momento em que tenho certeza de que o meu coração para.

Porque ali, com uma calça de couro falso (ela é uma vegana devota), botas de plataforma rosa vibrante, e o cabelo recém tingido de preto e alisado para trás, está Teela Conrad. Ela atravessa a porta e fala com Davey:

— Nem todo mundo vai para a faculdade estudar música, David. — Ela fica mais serena e aperta meu ombro ao passar e depois se joga no sofá. — Na real, eu me graduei em Literatura na Northwestern.

— Sério? — guincho.

— Sim. — Ela sorri para mim e parece tanto com o pôster com o rosto dela que eu tinha na parede do meu quarto do sexto ao nono ano que quero dar uma vomitada. — A melhor educação é aquela que você consegue no mundo, mas você pode sempre tocar alguma coisa com a gente quando estivermos na cidade, se achar que aguenta ficar perto desses caras.

— Ou elas podem acompanhar vocês na turnê do verão — Todd entra na conversa da sua posição, encostado contra o batente da porta.

Mack joga a ideia de lado, dizendo algo sobre como vamos precisar de tempo para nos recuperar depois que o negócio de festa de formatura acabar. Davey, porém, diz que a oferta está sempre na mesa, e isso vale para mim também. Não que eu tenha planos de sair em turnê com uma banda muito famosa de rock ou algo do tipo, mas a oferta parece importante. Como se talvez as coisas não precisassem ser exatamente como imaginei. Como se, talvez, neste universo no qual de repente me encontro, elas pudessem ser diferentes. *Eu* pudesse ser diferente.

Depois de mais um tempo, a banda junta suas coisas e vai para o palco. Todd se oferece para nos levar para a área VIP, mas nós optamos por ficar no meio de tudo na pista. E é a melhor escolha que poderíamos ter feito. O show é maravilhoso, a energia do público é palpável. Os fãs do Kittredge são incríveis, do tipo que conhece todas as letras e consegue imitar qualquer solo de guitarra. Mack, obviamente, está igual a eles – cantando a plenos pulmões e segurando minha mão para que eu dance com ela durante as partes mais lentas.

A banda é tudo o que todas as revistas que fizeram perfis deles descreveram: artistas elétricos, carismáticos e autênticos. Davey é o cara perfeito para ficar à frente com Teela, a energia dele no palco é praticamente tangível quando canta e pula da plataforma da bateria. Ele e a Teela funcionam tão bem juntos, de um jeito tão simbiótico, que não é uma surpresa acharem que os dois podem estar namorando.

Num certo momento, quando Teela toma a frente no vocal principal, ela até dedica uma música para "duas garotas que estão fazendo muito barulho em Campbell, Indiana" e dá uma piscadinha para nós duas no meio do público. Acho que posso estar sonhando.

— Você está sentindo isso? — Mack grita por cima da música.

A mão dela escorrega pela minha gentilmente, me puxando para mais perto.

— Sentindo o quê?

Não sei do que ela está falando, pelo menos não exatamente, mas quero ficar bem parada e permitir que seja lá o que está acontecendo me domine por completo.

Ela se afasta para sorrir para mim.

— Tudo.

— Por que você não me disse que seu primo era o seu primo?

— pergunto assim que entramos no Sub Zero, na avenida Mass, com dois milk-shakes nas mãos: um de cookie e outro de chocolate branco com doce de leite.

Ela toma um gole e me olha por cima dos cílios.

— A verdade?

— Sempre.

— Não queria que ficasse parecendo que eu estava tentando te impressionar, sabe? Estamos andando na direção contrária da avenida e do carro, e não me importo com o fato de estar absolutamente frio aqui fora para um milkshake. Ainda não estou pronta para que a noite acabe. Sorrio com o canudo na boca.

— Bom, você queria me impressionar?

— Claro, né! — Ela ri, batendo o quadril com o meu. — Mas eu não queria que você *achasse* que eu queria te impressionar. Viu, foi tudo parte do meu plano de mestre.

— Ah, é mesmo? — Lambo um pouco do chantili que começa a derreter pelo lado de fora do copo. — É aqui que você vem em todos os encontros?

E, tudo bem, estou brincando, mas um pedaço de mim sente um estranho ciúme dessa outra garota que pode ou não existir. *Tenho que me segurar.*

— Nah. — Ela esvazia o copo de milkshake mais rápido do que deveria ser possível e o joga numa lata de lixo reciclável. — Só com você.

De repente, me sinto toda estranha e confusa mais uma vez.

— Eu real amo a banda e o que eles fazem, e achei que você ia gostar de assistir de perto. Queria compartilhar isso com você — ela completa e dá de ombros. — Eu provavelmente teria comprado os ingressos sendo ou não da família de um dos vocalistas. E aí ia só ficar torcendo e rezando pra que você topasse ir comigo.

Tem tanta coisa que quero perguntar para ela, tanta coisa que quero saber. Achei que tinha entendido tudo sobre Mack, achei que sabia como essa noite seria e o que aconteceria no colégio segunda-feira, e como eu encontraria um jeito de me afastar disso depois de um tempinho com ela. Mas percebo que não vai ser tão fácil. Ela não é como um teste de admissão, ou uma prova de francês avançado, dependendo de fórmula e estrutura. Tudo é tão mais magnífico e complicado do que eu tinha inicialmente calculado. Não posso me distrair com namoros agora, mas também não posso deixar de conhecê-la melhor.

— Bom, se vale de algo — digo, terminando meu milkshake e jogando o copo na lata de lixo — acho que não importaria qual banda fosse, eu teria me divertido com você esta noite. Acho que não conseguiria me conter.

Ela sorri e olha para os próprios pés, segurando minha mão de novo.

— Tudo bem se eu fizer isso?

Concordo com a cabeça. Ninguém está nos vendo. Conversamos sobre o show (nós duas concordamos que foi incrível) e sobre a cidade (nós duas achamos que pode ser um lugar legal para se fixar um dia, muito, muito, muuuuuuuito depois da faculdade) e sobre a guerra entre Sub Zero e Ritter's Frozen Custard (Mack diz que Sub Zero ganha toda vez, e penso em cancelar o resto da noite, porque, sinceramente, como posso confiar em uma pessoa que não ama o Ritter's?).

— Gostei quando você me chamou de Amanda mais cedo — ela fala baixinho. — Não uso muito o meu nome no colégio porque o apelido me deixa mais distante de tudo, sabe? — Ela sorri suavemente para mim. — Mas, com você falando, soa do jeito que deveria soar. Do jeito certo.

E, tudo bem, uau, meu estômago não para de dar cambalhotas. Amanda. *Minha* Amanda. Gosto de ser a única pessoa que a chama assim.

Ela caminha para mais perto do limite da calçada, equilibrando-se ali, um pé atrás do outro, como se estivesse andando numa corda bamba. Em mais de um jeito, meio que parece ser isso que estamos fazendo. Estamos no limite de algo que nenhuma de nós é corajosa o suficiente para nomear.

— Uma pergunta, uma resposta — digo, seguindo o exemplo dela e saltitando também sobre o meio-fio na esquina da Avenida Mass. — Eu sei o que continua me fazendo voltar para a música. O que é pra você?

— Não sou escritora como minha mãe era, mas músicos são os melhores contadores de histórias no mundo — ela diz, falando rápido e mexendo as mãos para os lados como se estivesse conduzindo um coral invisível. — Foi sempre isso que me puxou para a música, o quanto de *vida* tem nela, sabe? Tipo o Kittredge, por exemplo. Eles são o caos, certo? A música sempre começa alta, tanto barulho que você não consegue processar tudo, mas se junta de um jeito selvagem e mágico. A beleza está na imperfeição. No jeito que eles a controlam e conduzem.

Ela pausa por um momento e continua:

— Talvez seja como ser médico. Como se de algo complexo e obscuro, como uma doença, você produz algo incrível, que é uma cura. — Ela olha para mim e inclina a cabeça para o lado. Quando ela sorri, meio tímida e muito adorável, percebo que a estava encarando. — Desculpa, eu me deixo levar por esse tipo de coisa.

— Não peça desculpa por se importar — falo, balançando a cabeça.

A silhueta dela está ressaltada sob a luz do poste, e nós duas paramos de andar. Ela então olha pra mim como se não acreditasse que eu estivesse realmente ali.

— O quê? — pergunto. Em vez de ficar amuada sob o olhar avaliador como costuma acontecer, como fiz há algumas semanas quando as pessoas olharam para mim intensamente, encaro de volta, levantando o queixo, um pouco desafiadora: — O que foi?

Não estou mais caminhando ao lado dela. Nós paramos e me viro para observá-la.

Amanda não é tão alta quanto eu, mas com a plataforma, nossas cabeças ficam na mesma altura quando ela dá um passo na minha direção. Os olhos dela analisam meu rosto e penso por um instante que ela pode estar prestes a fazer o que quero que ela faça. Meu coração bate mais rápido, e percebo que não é só por estar animada, mas também por estar com medo. Medo de que ela não queira o que eu quero, que tudo isso não passe de um truque elaborado, algum esquema da Rachel usado como estratégia para sabotar minha campanha na competição. Medo de não saber fazer isso. E medo de como isso pode arruinar tudo.

— Nunca conheci alguém como você — ela diz.

— Meio que estou morrendo de medo de você — respondo, engolindo o pavor. Digo agora, independentemente do que pode ou não estar acontecendo entre nós, porque não quero mais guardar isso. Estou cansada de guardar tudo para mim o tempo todo.

Estamos tão próximas que posso sentir o ar saindo da boca dela quando ela diz:

— Também estou com medo.

— Eu não... — começo calmamente e fecho os olhos por um momento antes de encará-la — costumo fazer coisas assim. Com ninguém.

— Tudo bem. — Ela balança a cabeça, o sorriso crescendo lentamente. — Está tudo bem.

— Posso não ser boa nisso.

As mãos delas deslizam com gentileza pelo meu pescoço até minha nuca.

— Eu também.

— Nem sei o que fazer com as mãos.

— Não sou especialista nem nada assim, mas… — Ela alcança meus braços, que estão pendurados inutilmente ao lado do meu corpo, e os coloca em volta de sua cintura. — Pronto. — Ela prende um dos meus cachos fujões atrás da orelha e repousa a mão no meu rosto. — Mais alguma coisa?

— Bom, não exatamente, mas…

— Liz.

— Fala.

— Eu vou te beijar agora, tudo bem?

Balanço a cabeça, provavelmente aceitando um pouco rápido demais.

— Uhum.

Não é perfeito; é um pouco ansioso, nossos narizes colidindo por um momento antes de acertamos um ângulo que funcione para as duas. Posso sentir por toda parte o jeito como algo quente se espalha por meu corpo, o jeito que meu coração parece não ter mais o tamanho certo para o meu peito. Eu a puxo para mais perto, minhas mãos deslizando sobre sua jaqueta e apertando o tecido da camiseta dela.

Ela meio que cai em cima de mim – porque, tudo bem, aparentemente não conheço minha própria força quando hormônios estão envolvidos – e nossos dentes se batem de um jeito horrível que definitivamente não faz parte de momentos de beijo em filmes.

— Ai, meu Deus! — Tampo a boca com a mão. — Eu sinto muito! Não é assim que deveria acontecer.

Mas a Amanda não consegue me ouvir, porque ela se inclina para a frente e ri. Sério, ela explode em risos, sem conseguir respirar, com a mão no joelho.

— Isso é muito, muito humilhante. Tipo, no nível #LightyÉForte de constrangimento.

Ela se apruma e inclina a cabeça para o lado, confusa.

— O quê? Você me pegar daquele jeito foi meio que a coisa mais sexy que alguém já fez comigo. — Ela balança a cabeça. — Estou rindo porque acho que posso ter finalmente encontrado alguém mais desengonçada do que eu.

— Foi só *meio* que a coisa mais sexy? — Sorrio. Quando ela olha de novo para mim, só consigo ver a expressão de alívio, seguida pela de excitação.

— Não. — Ela sacode a cabeça. — Definitivamente. Foi cem por cento a coisa mais sexy que já aconteceu comigo. Dez de dez, recomendo.

— Beija ela de novo, meu bem! — alguém grita atrás de nós. Ao me virar, uma moça no terraço de uma pizzaria cara está parada com as mãos em volta da boca para amplificar o som de sua voz. — Não é um beijo sem um pouco de dente!

Então Amanda e eu rimos, e ela olha para mim com as sobrancelhas levantadas: uma pergunta que não preciso pensar para saber a resposta. Desta vez, sou eu quem a beijo. E é *tudo*. Os fogos de artifício, o friozinho no estômago – tudo isso. Eu entendo agora. Não posso acreditar que vivi num mundo onde não podia beijá-la quando quisesse.

— Posso perguntar uma coisa absurda? — Ela se afasta, as mãos ainda no meu rosto. Ela está sorrindo de um jeito de parar o coração, e estou convencida de que é assim que vou morrer. Beijando Amanda McCarthy na calçada em frente a uma pizzaria. Assinto, de qualquer forma, porque sinceramente, se eu vou morrer, quero morrer dizendo "sim" para ela quantas vezes puder. — Você quer namorar comigo? Eu nem sequer respondo. Não consigo. Meus lábios encontram os dela antes de conseguir colocar as palavras para fora. É apressado, animado e meio bagunçado, mas assim como um ótimo arranjo na música certa, a beleza está na imperfeição.

TERCEIRA SEMANA

A necessidade é a mãe da resistência.

VINTE E DOIS

Rachel é um tornado humano de relações públicas de segunda até quarta-feira para se garantir no topo da cadeia alimentar da corte da formatura. Ela consegue recrutar todas as RobôsPompom – até as que têm suas próprias campanhas para se preocupar, como Quinn, Claire e Lucy – para ajudá-la a se recuperar distribuindo miniaturas de bolas de futebol americano rosa vibrante, com os dizeres CONSENTIMENTO É SEXY conforme as pessoas entram no colégio.

— É para a caridade, Liz! — Quinn ri entre dentes enquanto eu tento me esquivar para chegar à primeira aula. Ela empurra uma bola na minha mão com uma força surpreendente. — Sei o que você está pensando: não é demais os Collins doarem mil dólares pra ASPCA mesmo sabendo que a renda dos ingressos do jogo já foram pra eles? Mas a resposta é "não"! Precisamos fazer o que pudermos por esses pobres e indefesos animais!

Isso com toda a certeza não era o que eu estava pensando, mas Quinn merece pontos pela positividade sem limite.

Quer dizer, sério. A mensagem nem faz sentido, mesmo que eu a apoie. É só que, sei lá, por que está numa bola de futebol americano? E o que tem a ver com a doação do jogo de sábado? Rachel Collins nunca falha em chocar e desapontar.

Na terça-feira, o enorme banner dela no pátio de alguma forma ficou maior e com uma foto diferente. Agora, em vez da foto glamorosa de seja lá qual loja de departamento de antes, tem uma imagem dela segurando três pequenos filhotes de Dachshund. Filhotes! E sem slogan!

Quarta-feira ela interrompe a chamada dos alunos do último ano para coletar caixas de comida enlatada para doar para uma campanha que ela inventou e chamou de (Não) Perecíveis Para a Formatura. Então, por mais que parte de mim ainda esteja levitando depois de sair com a Amanda no fim de semana, Rachel é impossível de ignorar. É como se o aumento na pontuação que consegui no ranking por compaixão por causa do jogo não importasse mais. Porque, em apenas três dias, Rachel conseguiu usar seus recursos para convencer todo mundo que ela de alguma forma é uma pessoa boa, mesmo tendo quase me causado uma concussão há menos de quatro dias.

É realmente incrível.

Na tarde de quarta-feira, ela está de volta ao primeiro lugar, e não consigo evitar pensar no que é preciso fazer para que alguém como ela caia do favoritismo o suficiente para eu ter uma chance de alguma hora alcançá-la. Estou na nona posição, e enquanto vou e volto da zona em que posso ou não fazer parte da corte, mais o meu estômago dói quando penso na festa de formatura. É diferente quando ninguém acha que você tem chances, mas quando todos os olhos de repente recaem em você como algum tipo de história de superação, as coisas parecem mais intensas de repente.

Estou em frente ao meu armário, tentando lembrar os exercícios de respiração quando...

— Já faz três dias e não acredito que você ainda está escondendo coisa de mim, Lighty!

De algum modo encontro Jordan pelo menos uma vez ao dia, e ele parece conseguir falar sobre qualquer assunto – sua família, seus planos de faculdade, a coceira estranha que teve recentemente ao trocar de desodorante –, qualquer coisa, menos da sua namorada, Emme, que o resto do colégio não vê ou tem notícias faz semanas. Embora os boatos sobre ela ainda estejam rodando, apesar da minha curiosidade, me recuso a perguntar o que houve.

— Você está ótima, Lighty! — Um cara de cabelo loiro desgrenhado e barba desalinhada como a de um Jesus branco – com quem nunca conversei, mas fez uma aula comigo no segundo ano – passa por mim e levanta a mão para que eu bata. É tão rápido que levo a mão até a dele antes mesmo de entender o que está acontecendo. — Uhuu!

Olho para a mochila dele enquanto ele se afasta como se isso tivesse sido algo totalmente normal de acontecer. Um bóton com o meu rosto está ao lado do *patch* dele do Green Day.

Rio, um pouco nervosa. Como disse, não deixa de ser estranho.

— Você precisa pedir para o seu treinador dar mais intervalos durante os treinos. Acho que a falta de absorção apropriada de oxigênio está afetando o seu cérebro — digo, me virando de novo para Jordan e jogando o livro de literatura avançada na mochila. Este é o único dia da semana que tenho livre de tarefas relacionadas à festa de formatura, e mal posso esperar para ir ao ensaio da banda. Algumas horas sem pensar na festa vão fazer bem para o meu coração, posso sentir.

Gabi ligou completamente o modo Administradora Monstra de Campanha – *Adminamonstra*. Ela insiste em melhorar nossa estratégia, quer que eu seja vista mais frequentemente com o Jordan, e fez panfletos adicionais com o meu rosto, espalhando-os por todo lugar. Como se eu já não estivesse atolada com os eventos voluntários, ela quer que eu faça um discurso na próxima reunião do conselho estudantil para declarar as minhas qualificações para ser rainha, e negociar a paz entre o Clube do Mangá e o Clube do Anime, para conseguir o apoio coletivo deles.

Me disponho a fazer muita coisa por esse concurso, mas é preciso ter a força mental certa para fazer esse último funcionar.

Sorrio para Jordan e começo a andar pelo corredor.

— No minuto que eu tiver algo interessante pra contar, você vai ser o… Bom, você vai ser o último a saber.

O sinal da saída tocou há cinco minutos, o que quer dizer que os corredores ainda estão cheios de pessoas correndo para os ônibus e para o estacionamento.

— Assim você me magoa! — Ele cruza os braços no peito e anda para trás ao meu lado. Nunca deixo de ficar nervosa quando ele faz isso. Jordan abaixa a voz quando viramos em um corredor. — Você não ia me contar que foi num encontro quente no fim de semana?

— Jordan! — Eu agarro o braço dele e o puxo comigo para o recuo na parede onde fica a máquina de doces. É apertado, mas encontro espaço para jogar o cotovelo para trás e dar um soco no bíceps dele. — O que você sabe?

— Eita, garota! Quem diria que você tem um gancho de direita tão forte? — Ele esfrega o ponto no braço como se eu tivesse mesmo machucado ele. — Ninguém sabe de nada, o.k.? Sua garota só postou um pedaço do show do Kittredge no cc, e meu Sensor Lighty me disse que você não perderia a chance de ir ver aquela mina, Teela.

— Desculpa pelo soco — digo, esticando a mão para massagear o braço que atingi. — Foi reflexo.

— E que reflexo! — Ele faz uma careta. — Mas quem se importa? Me conta da Molly Ringwald.

— Jordan.

— Desculpa. Jessica Rabbit.

— *Jordan.*

— Erro meu. Kim Possible.

— Jordan!

Ele levanta as mãos rindo.

— Tudo bem, estou falando sério agora. Por favor, não me bate de novo.

— Você não pode contar pra ninguém. — Não quero mais guardar isso como um segredo do qual me envergonho, e algo em mim ainda confia em Jordan, especialmente depois das últimas semanas. Então conto tudo para ele. Sobre o show, o acordo de manter o que quer que esteja acontecendo entre nós, tudo.

Jordan balança meu ombro.

— Não fica tão assustada! Uma namorada não é a pior coisa que poderia acontecer com você. Aproveita! Beija mais ela. Vai para a festa. Tanto faz. — Ele enlaça um braço em volta de mim, e eu me inclino contra ele. — O que quer que você faça, não deixe esse lugar tirar isso de você. Campbell destrói coisas boas.

A voz dele é triste, a mais triste que já ouvi. Me pergunto se ele está pensando na Emme, sobre o que a levou a sair de Campbell. Mas a vida dela sempre me pareceu tão impecável, tão reluzente, não consigo imaginar o que aconteceu. Quando me afasto e olho para ele, seu rosto já é o mesmo do Jordan Jennings que todos conhecem. Vibrante, confiante, sereno.

— Mas temos que te levar para o ensaio! — Ele sacode meu corpo um pouco, como se precisasse acordar. — Vamos lá.

Nós saímos do canto em que estamos e quase tropeçamos na própria Cruella Magrela e sua leal parceira, Claire.

— Jordan, sentimos sua falta no intervalo — Rachel diz com seu tom de voz açucarado e enjoativo que conheço muito bem, enquanto ela nos encara. É a voz que ela usa quando sabe que você está bem onde ela quer. — Engraçado a gente te encontrar logo agora. Eu tive notícias da Emme há alguns minutos. É, ela disse que sente falta do amor da vida dela e que queria estar aqui com você. — Ela estala a língua nos dentes. — Seria tão ruim se ela soubesse que você está se esgueirando em cantos escuros com a criadagem enquanto ela está longe.

— Cuidado, Rachel — ele diz com a voz baixa.

Rachel estreita os olhos.

— Você não pode querer se misturar com ela, Jordan. Não vai ter jeito de salvar sua reputação quando isso acabar — ela diz.

Enquanto ela se afasta, Jordan e eu nos olhamos. Ele então se deixa tomar por um ar desanimado quando ela vira o corredor.

— Deus, como essa garota consegue me irritar. — Ele encosta nos armários com um estrondo e solta a respiração.

— Sempre conseguiu. Ela e o namorado tosco dela.

Encosto nos armários também e empurro o ombro dele de leve com o meu. Mesmo com toda sua pose e a coisa de rei da festa de formatura, Jordan ainda parece muito com aquele menino que eu conhecia. Ele preservou sua sensibilidade em todos os aspectos que este colégio e esta cidade tentam endurecer.

— Eu não entendo. Achei que ela era assim apenas comigo, porque eu sou, você sabe, um alvo fácil — digo. — Mas você é intocável. E a Emme é uma das melhores amigas dela. Qual o problema dessa garota?

— É como eu sempre tento te explicar: não é tão simples, Lighty. — Ele esfrega a sobrancelha com as costas da mão e olha para mim com seriedade. — Só tem duas pessoas nas quais eu confiei nesta escola, e uma delas pode nunca voltar.

Fico em silêncio por um segundo, absorvendo o que ele diz.

— Queria que mais pessoas como você ganhassem o posto de rainha da festa de formatura. Aí a Rachel não viveria o continho de fadas dela, em que ela comanda todo o feudo e o resto de nós somos os seus vassalos — ele completa. Balanço a cabeça concordando e o encaro com um olhar curioso. Ele revira os olhos. — Sou atleta, Lighty, não um burro. Eu só dormi por, tipo, dez minutos na aula sobre feudalismo em história mundial. No máximo.

Por mais que eu esteja surpresa com o conhecimento de Jordan sobre as classes medievais da Europa, ele está certo. Essa competição inteira é feita para imitar algum conto de fadas bizarro. A rainha supostamente deve ser a melhor entre nós: a mais inteligente, a mais bonita, a mais valorosa. Como em qualquer monarquia, elas são sempre as mais próximas da elite. Você não conquista o posto de rainha, você o herda.

Pessoas como a Rachel não precisam fazer quase nada além de se inscrever para o concurso. Elas podem concorrer com as mesmas velhas estratégias e táticas ano após ano e ainda ganharem. Enquanto o resto de nós pode fazer tudo certo – ir ao infinito e além, talvez até chegar à corte –, mas nunca, jamais ganhamos. É praticamente uma regra da natureza da qual não falamos. Então embora eu esteja focada em táticas para conseguir os votos dos alunos fora do padrão, isso não está ajudando.

— Quer saber? Esquece o conto de fadas dela.

Percebo então o que Gabi, e até mesmo Britt, com suas ameaças de violência física contra Rachel, continuam evitando na nossa estratégia de campanha. Nós não precisamos de cartazes, panfletos e discursos. Isso é para pessoas como as RobôsPompom. Nós podemos nunca ter seja lá o que faz pessoas como a Rachel sentirem que são donos de tudo no planeta azulzinho de Deus, mas nós temos algo que elas não têm: somos mais inteligentes e obstinados.

Não precisamos jogar sujo, só precisamos de uma jogada diferente.

— Jordan, preciso de tempo pra planejar uma ideia — digo e olho para o celular para conferir a hora — mas, quando estiver pronta, se eu pedir pra você me ajudar a garantir que ninguém como a Rachel ganhe este ano, você topa?

— Quer saber? — O nariz dele se enruga quando ele sorri. — Pensei que você nunca fosse pedir.

ViNTE E TRÊS

Eu sei que, para a maioria das pessoas, andar pelo corredor com alguém de quem gosta não é algo importante. Sei que é uma parte totalmente normal e saudável de crescer. É algo sobre o qual as pessoas escrevem músicas, textos em seus diários e postam no Campbell Confidential. É para ser algo fácil. Amanda e eu podíamos passar como apenas amigas, concorrentes amigáveis, gentilmente abraçadas ao ombro uma da outra caminhando pelo corredor em direção ao estacionamento. Se alguém nos visse, isso não seria digno do Campbell Confidential – não seria digno nem de uma conversa.

Então tento não pensar sobre como os dedos dela roçam nos meus e no jeito que meu corpo inteiro fica um pouco elétrico pelo fato de ser minha namorada – minha *namorada* – bem ali. Que ela é real. Que, mesmo não sendo do jeito que quero que seja, está acontecendo.

— Quer uma carona pra casa? — ela pergunta quando nos aproximamos do meu armário.

Tivemos uma reunião de confirmação com a Madame Simoné, já que o final da competição está chegando. Ela nos lembrou que aquele momento decisivo está se aproximando de nós e que tudo – nossas pontuações, nossas bolsas de estudos, nossas capacidades de entrar para a corte – depende do que vai acontecer nas próximas duas semanas. Esse pensamento, como sempre, faz meu estômago doer.

Mas aceito a carona acenando com a cabeça e empurro esses sentimentos para um lugar onde não os alcanço.

— Legal. — O sorriso dela é tímido. — É cedo demais pra dizer que eu quero ficar sozinha com você de novo? — Ela abaixa a voz um pouco e rói a unha do dedão. — Esse negócio de ficar fora do radar é mais difícil do que eu achei que seria, especialmente quando já sei como é te beijar.

Uau. Se eu já não estivesse me sentindo desorientada, isso com certeza me deixaria.

Não tivemos um tempo sozinhas desde o show no domingo, e eu estaria mentindo se dissesse que não estive pensando exatamente na mesma coisa. Mas nós quase não nos vemos fora das aulas. Tenho passado quase todo o meu tempo pulando do ensaio para as tarefas de casa para o trabalho para os eventos relacionados à formatura, e o único momento em que conseguimos nos falar é por mensagens. Nós mandamos mensagens uma para a outra durante todas as minhas janelas de tempo. Na maioria das noites, isso é um pouco antes da minha cabeça encostar no travesseiro, e por apenas alguns minutos, mas eles facilmente se tornaram os melhores minutos do meu dia.

Sem hesitar, pego o meu celular para mandar uma mensagem para Gabi avisando que não vou conseguir participar da sessão de estratégia marcada para esta noite. Que estou fazendo minha própria investigação dos oponentes. O que, sabe, não é exatamente mentira.

A resposta dela chega rápido.

> **Gabi Marino:** Não temos tempo pra você mudar de planos assim 😖

> **Gabi Marino:** Mas a gente VAI conversar amanhã! Espero um relatório completo no intervalo!

Vejo Jordan parado perto da porta do estacionamento. Ele está longe para nos ouvir, conversando com Jaxon e Harry, mas sustenta meu olhar com uma sobrancelha questionadora levantada. O olhar dele me diz para esquecer a história de amigos primeiro, namoros depois, e só me jogar. Ou é isso que entendo, de qualquer forma.

Quando mexo a mão, mandando-o ir embora, ele sorri, contorcendo o corpo de um modo estranho no que definitivamente também é um sinal para algo, mas prefiro não pensar nisso agora. Gesticulo para ele parar, porque Jaxon Price está literalmente parado bem ali e, mesmo ele não sendo a pessoa mais brilhante do mundo, não quero que junte dois mais dois. Mas também rio, porque Jordan é uma grande criança engraçada.

Amanda está com uma expressão divertida quando finalmente responde:

— É, sim, desculpa. Hã, hum, eu gostaria sim. — Jordan está se remexendo como a Shakira em minha visão periférica, e balanço a cabeça, tentando apagar a imagem da minha memória. Pego a mão dela sem pensar e a puxo na direção do estacionamento. — Ai meu Deus, a gente pode ir embora? Vamos embora.

Quando chegamos lá fora, relutantemente solto a mão dela. O estacionamento está quase vazio na hora que chegamos, mas acho melhor não abusar da sorte. Mesmo assim, nossos dedos roçam um no outro ao andarmos, e enquanto nenhuma de nós diz algo, o momento se carrega com algo inominável.

Amanda dirige pela rota mais longa até minha casa, uma rua que nos leva a um pedaço com milharal dos dois lados. Vovó acha que estou trabalhando até tarde na Melody Music, então tenho algum tempo antes de precisar voltar para casa. Digo à Amanda para estacionar no acostamento, num espaço de terra entre uma coluna de árvores e um campo que terá milheiros altos em alguns meses. É bem estreito, mas é isolado – sem poste de luz, sem olhares curiosos de colegas de classe –, então é perfeito. A música do Kittredge enche o carro quando ela desliga o motor.

— Sempre quis vir aqui, mas nunca tive realmente um motivo — digo, não exatamente nervosa, mas definitivamente tentando não pensar no jeito que meu estômago dá piruetas no estilo Simone Biles quando me dou conta de que estou sozinha com Amanda.

Olho para fora e vejo o jeito que o sol está sumindo atrás do horizonte lá longe no campo, deixando tudo com uma luz como se estivesse pegando fogo, e me lembro de que tem algumas coisas nesta cidade que nunca vão deixar de me deixar sem fôlego.

— Uma pergunta, uma resposta? — ela sugere, e eu concordo com a cabeça. — Você gosta de verdade de estar concorrendo à rainha da festa de formatura? — ela diz, e tenho que admitir que fico um pouco surpresa. Não estava esperando por isso. — Achei que essa experiência seria uma coisa, tipo, grande e muito legal, mas, na verdade, é ridiculamente estressante. — Ela me encara e faz uma careta. — É horrível eu dizer isso?

— Não — digo. — Você não faz ideia do quanto é absolutamente não horrível você dizer isso.

Os dedos dela deslizam entre os meus no meu colo, e meu coração faz aquele negócio que sempre faz quando ela está por perto agora. Como se não conseguisse decidir se quer ou não aumentar cinco vezes o seu tamanho dentro do meu peito ou, quem sabe, pular para fora de uma vez.

— Você é a melhor parte de tudo isso. — Ela olha para baixo, onde nossas mãos se conectam. — Eu lidaria com as longas horas, os trabalhos voluntários e com a falação da Madame Simoné tudo de novo se isso significasse que nós acabaríamos aqui.

Eu paro de respirar. Quase não sei como é estar com ela assim, completamente sozinha e vulnerável. Só sei que quero isso. Apenas sei, de fato, que não há nenhum outro lugar em que eu preferiria estar além de neste carro com Amanda Mc-Carthy enquanto ela se inclina e segura o meu rosto com as mãos. Fecho os olhos, porque é quase demais olhar para ela e sentir sua respiração nos meus lábios e o cheiro do shampoo quando o cabelo dela toca nas minhas bochechas.

Como estamos escondidas num lugar confinado e quase sem iluminação, é o único lugar onde eu e Amanda conseguimos estar tão perto assim. E, nossa, como estamos perto agora. Mas quando os lábios dela roçam os meus, todo pensamento dá espaço para a sensação muito real desta *coisa* – do quanto eu preciso disso. Tê-la assim é tão maravilhoso quanto me lembrava, provavelmente até melhor, já que não temos audiência.

Eu a encaro quando ela se afasta, e sei que meus olhos devem estar tão arregalados quanto os dela. Ela espera – sempre espera que eu lhe diga o que quero – até eu balançar a cabeça uma vez, talvez de um jeito um pouco frenético, antes dos lábios dela encontrarem os meus de novo. E é urgente, mais urgente do que foi na noite do show.

Quando abro minha boca, tudo acontece tão rápido – o jeito que consigo senti-la por toda parte, o jeito que minhas mãos são firmes em vez de trêmulas ao se perderem no cabelo dela, porque talvez eu nunca tenha me sentido tão centrada, tão apegada a um momento.

— Eu quero — ela suspira ao se afastar um pouco e encostar a testa a minha. Penso em beijar todas as sardas que salpicam o nariz dela. — Eu quero tantas coisas com você. *Que não podemos ter.* Ela não vai dizer isso, mas sei que ela está pensando.

— Vá à formatura comigo — deixo escapar ao me afastar. Consigo sentir o meu vômito de palavras antes mesmo de abrir a boca: — Desculpa, sei que as pessoas fazem convites especiais para a festa e tal, e sei que as coisas são estranhas com nós duas competindo e o fato de que é tecnicamente contra as regras, e nada é como deveria ser, na verdade, mas...

— Não se desculpe por nada disso. — Ela balança a cabeça e me dá um beijo rápido e estalado na bochecha antes de deslizar de volta ao seu assento. Nem me dei conta de que ela estava praticamente no meu colo. — Eu adoraria ir à formatura com você, Liz. Nós também merecemos coisas boas. Não importa como vamos consegui-las.

Concordo com a cabeça, meio em silêncio e atordoada por tudo. Não imaginei que estaríamos aqui quando Amanda se ofereceu para me dar uma carona para casa, mas fico contente por estarmos.

— Posso te dizer uma coisa? — ela pergunta, recostando-se no apoio de cabeça e suspirando.

— Você pode me dizer qualquer coisa.

— Não quero te levar pra casa ainda — ela sussurra. — Queria que a gente nunca tivesse que sair deste carro.

— Tudo bem. — *Nós também merecemos coisas boas*, lembro a mim mesma olhando para o relógio. Eu tenho algum tempo. *Não importa como vamos consegui-las*. — Então vamos ficar aqui por quanto tempo a gente puder.

VINTE E QUATRO

— **Liz, já que você faltou** à nossa sessão de estratégia ontem à noite, talvez você não saiba que a Rachel *ainda* é a número um. — Gabi bate as unhas no tampo da mesa. Estamos no intervalo do almoço, mas ela não tocou em seu prato durante todo esse tempo. — E você estacionou no nono lugar. É hora de fazer algo drástico.

Eu estava me sentindo bem, curtindo o dia da pizza no refeitório, meio nas alturas por causa da noite anterior e pela namorada maravilhosa, e também por conseguir pensar em algo além da festa de formatura, mas isso foi só até este exato momento.

Stone suspira.

— Talvez agora seja a hora de deixarmos a Mãe Universo nos guiar na direção...

— Agora não, Stone! — Gabi fala rispidamente.

— Uau — falo, olhando entre Stone e Gabi e me perguntando o que, exatamente, está acontecendo com minha melhor amiga. Ela nunca explode com a Stone. Nenhuma de nós faz isso. Stone é, tipo, incapaz de responder a manifestações raivosas. É como gritar com um filhotinho de gato que acabou de nascer. Não se faz isso. — G, relaxa. Talvez a gente precise dar um tempo nesse papo de formatura por hoje. Acho que todas nós estamos um pouco exaustas.

É como se ela nem sequer me ouvisse. Ela só balança a cabeça.

— Nós checamos os números, e o fato é que o seu resultado de pesquisa melhora quando você é vista com o Jordan — ela fala. — Então você precisa potencializar essa amizade.

— Potencializar...

— É, potencializar. Ser vista com ele. Talvez fazer parecer que vocês são mais do que amigos. — Ela passa a mão pelo cabelo numa tentativa de ajeitar os fios rebeldes. Gabi Marino nunca tem cabelos rebeldes. — Ele tinha um *crush* enorme por você no fundamental. — Ela sacode a mão para todo o lado. — Reacenda essa chama.

Estou aflita e mais do que um pouco chocada. Quer dizer, tem tanta coisa errada no que ela diz que nem sequer sei por onde começar. Em qual planeta o Jordan alguma vez teve um *crush* por mim? E por que cargas d'água Gabi acha que eu conseguiria fingir um namoro com ele, sendo que só agora voltamos a nos falar, por possíveis *votos*? Quero fazer o que for preciso, mas tudo tem um limite. Fico com um gosto acre na boca, de verdade, e estou convencida de que ela oficialmente está fora de si. O que restava de bom senso nela fugiu.

— Você literalmente o chamou de Odell Beckham Jr. Valioso Demais outro dia! Você não suporta o Jordan! — Balanço a cabeça e rio, mas é um riso nervoso e curto. — Posso aguentar as roupas no estilo *Mulheres perfeitas* e tentar levar a paz entre o mangá e o anime ou sei lá, mas tenho que estabelecer um limite: não roubo o namorado de ninguém!

— Roubar o namorado de alguém? — Olho para cima e vejo Amanda sorrindo, ao lado da mesa. Ela está tão fofa de macacão amarelo e coques no cabelo que quase me esqueço de que ela não frequenta o intervalo neste horário. O que ela está fazendo aqui? — Devo me preocupar com alguma coisa? Ai meu Deus. Ai meu Deus. Ai meu Deus. Meu cérebro começou a não funcionar direito. Minha boca não se mexe, e as palmas das minhas mãos estão começando a suar. Gabi a encara como se quisesse arrancar sua cabeça fora com as próprias mãos, e Britt e Stone estão apenas sem palavras, assistindo ao duelo. Queria poder virar poeira bem aqui, agora.

— Você não deveria estar aqui — deixo escapar. A expressão dela muda imediatamente, e me dou conta do que eu disse e como soou. Tento voltar atrás. — Desculpa, o que eu quero dizer é…

— O que ela quer dizer é que você deveria voltar pra seja lá de onde veio. — Gabi coloca as mãos sob o queixo e joga a cabeça para o lado.

— O.k., Marino. Vamos dar uma acalmada, beleza? — Britt diz.

O sorriso que estava no rosto de Amanda antes, qualquer alegria ou ternura ou animação que ela trazia quando se aproximou da mesa, foi oficialmente embora. Meu coração está praticamente pressionando contra minhas costelas pelo jeito que está batendo. Não é assim que eu queria que ela conhecesse minhas amigas. Não é assim que nada disso deveria acontecer.

Gabi, a cão de guarda, está sem coleira, e sei que ela precisa ser encurralada, mas não sei como fazer isso. Olho para a direita e uma aluna do primeiro ano assiste à situação com curiosidade. Ela não está segurando um celular, pelo menos não ainda, e percebo que essa é minha brecha para interromper antes que isso vire uma cena.

— Só estou curiosa sobre quais são as intenções que essa daí poderia possivelmente ter com a minha melhor amiga. — O tom de Gabi soa tão agressivo que eu me encolho.

— Gabi, relaxa — digo baixinho. Isso não pode continuar. Me viro para Amanda e tento me desculpar com o olhar. — Amanda, talvez a gente possa conversar mais tarde? Depois do colégio?

Eu torço, mais do que torço, para que ela entenda o que estou realmente falando. *Me desculpa pela minha amiga, pra quem eu não contei sobre nosso namoro ainda e provavelmente nunca vou contar. Podemos voltar para a nossa bolha agora? Onde é seguro e tranquilo e não tem ninguém encarando a gente como se fôssemos animais num zoológico?*

Mas a resposta dela me diz tudo o que preciso saber. Soa tão áspera saindo da boca dela que sei que fiz bobagem. Muita.

— Claro, Liz. *Até.*

No minuto em que saio do colégio, mando mensagem para meu colega de trabalho, Victor, para ver se ele pode cobrir meu turno.

> **Victor Ferrer:** Claro, amore!

> **Victor Ferrer:** Você está bem?

Eu o agradeço por cobrir meu turno, mas não respondo a segunda mensagem. Não estou bem ainda, mas, com sorte, logo vou ficar.

Olho em volta no estacionamento procurando o Jeep da Amanda, mas ele não está em nenhum lugar. Praticamente esbarro em três alunos do primeiro ano que estão indo para o bicicletário, estou me movimentando tão rápido. Não consigo lembrar da última vez que me senti tão culpada. A Gabi realmente passou dos limites hoje, mas eu também. Eu deveria ter sido uma namorada melhor, uma *pessoa* melhor, em vez de só ficar sem reação.

Eu devo desculpas a ela. Eu devo... muito a ela.

— Liz! — Ouço Gabi antes de vê-la, e sinto uma certa relutância por dentro. Nunca tinha me sentido assim em relação a ela, mas muita coisa tem sido diferente ultimamente.

— Onde você está indo?

— Gabi, eu não quero mesmo conversar agora. — Destranco a bicicleta e coloco a chave no bolso.

— Dá pra ver. Você ignorou rudemente todas as minhas mensagens durante o sexto período.

— Você está mesmo reclamando por eu não ter respondido suas mensagens hoje? Depois daquela cena que você fez no refeitório, espera que *eu* me desculpe com *você*?

Eu diria que não posso acreditar na audácia dela, mas sim, eu com certeza posso.

— Elizabeth Audre Lighty, você está *bêbada*? — Ela dá alguns passos para mais perto e abaixa a voz. — Qual era o seu plano, hein? Você achou que ia se engraçar com a garota nova e que ninguém ia perceber? Isso não é exatamente um quebra-cabeças complicado, Liz. É só questão de tempo até as pessoas descobrirem.

O rosto dela está vermelho, e eu sei que é a mistura de raiva e constrangimento que lutam por um lugar dentro dela. Eu sei por que também sinto isso.

— Não é... não importa o que as pessoas...

— Importa sim! — Ela fala tão alto, tão de repente, que acho que até ela se surpreende com o volume. Os olhos delas se arregalam um pouco com o som, e ela aperta a base do nariz, se acalmando de novo quando fala: — Liz, importa *sim* aqui. Você sabe disso. Eu só quero... Eu só quero o melhor pra você.

Eu não quero brigar com minha melhor amiga. Não quero mesmo. Tudo isso tem feito nós duas recuarmos e seguirmos por semanas, e estou cansada. A Gabi sempre esteve ao meu lado, mesmo quando seus métodos são questionáveis, então quero acreditar nela. Mas eu definitivamente não tenho que gostar.

— Você não pode explodir com ela daquele jeito, G. Eu não ligo para os seus motivos.

Não confirmo nada, não de verdade. Mas ali está, a linha que desenhei. Gabi precisa saber que mesmo que ela não concorde comigo, ela não pode descontar na Amanda daquele jeito de novo. Ela é intocável.

— Certo. Você pelo menos vai na festa do Jordan amanhã à noite? — Ela coloca as mãos na cintura e me encara. — Você precisa ir, Liz. Todo mundo vai. Se você se importa pelo menos um pouco com esta campanha...

— Sim! O.k.? Eu vou. Eu apareço. — Tranco o cadeado em torno do cano da bicicleta e subo no banco. — É só isso? Estou atrasada.

Em vez de responder, ela apenas dá um passo para o lado e estica um braço para a frente, como se dissesse *fique à vontade*.

Sou grata pelos anos que passei andando de bicicleta para todo lado nesta cidade e a resistência que ganhei com isso, porque eu pedalo até o bairro da Amanda em exatos dez minutos. Não sei qual é a casa dela, mas tenho uma vaga ideia, porque os Marino moram pela vizinhança. G teve um surto quando viu pela primeira vez o Jeep da Amanda parado no estacionamento da casa dos McCarthy há algumas semanas e me ligou imediatamente para contar.

Não preciso mais do que dois quarteirões no The Oaks até eu encontrá-la. A casa de Amanda não é tão ridiculamente grande como as outras da vizinhança, mas ainda é pelo menos duas da minha colocadas uma sobre a outra.

Jogo a bicicleta no estacionamento atrás de um Jeep Wrangler preto parecendo novo e corro até a porta de entrada. Não quero perder tempo. Toco a campainha uma vez, e em menos de quinze segundos, a porta se abre para revelar um homem sorridente, descalço, com uma camiseta preta do Joy Division e um par de jeans esfarrapados.

Acho que esperava que o sr. McCarthy também fosse ruivo e tivesse sardas, mas ele não é. Ele tem o cabelo castanho e cacheado do Timothée Chalamet, quase longo demais.

— Oi, sr. McC…

Ele me puxa para um abraço antes que eu termine de falar.

— Você deve ser a Liz! — Ele se inclina para trás para poder me ver e abana o dedo no ar. — Não sabia que ia te conhecer hoje, mas estou feliz que esteja aqui! Estou tentando fazer a Mandy te convidar pra jantar desde que ela me contou sobre essa Garota Muito Importante que conheceu concorrendo à rainha da festa de formatura. Ela não fala de outra coisa nas refeições há dias...

— Pai! — Amanda grita da escada e se apressa até a porta. Ela pega minha mão e me traz para dentro, encarando o pai um pouco. — Uau, isso é bem mais constrangedor do que eu imaginei que seria, mesmo te conhecendo há dezessete anos. E você diz que eu que sou linguaruda!

— Desculpa, filhota! — Ele ri enquanto subimos a escada para o quarto dela.

Ela fecha a porta atrás de nós e se joga na cama. Fico parada perto da porta e não me mexo. Não tenho certeza aonde iria mesmo se estivesse me sentindo confortável o suficiente para me mexer. Quer dizer, o quarto da Amanda é... uma bagunça.

Está claro que ela ainda não desempacotou tudo, considerando a quantidade de caixas que estão empilhadas contra a parede, mas há coisas espalhadas por todo o chão. Edições antigas da revista *Ms.*, roupa suja e pranchas de skates sem rodinhas. Tem uma mesa que está coberta por pilhas de discos, e a única coisa que parece completamente arrumada é a bateria no canto.

— Eu não estava esperando visita. — Ela olha para mim e rói a unha do dedão. — Não é exatamente desse jeito que eu queria que você viesse aqui pela primeira vez.

— É. — Deslizo as mãos para os bolsos da calça xadrez chino que estou usando. — Como você imaginou que seria?

Ela sorri.

— Bom, pra começar, imaginei que teria mais beijo.

Talvez ela não tenha me perdoado pelo que aconteceu hoje, mas encaro isso como um bom sinal.

— Sobre o intervalo: aquilo foi péssimo de todos os jeitos possíveis. Eu só entrei em pânico porque não tinha contado pra elas ainda, e aí a Gabi ficou brava e eu apenas... me desculpa. Eu fui uma namorada horrível, e só precisei de cinco dias pra isso.

— Foi? — ela pergunta, levantando-se e atravessando o quarto até mim. — No passado?

Engulo com força porque ela está bem à minha frente, e, por algum motivo, meu cérebro não funciona bem perto desta garota.

— Sem passado. — Balanço a cabeça. — Quer dizer, não se você não quiser que seja passado, porque eu fui uma otária.

— Tudo bem. Sem passado então. — Ela para por um segundo para pensar. — Sei que você disse que a gente estava mantendo as coisas no sigilo, mas pensei que pelo menos suas melhores amigas...

Meneio a cabeça. Claro que ela pensaria que eu teria contado para as minhas melhores amigas. Isso é o que eu deveria ter feito, mas não fiz. Ainda não fiz.

— A gente vai ficar bem? — pergunto, em vez de oferecer uma explicação.

— Eu só estou feliz que você está aqui. Estou feliz que você tenha se desculpado. Foram só duas horas de silêncio completo e já senti sua falta.

E então, nós nos beijamos. E é melhor do que eu me lembro. Quando você acha que nunca mais vai ter algo de novo, quando essa coisa volta para você, de alguma forma, é cem vezes melhor do que lembrava. Ela se afasta e me encara.

— Eu fui lá pra te contar que eu desisti. Na hora do intervalo, eu tinha acabado de ter uma reunião com a Madame Simoné. Depois de ontem à noite, percebi que não tem sentido pra mim continuar na competição. — Ela sorri, e seus olhos dão aquela brilhada que faz meu estômago dar cambalhotas. — Eu consegui o que eu queria. Ela conseguiu o que queria. Eu. Eu sou o que ela queria. E eu sei que este é o momento de contar a ela sobre a bolsa de estudos, o motivo verdadeiro de eu competir, o motivo verdadeiro pelo qual as pessoas não podem saber sobre nós, tudo isso. Mas não quero estragar o momento, então devolvo o sorriso e envolvo com mais força meus braços no pescoço dela.

— Eu também — digo, e quase não parece mentira.

VINTE E CINCO

Parada do lado de fora da casa de Jordan, me lembro que os ricos em Indiana são um tipo diferente de ricos. Não é como a riqueza de Nova York, com coberturas sofisticadas na Park Avenue, ou como os ricos de Los Angeles, com garagens cheias de SUVs e ranchos espalhados por Hollywood Hills. Os ricos de Indiana são um pouco mais discretos, mas não menos impressionantes para mim.

— Quanta grana ganham os jogadores aposentados da NFL hoje em dia? — murmuro e puxo a bainha do vestido preto e curto que Gabi magistralmente escolheu para eu usar esta noite. Ela mesma fez o design e estava esperando pela oportunidade de me fazer modelar com ele. É um vestido simples de corte em A com bolsos, decote profundo em V e uma flanela xadrez vermelha e preta na cintura. Diferente das roupas que ela praticamente me proibiu de usar para ir ao colégio, pela primeira vez parece com algo que realmente quero usar, digno de uma rainha de festa de formatura. — Quer dizer, sério, isso é Campbell County ou *Keeping Up With the Kardashians*?

A varanda da casa de Jordan é imensa, e a porta da frente é cercada por duas colunas brancas. Eles não têm vizinhos próximos de nenhum dos dois lados; o bairro deles foi criado para dar espaço para os moradores e privacidade entre os terrenos.

— Para de puxar a roupa pra baixo! — Gabi bate na minha mão e ignora meu comentário sobre a casa. — Você está ótima. Fiz um dos meus melhores trabalhos pra você.

Ela toca a campainha e balança o cabelo para que ele se divida perfeitamente igual para os dois lados por cima de sua blusa ombro a ombro. A roupa dela e a forma como seu cabelo está dividido ao meio fazem ela parecer uma estrela do cinema francês dos anos 1970. Ela ajeita a postura e empurra meu ombro com a mão para que eu faça o mesmo.

— E anda reta. Precisamos que as pessoas achem que você tem potencial de rainha, lembra? — Ela aperta os lábios em um estalo para garantir que o seu batom vermelho vibrante da Fenty esteja distribuído igualmente.

Reviro os olhos, mas decido seguir as instruções que ela passa. Jogo os ombros para trás para ficar da minha altura completa e passo a mão pelo cabelo para balançar um pouco os meus cachos. Eu nunca uso o cabelo solto, mas, depois de ser convencida pela G, e francamente, uma quantidade chocante de água, creme de cabelo, gel Eco Styler e o definidor de cachos Cantu, aqui estou eu. E, para minha surpresa, não parece tão ruim. Meu cabelo está volumoso, com todos os meus cachos naturais sendo exibidos, e também estiloso, em vez de parecer algo do qual perdi o controle. Ele está... ótimo.

— Eu não acredito que você seriamente não considera um futuro na política.

— Eu considero tudo. — Ela sorri. — Não exclua essa possibilidade: primeira chefe de estado com a própria coleção de alta-costura na Fashion Week? Parece totalmente possível.

Ainda estou rindo quando Jordan abre a porta. Ele está radiante, e algumas gotas de suor estão espalhadas por sua testa.

— Bem-vindas, meninas!

Fico atônita quando percebo que ele está sem camisa. E, sinceramente? Esquece as risadas. Mal consigo lembrar como se respira. Digo, sério, como é justo Deus dar para uma pessoa aquele abdome bizarro?

— Jordan. — Gabi ajeita a bolsa no ombro e finge completo desinteresse no garoto a sua frente. Mas sei que é totalmente falso quando sua voz meio que fica aguda ao dizer o nome dele. Como eu disse, ele é injustamente atraente.

— Você vai deixar a gente entrar ou está planejando ficar na porta fazendo strip-tease a noite toda?

Ele abre ainda mais o sorriso e dá um passo para o lado, nos convidando para entrar.

— Bom, com certeza, por favor, entrem em minha humilde morada.

Sei que ele está sendo irônico ao chamar de humilde, porque a casa de Jordan é qualquer coisa *menos* isso. Parece de verdade que a realeza mora aqui. E acho que é porque isso não é inteiramente mentira – a realeza meio que mora mesmo aqui.

Assim que damos alguns passos na entrada, há uma enorme escada em espiral que leva para o segundo andar. E, na parede, diretamente à nossa esquerda, uma pintura enorme da família Jennings inteira. A mãe de Jordan e seu longo e platinado cabelo loiro. O pai dele, o único homem negro além de seu filho mais velho a virar rei da festa de formatura em Campbell, com um corpo enorme que é tão impressionante hoje quanto era quando ele jogava no Super Bowl. E Jordan ao lado do irmão mais velho, Jalen, quando os cachos escuros deles eram longos. É a imagem de uma família sem defeitos.

Quando entramos na cozinha, Jordan pega para mim uma garrafa de água da bagunçada ilha com bebidas e a empurra na minha mão. Enquanto a levanto meio que questionando a razão de ele me dar uma *garrafa de água*, ele dá de ombros.

— Você não vai ficar relaxada no meu turno, não, Lighty. Considere isso meu conselho de expert pra você: fique lúcida na festa pré-formatura. Eu já vi muitos perderem a dignidade e a vergonha nessa farra anual.

Eu rio e G suspira, como se já estivesse cansada de Jordan.

— Ah! — Gabi encontra Britt e Stone no quintal e acena para elas antes de virar de novo para mim. Ela abaixa a voz para que Jordan não possa ouvir. — Não dá bobeira, Liz. Lembra o que eu disse sobre estratégia. — Ela joga a cabeça na direção de Jordan antes de sumir para se juntar a nossas amigas.

— O que foi isso? — ele pergunta, seguindo Gabi com os olhos até o pátio encoberto (eu mal sei se é assim mesmo que chama, mas não tem outro jeito de descrever a área enorme e bonita que a família do Jordan tem no lugar de um quintal e uma varanda normal).

Eu mudo de assunto.

— Por que você está sem camisa? Você não precisa convencer a gente de que está treinando para ser o Idris Elba de pele clara. A gente acredita.

— Para a sua informação, eu tirei a camisa pra provar para o Jaxon que eu consigo comer mais asinhas de frango apimentadas do que ele em três minutos. Eu posso ser um clichê, mas eu me recuso a ter molho Buffalo no meu moletom novo da Yeezy.

— Às vezes você é a caricatura de um atleta de ensino médio de um filme ruim dos anos 1980, sabia?

— Ah, é? Bom, se eu sou o estereótipo de um atleta, então isso faz de você uma protagonista relutante, a *nerd* gostosa com um coração de ouro. — Meu rosto esquenta, mas ou ele não percebe, ou não se importa. Jordan sorri e joga a cabeça para apontar para trás de mim. — E ali está o interesse amoroso, com uma caixa de som, pronta pra ficar parada no jardim em frente à sua casa.

Olho para o pátio, onde Amanda está parada perto da piscina. Ou, eu olharia para Amanda, acho, se não estivesse tão perturbada pela pessoa com quem ela está conversando. Uma garota que não reconheço (com um cabelo castanho incrível, longo e brilhante) está rindo de algo que Amanda disse e colocando a mão no pulso dela. Meu estômago começa a doer um pouco.

— Quem é aquela? — pergunto.

Jordan olha para elas como se já tivesse se esquecido de quem estávamos falando.

— Ah, hum. Não tenho certeza. Várias pessoas que estão aqui são do Park Meade. A notícia se espalhou rápido no Confidential hoje, então nós temos uma grande multidão.

— Alguém o chama lá de fora, e ele me pergunta com um sorriso: — Você vai ficar bem, Lighty? Sei que essa não é muito a sua praia.

Tem tantas pessoas dentro da casa e do lado de fora, me sinto como se não coubesse dentro do meu corpo. Sei o quanto essa festa é importante, o quão crucial é trabalhar esta noite para trazer mais pessoas para o meu lado, mas a ideia me machuca fisicamente. De repente, a mesma ansiedade antiga que pensei ter nocauteado e levado à submissão borbulha. E se eu disser a coisa errada para um dos colegas de time do Jordan e fazer papel de boba? E se qualquer erro que eu fizer for gravado para o Campbell Confidential para todo mundo ver?

Mas eu preciso me sair bem — preciso estar atenta — se quero fazer com que isso funcione. Qualquer coisa por Pennington.

Assinto, e ele bagunça a parte de cima do meu cabelo antes de sair, gritando para o Harry Donato sair de perto da droga do vaso grego de sua mãe pintado à mão.

— Liz, vem aqui fora! — G acena para mim de onde ela está no pátio.

Quando saio, os olhos de Amanda encontram os meus, e ela me oferece um rápido e pequeno sorriso antes de retornar a atenção para a garota de cabelo perfeito.

A parte racional do meu cérebro me diz que Amanda está fazendo exatamente o que combinamos – se mantendo fria e desinteressada em público. Mas a outra parte do meu cérebro, a parte que não é controlada por lógica e razão, está um pouco irritada. Acho que esperava que ela parecesse mais feliz em me ver, e dói que ela não tenha agido assim.

— Lighty! — Me viro e Jaxon Price está com as mãos em volta da boca, gritando por mim. — Vem aqui rapidinho!

Olho em volta, meio convencida de que tem outra Lighty naquela casa, antes de ir até ele. Jaxon está sentado ao redor da lareira externa com algumas pessoas que só conheço porque são difíceis de ignorar – pessoas que são muito sociáveis, muitas delas. O tipo de pessoa que eu evitaria a todo custo três semanas atrás.

— Lighty, a poderosa! Você precisa contar pra esses otários sobre aquele *touchdown* massa que você fez no jogo.

— Jaxon toma um gole do seu copo vermelho de plástico e aponta para mim. — Juro por Deus, se a gente soubesse o que essas pernas podem fazer, eu teria tentado recrutar ela para o time há muito tempo.

Todos riem um pouco, e meus ombros caem de onde estavam, completamente tensos. Uma das garotas da equipe de líderes de torcida abre espaço para que eu sente em uma das grandes cadeiras de vime. Até o momento, isto não é difícil.

— Eu assisti o negócio todo no Campbell Confidential, tipo, um milhão de vezes! Foi maravilhoso. — A garota balança a cabeça. — E quando o Jordan te carregou do campo depois da queda? Aimeudeus, tão romântico!

Espera. Romântico?

— Ah, não. Eu e o Jordan somos só...

— Lighty, sério, de onde veio esse talento? Você é uma FERA! — Jaxon começa a jogar o punho para o alto. — Ligh-ty forte! Ligh-ty forte! Ligh-ty forte!

O som reverbera por todo o espaço, e, de repente, outras pessoas se juntam ao coro. Estou chocada por não pedir imediatamente que o universo crie um buraco negro no meio deste pátio e me engula inteira. Eu meio que estou... gostando? O tom de Jaxon é tão sincero, o sorriso e a energia dele tão empolgantes, eu sei que isso não é às minhas custas. Todos nós estamos rindo juntos, e eu não me sinto como se fosse alvo de uma piada do universo.

O som do meu nome saindo de tantas bocas, saber que a garota que eu mais-que-gosto pode estar me vendo, me enche de algo parecido com confiança. Me sinto uma pessoa diferente. Eu suponho que Amanda vai se aproximar a qualquer segundo – isso é bom demais para ela perder.

Encontro as RobôsPompom jogando buraco de milho no quintal na mesma hora que a Rachel me vê. O olhar dela é cortante o suficiente para atravessar vidros, mas nem isso me incomoda.

Jordan se aproxima e se empoleira no braço da cadeira que estou dividindo. Ele começa a contar sobre como nós costumávamos duelar pela primeira e segunda cadeira quando estávamos no fundamental e como, até naquele tempo, eu era implacável. Eu nunca o deixei escapar de nada.

— Admite, Lighty! Você pode ser quieta, mas é letal. — Ele ri.

— Silenciosa, mas mortal! — Jaxon entra na conversa, e todos rimos porque, aparentemente, piadas de peido nunca deixam de ser engraçadas, não importa o quanto você envelheça.

Sento perto do fogo com eles, conversando sobre nada e tudo, e à medida que a noite se acomoda entre nós, eu nem me dou conta de quanto tempo passou. Pela primeira vez em, *bom*, talvez pela *primeira vez*, sinto algo melhor do que estar tranquila – sinto que me *encaixo*. Estou sorrindo de um jeito que tenho certeza de que é meio esquisito e cheio de satisfação comigo mesma, e o aperto que costuma morar no meu peito aos poucos some.

Não estou de longe, olhando para tudo com a cara encostada no vidro, me perguntando o que está acontecendo com os meus colegas. Estou bem aqui, bem no centro de tudo. Não sou só a Garota Negra ou a Garota Negra Com A Mãe Morta ou a Coitadinha. Eu sou Liz Lighty, e sou tudo isso, mas, de repente, isso tudo não parece mais tão ruim.

Estou gargalhando de uma história que Jordan está contando sobre como ele e Jaxon trocaram por acidente as chuteiras em um treino uma vez (o que absolutamente não deveria ser tão engraçado quanto é), quando vejo Amanda pelo canto do olho. Amanda, *minha Amanda*, e a garota aleatória com aquele cabelo – que, falando nisso, provavelmente nem deveria *estar* nesta festa – entrando na casa, rindo de algo entre elas.

Quando olho para o meu celular, percebo que já passou muito das onze. De repente fico indignada que ela ainda não tenha trocado uma palavra comigo. Eu pedi para ela não agir como namorada em público, mas não pedi para ela fingir que eu não existo. Todo o sentimento bom que eu estava guardando em mim imediatamente evapora e é substituído pelo calor e pela amargura que acompanham a rejeição. É como se cada pedaço de razão para ficar longe dela a noite inteira desaparecesse, e tudo o que penso em fazer é segui-las. Me levanto do meu lugar e estou quase na metade do caminho até elas quando...

— Onde você vai? — A mão de Gabi segura forte o meu pulso, me mantendo no lugar. Não me dei conta dela antes, mas agora me pergunto como posso ter feito isso. A presença dela na minha frente é tão *marcante*. — Você precisa continuar conversando com as pessoas. Vou tentar fazer o presidente do grupo de teatro te apoiar. Você pode ter os alunos do coral unidos até o fim da noite se você convencer a Chrissy Shelley a entrar para a Academia de Musical e Drama.

— Você pode fazer isso, G. Mas não estou interessada, está bem? — A Gabi é uma força da natureza, mas ela errou mais vezes durante a minha campanha do que eu consigo contar. As roupas, os truques, usar as pessoas para conseguir o que quer: é tudo bobagem. Me faz pensar na Amanda, a única pessoa nesta festa com quem quero conversar agora, mas tenho evitado para não sair da linha. Puxo meu braço com calma, mas firme. — Tem outra coisa que preciso fazer agora.

Quando chego na cozinha, vejo Amanda e a Cabelo Perfeito perto da geladeira, cabeças juntas como se dividissem um segredo. Sinto algo nas minhas entranhas como se tivesse comigo algo estragado, como se não pudesse confiar que ele vai se acalmar e ficar quieto.

— Liz! — Amanda me chama com um gesto de mão. É a primeira vez a noite inteira que ela fala meu nome. — Vem aqui rapidinho. Você tem que conhecer a Kam.

Amanda tenta pegar minha mão quando me aproximo, e eu a coloco no bolso bem rápido. Tento não olhar para o rosto dela quando sua expressão muda. Posso sentir a decepção irradiando dela, e me odeio por isso. Preciso ser realista. Não importa o quanto eu queira que ela converse comigo, contato físico é muito arriscado. Tem muitos olhos por aqui. Pessoas demais esperando por algo suculento acontecer para poderem colocar no Campbell Confidential sem medir as consequências para as pessoas envolvidas.

— Quero te apresentar para a Kam. Ela é do Park Meade. — A Cabelo Perfeito, quer dizer, Kam, estica a mão para que eu a aperte. E que droga de educação dada no centro-oeste! Pego a mão dela mesmo não querendo. — Kam, essa é a minha...

— Oi, Kam. Desculpa, você daria um segundo pra nós duas? — interrompo antes de Amanda terminar a frase. De repente estou ainda mais brava, de um jeito que nunca tinha estado antes.

Atravesso a sala de estar rapidamente, tentando chegar à porta de entrada, e meu estômago se retorce um pouco enquanto ando. Nem tenho total certeza se a Amanda está atrás de mim até que nós duas estamos na varanda, que, agora que a festa está a todo vapor, está completamente vazia.

— Então, Kam do Park Meade, hein? Ela parece legal. É o seu tipo? — Cruzo os braços. Me sinto mesquinha e ridícula, mas não posso evitar. É como se o meu cérebro tivesse seu próprio cérebro.

— Meu tipo é... uau. Espera um pouco. Você está... com ciúme? — Ela joga a cabeça para o lado. — Você não pode estar com ciúme, certo? Estou aqui seguindo suas instruções.

— Isso foi antes de você não falar comigo a noite toda até você se dignar me apresentar sua nova *amiga*.

Me sinto petulante, infantil, mas estou irritada. Tudo isso é irritante.

— Bom, é o sujo falando do mal lavado.

— Não sei o que você quer dizer com isso.

Ela suspira.

— Eu não quero brigar com você.

— Isso não é uma briga. Nós não estamos brigando. Só quero saber o que você quer dizer.

— Você quase não quer ser vista comigo em público, enquanto isso você e o Jordan ficam em cima um do outro a noite toda. — A voz dela é baixa, mas apressada. — Eu só não sei mais o que você quer de mim. Está tudo bem não sermos o exemplo de um casal saudável e transparente de adolescentes *queer*, mas preciso saber o que estamos fazendo. É como se sua melhor amiga estivesse fazendo o possível para...

— A Gabi não tem nada a ver com...

— ...a gente se afastar. E você e o Jordan continuarem se aproximando e se aproximando...

— Eu e o Jordan éramos muito próximos. Isso não é...

— Enquanto isso, você não pega a minha mão em público quando falo com você como se eu tivesse algum tipo de doença transmissível! Mas apenas estou fazendo o que você acabou de dizer que queria que eu fizesse!

Nós nos encaramos por um momento, ofegantes. Estou frustrada, frustrada para caramba. Ela não entende. Ela nem poderia. Ela não entende que os riscos são sempre grandes para mim, e que eu não tenho a opção de não estar no controle. Entrar para o concurso e depois largar e ir para festas sem jogadas ou estratégias são decisões que não têm consequências na vida dela. Amanda pode fazer algo por achar divertido ou fácil ou porque parece legal, não porque ela tem algo a perder. Mas não é assim que as coisas funcionam para mim. Elas nunca funcionaram assim.

Meus olhos ardem um pouco, e eu sei que é porque estou perto de chorar.

— Eu te disse que eu precisava ser discreta. Você não entende. É diferente pra mim.

— Não é diferente, Liz! Você gosta de garotas e eu também! E daí? Estamos em 2020. Campbell é conservadora, mas não é tão ruim o quando você faz parecer. Eu vou estar ao seu lado pra te apoiar quando você se assumir. Isso só é difícil assim porque você está fazendo ser difícil.

Agora é minha vez de ficar indignada.

— Você não sabe do que está falando! Você não cresceu aqui, então não sabe como as pessoas são capazes de ser. Se soubessem que eu... que eu, hum, tanto faz. Se eles soubessem, eu não teria a menor chance de ganhar o...

Minha mão sobe para tampar minha boca. Não queria dizer isso.

Sei o que isso parece. Sei como me senti quando ouvi Gabi dizendo e sei como foi acreditar nisso. Não quero que Amanda me veja desse jeito, mas é verdade. Nenhuma garota *queer* vai ter chance de virar rainha da festa de formatura em Campbell. A competição já é difícil o suficiente para mim sem adicionar o fato de eu ser *queer* ao pacote.

— Espera. — Ela dá um passo para trás na direção da calçada. — Isso é sobre a *festa de formatura*? Todos esses segredos? Isso de se esconder é por você querer ganhar uma coroa besta?

— É... é complicado! Você não entende...

Fico movimentando as mãos em círculos, tentando encontrar um jeito de explicar para ela. Explicar tudo – que toda vez que tentei contar a verdade para ela sobre a bolsa de estudos e os segredos, parecia que eu ia estourar a bolha em que as coisas entre nós eram simples e leves. Mas não estou conseguindo. Meu estômago dá cambalhotas.

— Eu entendo sim, Liz. Entendo que você não é quem eu achei que fosse. — Ela pega a chave no bolso e começa a andar de costas na direção de seu carro. Ela para por um segundo e apenas me olha, de um jeito que nunca tinha olhado antes. Como se estivesse me vendo pela primeira vez. — Você pode ser discreta sozinha, porque eu não estou mais interessada.

Ela se vira e corre o resto do caminho até o seu Jeep sem parar para olhar para mim, e eu quero gritar. Quero chorar. Quero me chutar por não ter dito "quem se importa?" e ter feito isso do jeito certo desde o começo. E, o pior de tudo, queria saber como teria sido do jeito certo.

Me sinto horrível. O suor brota na minha testa, e meu coração está batendo mais rápido do que deveria. Não me sinto assim há muito tempo, como se não conseguisse controlar minha respiração. Meu estômago trava, e enlaço os braços em volta dele. Deus, é igual ao ensino fundamental mais uma vez. Eu sinto como se...

— Lighty. — A voz do Jordan vem de trás de mim. — O que está aconte...

Ele não tem a oportunidade de terminar, porque quando me viro para encará-lo, vomito em cima do seu precioso moletom da Yeezy.

VINTE E SEIS

— **Levanta aí, Lighty!**

Eu me sento de um salto e imediatamente desejo não ter feito isso. Minha boca está com um gosto horrível. Não sei onde estou.

Olho para a camiseta enorme da Ohio State que estou usando, esbranquiçada e surrada pelos anos de lavagem e uso, e depois olho o quarto à minha volta que não reconheço. A luz do sol passa pelas cortinas e chega até a televisão de tela plana gigante que está na parede, conectada a um XBOX, com os cabos amarrados e espalhados sobre ele. Uma pilha de roupas sujas transborda de um cesto no canto. Fotos enquadradas dos homens da família Jennings usando diferentes camisetas de times, dos infantis aos profissionais.

Meus olhos finalmente se aquietam no sorridente e sem camisa Jordan Jennings que está parado na porta, e me lembro como acabei aqui. Eu virei um clichê e tanto.

— Você parece péssima, minha cara amiga. — Ele se empurra do batente e se senta ao lado da cama. Jordan pega a minha mão, que está segurando com força o cobertor xadrez perto do meu peito, e coloca duas aspirinas nela. Ele também coloca uma garrafa de água na mesinha de cabeceira. — Você fez aquilo de vomitar de ansiedade. Você parecia tão patética que acabei te trazendo aqui pra cima pra relaxar por um segundo e, quando voltei, você estava dormindo.

Olho as horas no meu celular e vejo que já passa das nove.

— Se você acha que eu pareço mal — coloco os remédios na boca e os engulo a seco. Não consigo nem reunir forças pra abrir a garrafa —, devia ver o outro cara.

Ele ri baixinho.

— Não seja dura consigo mesma, guerreira. Todos nós tivemos noites assim. Eu mijei na viatura do pai do Lawson verão passado depois da festa na fogueira do Quatro de Julho.

Ele se levanta e atravessa o quarto até a cômoda e então pega uma camiseta limpa para si mesmo e uma calça de moletom, que joga para mim. Ele está sorrindo de novo quando se direciona para porta.

— Vamos, raio de sol! O que você precisa é de uma boa e velha comida gordurosa e animadora.

Estou no Steak 'n Shake aparentando ser exatamente o que eu sou: uma destruidora de corações patética usando um par de óculos Ray-Ban velho do Jordan que estava no seu porta-luvas. No caminho de carro, Jordan serpenteou pelas ruas de Campbell como se fossem dele: janelas abertas, batendo a mão na porta e balançando a cabeça junto com a música nova da Cardi B que tocava no rádio. Ele dirige em silêncio, exatamente no limite de velocidade, nunca o ultrapassando ou retrocedendo, exceto quando para nos semáforos fechados ou acelera nos abertos.

Nós passamos pelo principal conjunto de lojas que constituem o centro de Campbell: um Ritter's Frozen Custar, lugar que Robbie e eu adorávamos e costumávamos implorar para ir comer o sorvete de cookie quando éramos criança; um posto de gasolina da Speedway com um aviso audacioso na janela anunciando Speedy Freezes por oitenta e nove centavos e a manicure onde todas as garotas da cidade se encontram no dia antes da festa. Tantas lojas nas quais Gabi e eu zanzamos, entrando e saindo, em sábados entediantes no verão; os restaurantes em que sonhávamos conseguir trabalho como *hostess* quando fôssemos velhas o suficiente para procurar trabalhos que financiariam nossa partida de Campbell.

Todos os pedaços do lugar onde fiz minha vida passam do lado de fora da janela do novo suv de Jordan.

Dentro do restaurante, tudo está como sempre, com o padrão dos anos 1950 respingando em cada detalhe da decoração, desde as toalhas de mesa xadrez às garçonetes com suas camisas brancas meio manchadas e um letreiro chamativo em letras cursivas vermelhas sobre o caixa.

Mesmo tendo poucas pessoas no pequeno restaurante – duas garotas que reconheço do colégio estão rindo enquanto tomam milkshake ao lado da enorme janela que contorna todo o espaço –, eu ainda prefiro o anonimato dos óculos escuros.

— Você parece com alguém que teve uma noite ótima, e eu pareço alguém que virou a noite bebendo no Club Monaco. — Pego o papel do canudo dele de cima da mesa e o enrolo entre o dedão e o indicador. Estou exausta do pior jeito possível.

O abalo que vem depois de um ataque de pânico não é como uma ressaca, mesmo com as semelhanças físicas. Eu não apaguei ontem à noite – me lembro de tudo. Meu ciúme bobo. O rosto da Amanda. Vomitar no casaco de moletom do Jordan. Ai meu Deus, o moletom da Yeezy.

Bato a mão na testa e gemo.

— Eu sinto muito pelo seu moletom, Jordan.

— Primeiro: Club Monaco é uma loja, não uma balada, Lighty. Abençoada seja sua alma inocente. — Ele empurra meu pé com o dele delicadamente sob a mesa. — Segundo: é só um moletom, cara. Eu consigo outro. Estou mais preocupado com você. Você não fica mal assim desde... o quê? Antes de a gente sequer se conhecer?

— É. — Os óculos escorregam um pouco pelo meu nariz, e tenho que empurrá-los de volta. — É, fazia um tempo.

Não importa quanto tempo passe, meu corpo se lembra intensamente da vergonha que segue um ataque de pânico sério como aquele. Sinto como se estivesse no quinto ano de novo, mal chegando na lata de lixo a tempo, depois de ouvir que teríamos uma prova oral de matemática para a qual não tive tempo de estudar por ter passado a noite com a minha mãe no hospital na noite anterior. Tudo dói; meu rosto queima.

— O que está acontecendo com você, Lighty?

— Eu e a Amanda terminamos. — Dói dizer isso, admitir de maneira tão simples. — Eu não fui sincera com ela sobre o porquê de nós não podermos, hum, nos assumir.

Ele apoia os dois cotovelos na mesa e espera. Ele não me pressiona até que eu esteja pronta para ser pressionada. Exatamente como era antes.

— Não estou concorrendo à rainha da festa de formatura porque é divertido ou pela tradição ou qualquer coisa assim. Estou concorrendo porque preciso do dinheiro da bolsa de estudos. Não consegui a bolsa em Pennington que achei que conseguiria, e agora eu estou ferrada. Fiquei com vergonha demais pra falar disso. — Balanço a cabeça. — Eu simplesmente sabia que se as pessoas descobrissem sobre meu relacionamento com a Amanda, minhas chances de ganhar iriam com certeza morrer.

— Isso é uma droga — ele diz, simplesmente, um pouco ofendido em meu nome. — O término e a bolsa de estudos. E esse negócio todo de mentir para a sua namorada descolada e boba. Essa parte é ruim também. Você definitivamente pisou na bola com isso.

Ele sorri quando olho para ele, e jogo a bolinha de papel em seu rosto. Mas também estou sorrindo. Um pouco.

— Posso te perguntar uma coisa?

— Manda.

— Por que você nunca fala sobre a Emme? Terminaram comigo há menos de 24 horas e é só nisso que eu consigo pensar. Não sei como você aguenta.

Ele hesita.

— Porque eu amo aquela garota, e os segredos dela não são meus pra contar. — Ele franze o nariz como faz algumas vezes, e o piercing de diamante brilha ao refletir a luz. — Mas as coisas ficaram feias, e eu acho que não fiz o suficiente por ela, sabe? Então dói falar sobre isso.

Assinto. Há um peso no que ele está dizendo que me diz que devo pisar em ovos se quiser continuar nesse assunto, como se ele estivesse me confiando algo enorme. A conversa inteira de repente parece surreal e profundamente pessoal, mas, de alguma forma, faz sentido para nós ser assim. Jordan e eu podemos não ser quem costumávamos ser, porém ainda fazemos um bom par. Como o Snoop Dogg e a Martha Stewart: bizarro, mas funciona.

— Vou sentir falta disso — digo após um tempo em silêncio. Tomo um gole da minha água. Eu vou mesmo sentir a falta de Jordan quando tudo isso acabar. Tê-lo de volta na minha vida nas semanas que se passaram tem sido maravilhoso. É quase como se os últimos quatro anos não tivessem acontecido. Mas a realidade é que eles aconteceram sim. — Eu e você meio que equilibramos um ao outro.

— Sentir falta? Lighty, existe FaceTime, as DMs no Campbell Confidential, correio. Só porque você vai para a Pennington e eu vou estar na Ohio State, não quer dizer...

— Não. — Meneio a cabeça tristemente. — Quer dizer, quando a festa de formatura acabar. Você vai voltar para os seus amigos, e eu vou voltar para os meus. Como era antes.

Quando a garçonete deixa nossos pedidos, Jordan empurra o meu prato para mais perto de mim já que eu não o alcanço imediatamente.

— Não precisa voltar a ser desse jeito. Eu te disse isso no primeiro ano! Você nem sabe... Eu nunca deixei de me sentir culpado por aquele dia. — Ele balança a cabeça. — Eu devia ter sido mais firme com os otários que disseram aquilo. Eu nem tenho uma boa desculpa. Mas eu quis conversar depois, e você nunca respondeu minha carta, então imaginei que você não queria...

— Espera. — Congelo na hora, minha mão segurando uma batata frita. — Que carta?

— A carta, Lighty. A carta de desculpas. Eu não sabia como aparecer e me desculpar na sua cara, porque estava convencido de que você me mandaria nunca mais falar com você de novo, o que eu entenderia totalmente. Você ainda não tinha celular, então não podia mandar mensagem, e me pareceu estranho ligar para a sua casa, então eu entreguei uma carta para a Gabi e...

— Eu não recebi nenhuma carta. — Embora pelos motivos diferentes da noite anterior, meu coração bate mais rápido e minha mente está uma bagunça. Não teve nenhuma carta. A Gabi teria me contado... Ela não teria mentido desse jeito.

— Lighty, eu definitivamente dei uma carta pra ela. Eu não teria só...

Meu cérebro está trabalhando tão rápido para processar o que está acontecendo que eu nem consigo escutá-lo. Mas meus pensamentos são interrompidos pelos risinhos de algum lugar atrás de nós, e um grupo de garotas mais novas do colégio que estão sentadas perto da janela ficam olhando na nossa direção e depois afastando o olhar. Reconheço duas delas do Videntes da Formatura. Elas não podem ter ouvido nossa conversa – tanto eu quanto Jordan estamos longe demais para isso –, mas continuam nos encarando de qualquer forma.

— Argh, não estou com saco pra isso. Sempre esqueço que estar com você me faz famosa por associação. — Coloco a mão na minha testa para conferir minha temperatura. Devo estar delirando de febre agora.

— Ah, é — Jordan diz rapidamente. — Essas garotas devem achar que estamos num encontro por causa de uma coisa besta do Confidential. — Ele pega o celular no bolso e o segura no alto para que o reconhecimento facial liberasse o telefone antes de começar a deslizar o dedo na tela. — Parece até que a gente ganhou uma *hashtag*.

Há algumas fotos de Jordan e eu sentados um ao lado do outro perto da lareira externa na noite passada, postado por uma conta com um nome de usuário estranho e aleatório com um avatar padrão; para quem não sabe de nada, essas fotos podem parecer que existe algo entre nós. Minha cabeça está repousada na lateral do corpo dele, a mão de Jordan aperta meu ombro, nós dois nos olhando e sorrindo. Sei que foi totalmente inocente, ele sabe que foi totalmente inocente, mas a *hashtag* não parece saber.

— *#SubstitutaDaEmme?* — solto num sussurro gritado.

— Você está brincando comigo?

— Esquisito, né? — Ele balança a cabeça, como se isso fosse mais um pequeno inconveniente do que qualquer outra coisa. Enquanto isso, sinto como se as paredes estivessem se fechando em nós. — Parece um reality show ruim.

Reality show é eufemismo. Isso parece com *1984*. E é aí que tudo faz sentido. Só tem uma pessoa intrometida e ardilosa e estrategista o suficiente para fazer algo desse tipo. A única pessoa que parece estar manipulando minha relação com Jordan desde o começo.

— Vamos embora daqui.

Jordan não hesita em jogar uma nota amassada sobre a mesa para pagar a conta. Me levanto depressa do meu lugar e me afasto da mesa mais rápido do que achei que seria possível há uma hora.

— Precisamos ir num lugar agora mesmo.

VINTE E SETE

A caminhada até a porta da frente dos Marino sempre foi super longa – a casa deles fica tão afastada da calçada que parece que deveria ter um fosso ou algo do tipo –, mas hoje parece ainda mais longa. Jordan fica esperando no carro enquanto eu vou até a porta.

As casas em The Oaks são todas diferentes, plantas personalizadas criadas para pessoas que queriam casas tão novas a ponto de nunca ninguém sequer ter espirrado dentro delas antes de se mudarem para lá. Eu costumava ficar encantada quando vinha à casa da Gabi para passar a noite, fascinada pelo tamanho e luxo de tudo. E acho que algumas vezes ainda fico assim – balançada pela diferença entre o mundo dela e o meu.

Eu mal tirei o dedo da campainha quando a sra. Marino aparece na entrada de pé-direito alto da casa, com o avental em volta da cintura e o cabelo castanho e brilhante puxado para trás em um rabo de cavalo. Ela está usando roupas casuais, mas daquelas que mesmo assim cheiram a dinheiro: pérolas no pescoço (francamente, quem cozinha usando pérolas?!), e uma blusa branca de botões bem-passada dentro de um jeans que cai tão bem nela que dá para saber que deve ter sido feito sob medida.

Ver a sra. Marino é como colocar a foto escolar da Gabi em um daqueles aplicativos que mudam seu rosto, fazendo você parecer mais velho enquanto aproveitam para roubar suas informações. Elas são muito parecidas.

— Liz. — Ela dá um passo para o lado e faz um gesto para que eu entre. — Gabrielle não me disse que você vinha hoje. Mas quando é que ela me conta alguma coisa? — Ela ri, sem vontade. — Eu vou chamar minha filha.

Quando ela a chama, Gabi desce saltitando pelas escadas. Ela para no meio quando me vê parada perto da porta.

— Ah, Liz! Espero que você esteja aqui pra discutir estratégias, porque...

— Eu não vim aqui por causa da formatura — interrompo rapidamente enquanto a sigo escada acima. — Nós precisamos conversar.

Quando chegamos no quarto dela, as coisas parecem estar exatamente como sempre, mas sinto que tudo está diferente. O ar ao nosso redor mudou.

— *Tudo bem.* — Ela arrasta as palavras enquanto senta na cama. Fecho a porta atrás de mim. — O que está acontecendo?

— O que tem de errado com você? — pergunto na mesma hora. — Quando ia me contar que você é o motivo do Jordan não ter falado comigo por quatro anos? Você sabia o quanto perder a amizade dele me deixou mal.

— Não tem nada de errado comigo. Eu que devia estar perguntando o que tem de errado com *você*. — Ela aponta para mim, na defensiva. — Você tem noção do que eu tive que fazer pra controlar a situação depois do Jordan voltar para a festa com o moletom coberto com o *seu vômito*?

— Não faz isso de tentar jogar a culpa em mim. Eu mereço uma explicação.

— Não estou jogando a culpa em você! Você está se comportando de um jeito fora do normal! — Ela se levanta e joga as mãos para o alto. — Você tem uma namorada secreta, não está ouvindo nada do que eu digo, e ir pra Pennington está virando a coisa mais distante na sua cabeça! Pra alguém tão preocupada com privacidade, você com certeza está fazendo tudo de qualquer jeito.

Não sei se ela está tentando me convencer da opinião dela, ou se ela está mesmo tão perturbada quanto parece. Ela sempre está com o cabelo arrumado e de maquiagem a essa hora do dia. No entanto, neste momento ela está usando uma calça de moletom, e claro que é do tipo estiloso da H&M, mas ela nunca usa esse tipo de calça.

— Por que você não me disse que o Jordan estava tentando falar comigo no primeiro ano? E por que você criou aquela *hashtag* besta no Campbell Confidential ontem à noite, mesmo sabendo que não tem nada acontecendo entre nós?

— Eu criei a *hashtag* porque você precisava de ajuda, Liz. Se eu consegui ver o quanto você e aquela menina estavam próximas, qualquer um podia ter visto! Você precisava convencer as pessoas antes que os boatos saíssem do controle e acabassem com suas chances de ganhar.

O que, tudo bem, é absolutamente uma droga, mas faz um pouco de sentido de um jeito catastroficamente distorcido e sem ética.

— E sobre o Jordan, Gabi? Explica isso.

Ela desvia o olhar.

— Isso faz muito tempo.

Ela não está negando. Ela não está negando que teve a ver com a tal carta. Ah, não.

— Bom, a informação é nova pra mim, então vamos conversar sobre isso de qualquer forma.

— Vocês eram obcecados um pelo outro — ela se apressa em dizer.

— Não me diga que isso foi por ter ciúmes da nossa amizade. Você não *pode* estar falando sério.

— Você não entende! Você era minha melhor amiga, minha *única* amiga, durante nossas vidas inteiras. Quando meus pais brigavam, eu sempre podia contar com você. — Ela cruza os braços. — E aí o quê? Jordan Jennings aparece no fundamental e, de repente, é como se você não se importasse mais comigo. Minha família não é ótima como a sua, Liz. *Você* era a minha família. E eu achei que tivesse te perdido!

Ela para de andar de um lado para o outro para olhar diretamente para mim.

— Aí ele te constrangeu daquele jeito no primeiro ano, e você estava arrasada. Eu odiei te ver daquele jeito. E quando ele veio até mim pra se desculpar, eu apenas soube que você ia perdoá-lo e eu, então, ficaria sozinha de novo e ele em algum momento ia te machucar de novo. Só pareceu a única coisa...

Mas eu não estou mais ouvindo. Não posso ouvir mais nada do que ela está dizendo. Não depois disso. Minha melhor amiga me vendeu, me impediu de consertar um dos meus relacionamentos mais importantes, e mentiu para mim sobre isso por quatro anos completos. Quatro anos com medo de ser humilhada daquele jeito de novo; de me forçar a viver à margem, de me esconder na pequena bolha protetora das minhas amigas, da banda e da minha família. Quatro anos renunciando à minha autoestima, quando temi usar meu cabelo de certo jeito com medo de aparecer e me fazer muito visível. Quatro anos duvidando de mim mesma todas as vezes que respondia uma pergunta na sala de aula, porque não queria parecer inteligente demais ou muito corajosa ou muito *qualquer coisa*. Quatro anos me encolhendo e achando que eu não era boa o suficiente, achando que o Jordan tinha se afastado porque ele queria estar no reino das pessoas que são tudo o que eu não sou.

Me atrapalho com a maçaneta, tentando sair, mas Gabi ainda está falando.

— Lizzie, por favor! Você tem que me perdoar. Eu... Eu tentei fazer vocês dois se aproximarem, não tentei?

Fico imóvel por um instante. Essa é a cereja do bolo, não é mesmo?

— Você não fez nada além de me ferrar, Gabi. — Viro depressa e não consigo nem me sentir mal quando vejo suas bochechas vermelhas o nariz escorrendo. Estou tão brava, tão cansada. E também estou chorando, porque nada disso deveria ser como é. Não é justo. — Todo esse tempo, você me fez sentir que ser eu era algo de se envergonhar. Como se fosse preciso todos os tipos de truques, estratégias e mudanças pra que uma pessoa como eu, com uma aparência como a minha conseguisse votos, conseguisse que se *importassem* comigo. Eu mereço mais do que isso da minha melhor amiga.

Finalmente abro a porta e saio. Aprendi todos os jeitos de manter minha cabeça abaixada, de me esconder, de me fazer invisível. Porém, nunca aprendi a dizer "já chega". Até agora.

QUARTA SEMANA

Aquela que hesita está perdida.

ViNTE E OiTO

Quando chego na escola segunda-feira, as coisas parecem diferentes. Tem uma energia no ar que me anima e me assusta. Robbie está em frente ao meu armário, todo sorridente, me esperando.

— Maninha — ele diz, fechando a porta do armário para mim depois de eu pegar o livro da aula de História Mundial Avançada. — Você vai querer ver isso.

Ele me conduz na direção do pátio. Exatamente como esperávamos, como eu planejei, uma enorme multidão está reunida diante da parede de vidro. E eles estão completamente inquietos, falando e tirando foto atrás de foto. Meu primeiro instinto é correr, me esconder. Mas o segundo, o que domina mais, é procurar por Amanda. Meu coração se aperta quando não vejo seu rosto no meio das pessoas.

A multidão se abre só um pouco para eu ver o que todo estão olhando, e o trabalho da Britt está ainda mais incrível agora do que estava na noite anterior. Parece que foi feito direto no vidro, mas num esforço para não dar estresse desnecessário ao zelador, Britt conseguiu fazer tudo usando vários pedaços grandes de papel que vem em rolos e estavam na sala de artes.

Depois de sair da casa da Gabi, falei para Britt que estava pronta para dar uma mudada na minha campanha, e ela imediatamente embarcou nessa.

Jordan manteve sua promessa de ajudar com o que eu precisasse – era quase três da manhã quando ele nos encontrou no colégio com sua chave, cortesia por ser o confiável e quase famoso aluno recrutado para um time da primeira divisão e capitão do time de futebol – e Britt e eu começamos a trabalhar. Eu não fiz muito além de ajudá-la a pendurar o papel e passar um novo pincel quando ela pedia. Mas, de alguma forma, Britt criou algo que nem Banksy poderia sonhar. Você sabe, se Banksy estivesse pensando em fazer uma composição vagamente anarquista para a festa de formatura em vez de arte de rua anticapitalista e antiestado.

No estilo próprio de Britt, há um castelo preto enorme e sinistramente realista, que parece ter saído de algum filme de terror em vez de um filme de fantasia. E, bem no meio, com letras cheias de voltas tão perfeitas que as palavras parecem quase comicamente fora de lugar:

Foda-se o seu conto de fadas

Ela terminou com uma coroa dourada pendurada em uma das torres. A mesma coroa dourada que enfeita todos os meus cartazes e panfletos.

Na noite passada, enquanto ela terminava, eu e Jordan ficamos por ali, fascinados com o que ela tinha conseguido fazer.

— Uau, Luca! — Jordan assobiou de onde estava, recostado na parede. Estava bem escuro no pátio naquela hora da noite, mas as lanternas de nossos celulares ofereciam luz suficiente para Britt conseguir trabalhar. — Isso está incrível.

— Mas não vai ser óbvio demais? — perguntei, quando ela terminou com um floreio. Estava receosa em usar a imagem da coroa, preocupada que qualquer escorregada pudesse fazer Madame Simoné e o diretor Wilson me tirarem da competição, mas, no fim, não tinha outra opção. — Sei que precisamos que as pessoas relacionem isso a mim de alguma forma, mas, sei lá... Isso não é pedir pra ser expulsa?

Esfreguei a testa, deixando algumas marcas de dedos da tinta que acabou escapando na pintura.

— Toda arte de guerrilha precisa de um cartão de visita, Lizzo. — Britt olha para a composição e depois de novo para mim. — Mas a gente faz o que você quiser. Se não quiser a coroa, eu arranco e começo de novo.

Jordan veio para o meu lado, olhando para o que conseguimos criar, e deu um toque leve no meu ombro com o dele.

— Você está assustada porque isso é diferente — ele diz para que só eu o ouça. Em um instante, estou de volta com ele no *backstage* do nosso último concerto, nossos rostos unidos e nossos corações batendo forte. — Mas isso — ele gesticula entre nossos corpos e depois para Britt — isso não mudou. Nós estamos com você, Lighty. O que quer que aconteça, vai acontecer com todos nós.

E agora, à luz do dia, sou grata à decisão de ter deixado a coroa ficar, porque quando uma pessoa percebe que estou ali, ao lado de Robbie, outra também nota. E outra e mais outra, até parecer que o barulho tedioso das conversas desaparece por completo. As pessoas que tinham tirado fotos do mural para o Campbell Confidential viram as câmeras na minha direção. Uma mistura de surpresa, irritação e respeito aparece pelos rostos variados.

Enquanto eles olham para mim, eu olho meu celular. Inspiro profundamente para me acalmar uma vez, e aperto "enviar" na publicação para o Campbell Confidential que estava rascunhando desde a noite anterior.

Robbie cruza os braços e sorri para mim.

— Ainda está preocupada com o ranking?

E eu sinto aquela sensação explosiva e perigosa de esperança que tenho temido. Talvez eu tenha uma chance, uma chance de verdade, de ser rainha. Sem os jogos, sem ter que me moldar para caber numa caixa do que uma rainha tem sempre que ser.

Odeio que tenha demorado tanto para eu perceber, por eu ter deixado toda bobagem sobre popularidade e das ideias antiquadas de Campbell me afastarem de entender a verdade.

Eu nunca precisei dessa competição, ou de uma *hashtag*, ou de um rei para ser rainha.

Eu nasci realeza. Tudo o que eu precisava fazer era escolher minha coroa.

Eu só estive na sala do diretor Wilson uma vez, para recolher algumas doações para o Key Club no ano passado, mas parece quase familiar quando olho em volta. É tão banal, já vi tudo cem vezes: três porta-retratos de sua esposa e filhos ao lado do IMAC, uma placa de metal brilhante com o nome dele na borda da mesa grande de madeira, dois diplomas da Purdue University na parede. E, acima de tudo isso: a expressão contraída de um homem que não tomou seu café ou que não vai ao banheiro há dias. Pensar nisso quase me faz rir quando me sento lentamente em uma das duas cadeiras na frente dele.

Madame Simoné se ajeita na ponta da cadeira oposta à minha, como se não suportasse se aconchegar.

— Elizabeth, você realmente fez uma cena e tanto, não é? — Ela cruza as pernas e as descruza imediatamente. — Você fez mesmo uma bagunça.

Sempre gostei de Madame Simoné. Sempre respeitei o nível de seriedade dela, mesmo não entendendo muito bem o que a faz canalizar essa seriedade para algo tão ridículo como a festa de formatura. Mas, neste momento, eu meio que quero acabar com o espaço que separa nossas cadeiras e estapeá-la até que o sotaque falso vá embora.

— *Campbell County construiu um sistema que beneficia os privilegiados. A corte da formatura não deveria ser para o mesmo tipo de pessoa todos os anos.* — O diretor Wilson lê no celular dele, as narinas dilatadas. — *Um conto de fadas para alguns, um pesadelo para o resto de nós. Chega. #FOSeuContoDeFadas.*

Ele até mesmo fala *"hashtag"*, a palavra completa, quebrada em duas partes, como se estivesse meio confuso. *Hash-tag.* Tento conter um sorriso. Ouvi-lo ler minhas palavras para mim é estranhamente satisfatório. É ainda melhor, porque sei que desde que as postei esta manhã, já foram compartilhado mais de quinhentas vezes. *#F***-seOSeuContoDeFadas* tem mais postagens no Campbell Confidential hoje do que qualquer outra *tag*. Não sei se as pessoas concordam com o meu argumento, mas pelo menos estão prestando atenção.

— Isso é o que a senhorita pensa de Campbell, Elizabeth? — O diretor Wilson sacode o celular no ar. Seu rosto está encharcado de suor. — Isso é revoltante!

— O papel vai sair, só está preso na parece com fita dupla face. — Ignoro a pergunta dele por completo. Quero chegar ao cerne dessa conversa. Não estou interessada em mentir, ou fingir. Não mais. — Já deve estar saindo agora, na verdade. Dê os créditos às minhas notas, ao Robbie e à Gabi e seu interesse sem fim em tudo relacionado à festa de formatura, mas conheço as regras de cor. De acordo com as instruções de Campbell, Jordan tem uma chave e é permitido para ele usá-la como bem entender, então nós tecnicamente não invadimos a propriedade da escola para colocar o mural. E, de acordo com o código de conduta da formatura, se o cartaz tiver relação com a campanha, temos permissão para colocá-lo em qualquer espaço público do colégio, se o candidato tiver uma boa posição. Não é minha culpa que ninguém pensou em fazer uma regra sobre palavrões. Para pessoas tão comprometidas com a tradição, eles não olham com atenção para as próprias regras deles.

— Você deveria saber que nós podemos te tirar da competição por algo assim, senhorita Lighty. A linguagem foi simplesmente ofensiva. — O rosto avermelhado do diretor Wilson de alguma forma fica... mais vermelho? Ele deve mesmo não gostar da palavra começada em F. — Você conversa com a sua mãe com essa boca?

Minha boca de repente fica com um gosto metálico. Meu peito se aperta. Mas eu ajeito a postura no meu lugar mesmo assim. O jeitinho dos Lighty.

— Minha mãe está morta.

O diretor Wilson visivelmente recua e tenta se encontrar.

— Hum, bom, você sabe. Eu, hã, sinto muito por ouvir isso. Mas, hã, o argumento se mantém.

— Na verdade, não. — Estou frustrada, e na minha opinião, com razão. Eles não podem fazer isso comigo. Eles não podem me ameaçar como se eu tivesse quebrado alguma regra. — Eu tenho uma boa pontuação. Eu nem cheguei perto de perder uma ação voluntária. — E Madame Simoné, se a senhora olhar suas anotações, vai descobrir que não só sou a aluna com a nota mais alta, o que, segundo a senhora mesma admitiu, é uma parte da fórmula usada pra determinar a corte, mas também sou a única que participou não apenas dos eventos obrigatórios aos quais fui designada, como também de mais eventos voluntários do que qualquer outra pessoa. Eu fui aos eventos; fui muito além do que foi requerido. Se tem algo no que sou boa, é seguir regras.

Madama Simoné balbucia de onde está:

— Bom, esse pode ser o caso, mas... Isso é só...

O diretor Wilson a interrompe:

— Aquela linguagem não é própria do que acreditamos que nossa rainha em potencial deve incorporar, Elizabeth. E nós não gostamos nem um pouco.

— Com todo o respeito, diretor Wilson, se o senhor não tem uma violação específica da qual me acusar, eu gostaria de ir para a minha primeira aula agora.

— Elizabeth, eu não quero te ver fazendo mais nenhuma cena como essa. Você estava indo bem. Eu odiaria ver isso não dar certo pra você. — Madame Simoné se senta ereta como uma vara em sua cadeira e olha sobre a armação vermelha dos óculos de arame como se soubesse algo que não deveria saber. — Sabia que você tem a chance de ser a primeira rainha negra na história de Campbell?

Engulo em seco. Eu sabia disso. Claro que eu sabia. Mas não gosto que usem isso contra mim. Não gosto da insinuação no tom dela.

Você pode fazer história se seguir as nossas regras.

Você pode ajudar o seu povo se você se encaixar e fizer tudo certo.

Você pode ter valor de verdade se puder calar a boca e aceitar o que estamos dando.

Descobri ali o que sempre soube: Campbell nunca vai abrir espaço para que eu me encaixe. Se eu quiser meu espaço, vou ter que reivindicá-lo.

ViNTE E NOVE

Todo ano, uma semana antes da festa de formatura, a administração organiza uma simulação no estacionamento do colégio do que pode acontecer se as pessoas dirigirem bêbadas, estrelando os esperançosos candidatos à corte da formatura, em trajes de gala emprestados e cobertos de sangue. É uma apresentação dramática. As ruas são bloqueadas e os bombeiros aparecem para fingir que estão atendendo a um chamado de acidente múltiplo de carro, resultado de uma noite de bebedeira de adolescentes alegres. E, como tudo nessa competição, é algo *enorme*.

Os quinze de nós que ainda não desistiram de concorrer, não obstante o ultrajante comprometimento de tempo e o tamanho absurdo de estresse, são despachados para diferentes vestiários no corredor do teatro onde podemos nos trocar depois de escolher entre uma seleção de sapatos, smoking e vestidos do armário de figurinos do departamento de teatro. O zum-zum-zum é constante, uma estranha energia animada que parece ser uma prévia de como será a formatura.

Eu me arrumo rápido, colocando um dos vestidos do meu tamanho e um par de saltos que eu seriamente espero que não me faça tombar e quebrar o tornozelo. O vestido é lindo, mas decididamente não é para mim. Ele é longo, sem alça e com lantejoulas douradas por toda parte. As lantejoulas me aranham sob o sovaco quando o coloco. O vestiário já está quase vazio. As garotas se arrumaram e maquiaram ao mesmo tempo, numa algazarra de atividades, então esperei no armário de figurinos até a hora que achei que todas já estivessem se posicionando no estacionamento. Eu sei que todo mundo está lá fora. Sei que *Amanda* está lá fora. E ainda não estou pronta para encará-la.

— Sei que ela está irritada por não poder ser coroada com o Derek, mas isso é *triste*. — Há uma voz abafada vindo do outro lado do espelho iluminado e o ruído do tecido tafetá se mexendo.

Estou escondida atrás do biombo do vestiário feminino, tentando fechar o zíper do vestido sozinha, então apenas suponho que quem ainda está aqui não faz ideia que não está só. Dou uma olhada pelo lado do biombo e me surpreendo por não ter reconhecido de quem era a voz. Quinn e Lucy estão bem ali, finalizando uma maquiagem que parece poeira no rosto delas. Rachel não está em nenhum lugar por perto, então presumo que ela já esteja lá fora e a postos. Elas não percebem minha presença, e não faço por onde ser vista. Lucy diz:

— O Derek é tão otário. Ele sabia o quanto ela queria isso, e tinha que fazer aquela cena na competição de confeitaria pra se mostrar para os amigos. É tão... Como é o nome daquele negócio que a gente aprendeu na aula de sociologia?

Quinn responde:

— Masculinidade tóxica?

— Sim! Argh, é totalmente tóxica. Eu entendo por que ela teve que terminar com ele. — Lucy chia. — E agora ela está tão preocupada com o que vão pensar sobre ela estar solteira bem agora com a festa chegando... nossa, ela está ficando ainda pior que o normal.

— Você acha que ela vai mesmo seguir com o plano dela de...

Eu trombo com o biombo tentando colocar os saltos cheio de tiras que peguei no armário de figurinos, e o negócio inteiro cai no chão em um "bum".

Quinn e Lucy imediatamente correm até onde eu estou, mal me mantendo em pé.

— Ai meu Deus, Liz! — Os saltos de Quinn fazem te-que-teque no caminho que ela percorre até chegar perto de mim. — Não sabíamos que você estava aqui. — Ela olha para a Lucy tão rápido que, se eu piscasse, teria perdido. — Nós podíamos ter te ajudado a se arrumar!

Lucy me ajuda a me firmar envolvendo um braço ao redor da minha cintura e Quinn ajeita o biombo no lugar de antes. Ela limpa as mãos como se tivesse terminado um belo trabalho manual e abre um grande sorriso para mim.

— Sua maquiagem nem está feita ainda. — Lucy faz um *tsc* e me puxa de volta ao espelho onde elas estavam.

— Está sim! — Gesticulo em frente à minha cara. Fiz um trabalho bem aleatório adicionando um pouco de sangue falso, mas imagino que seja bom o suficiente para eu aguentar ficar pendurada de cabeça para baixo num Tahoe por uma hora.

Agora que consigo vê-las por completo, percebo o quanto elas estão arrumadas. Não é nem de perto tão elaborado quanto elas estarão na noite da festa, mas definitivamente é mais do que a maquiagem que usam na escola. Ambas parecem cuidadosamente agredidas e contundidas, porém, embaixo dessa mentira estão duas impecáveis concorrentes à rainha da festa de formatura.

Lucy, que passa a maior parte dos dias dela vestida com o uniforme da Turma do Pompom, está usando um vestido prateado brilhante que provavelmente estaria arrastando pelo chão se ela não estivesse usando salto. E Quinn está com um espartilho rosa claro que cresce em uma larga saia de seda enfeitada com uma aquarela de flores na bainha.

— Não. — Lucy balança a cabeça e me puxa na direção dos espelhos iluminados. — Não, não está não.

— Liz, o Dia da Demonstração é importante! Temos que garantir que você esteja coerente com o nosso Bando de Garotas Mortas — Quinn diz. Nós estaremos no mesmo carro, enquanto Rachel está no de Jordan. Quinn puxa uma esponja de maquiagem para fora de sua Caboodle rosa e brilhante.

— Vamos deixar você pronta pra se apresentar em, tipo, dois segundos. Não se preocupe.

— Por que vocês estão me ajudando? — pergunto, olhando entre o reflexo das duas no espelho. — A Rachel ficaria irritada se visse vocês duas com a inimiga.

Penso brevemente na minha própria melhor amiga, no que ela disse sobre este momento. Ela provavelmente ficaria feliz se soubesse que eu estou me aliando às RobôsPompom. Diria algo como: "Só troque a sua estrela por outra que esteja em ascensão, minha simpática e crédula melhor amiga. Se associar ao inimigo é o.k. desde que você termine no topo".

Mas Lucy só estala a língua nos dentes.

— Você nunca fez a sobrancelha?

— Vamos fazer, Luce! — Quinn bate palmas e olha para mim. — Sua sobrancelha é linda, Liz. Só precisa de um pouco de definição.

Balanço a cabeça e dou um passo para trás.

— Sem chance. Não vou deixar vocês chegarem perto da minha sobrancelha. Isso parece com uma trama típica de sabotagem infalível.

— Liz, se a gente fosse te sabotar, já teria acontecido. — Lucy revira os olhos e me puxa de volta para ela. — Além do mais, *nós* não temos nenhum problema com você. Isso é coisa da Rachel.

— É, nós gostamos de você! — Quinn diz enquanto goteja e espalha com uma esponja de maquiagem o sangue falso em meu pescoço. — Você é legal. Lembra daquela vez no primário que você e a Gabi fizeram o Ben Burdorf chorar porque ele estava sendo um grande otário com todas as garotas do nosso ano?

Lucy assente.

— Eu lembro disso! Ele era tão desprezível. Ele disse que a minha mãe fez Botox! O que é completamente falso. Ninguém nunca acredita nela porque, quer dizer, as maçãs do rosto daquela mulher perto dos quarenta? Pois é. Mas juro por Deus que ela só nasceu com, tipo, traços firmes naturais. Enfim, tanto faz. — Ela mancha minha bochecha com sombra que parece carvão para aparentar que estive em um acidente. — A questão é, você o encarou por todas nós.

Eu não me lembro dessa história desse jeito. Não tenho certeza como funcionam as crenças do primário, como uma história pode evoluir para algo totalmente diferente com o passar do tempo, mas não as corrijo.

— Você foi bem Mia Thermopolis — Quinn diz de um jeito quase sonhador.

Junto minhas sobrancelhas, questionando. Eu realmente não sei quem é Mia Thermopolis.

— Mia Thermopolis? Do *Diário da princesa*? — Lucy tenta explicar, e continuo olhando pra ela sem expressão. — Você está falando sério que nunca assistiu ao filme clássico com a Anne Hathaway e a Julie Andrew, *Diário da princesa*? Quinn suga o ar, surpresa. Lucy meneia a cabeça e continua:

— Estava preocupada que você pudesse ser um caso perdido, e se isso não é uma prova da sua perdição, não sei o que é.

— Assim, vocês já assistiram *Ritmo total*? — E tudo bem, *Ritmo total* e *Diário da princesa* são de mundos totalmente diferentes, mas mesmo assim. As duas negam com a cabeça, e eu sorrio. — Tudo bem, então, vamos considerar isso uma curva de aprendizado cultural. — Tento não me contrair enquanto Quinn molda meus cílios. — Mas, meninas, se vocês gostam de mim, por que nunca falaram comigo fora dessas coisas para a festa de formatura?

Lucy faz uma bola com o chiclete e a estoura alto.

— Dã, porque você nunca fala com a gente. Achávamos que você nos odiava por associação ou algo assim, pela Rachel ser tão cruel. — Eu devo parecer chocada, porque ela continua: — Olha, acho que todas aqui conseguem perceber que a Rachel tem um problema grande que deveria ser tratado em terapia.

— Muito grande. — Quinn solta um risinho. — Mas ela é nossa amiga.

É, acho que consigo entender isso. Lealdade entre amigos da vida toda é complicado e profundo. Mais profundo ainda do que imaginamos, até que o quão diferente você e suas amizades se tornaram é praticamente inevitável.

— E você é surpreendentemente legal. Eu nunca teria adivinhado pelo jeito que você é, tipo, casada com sua flauta ou sei lá o que — diz Lucy.

— Ta-ram! — Quinn dá um passo para trás para garantir que eu consigo me ver no espelho. — O que achou? Acho que pareço ter sido profissionalmente arrumada por algum maquiador artístico de *The Walking Dead*, sério. Lucy e Quinn conseguiram me fazer parecer tão horrível o quanto estaria se isso fosse real. É muito impressionante.

— Uau — digo, me inclinado para a frente para examinar os cortes falsos que elas colocaram sobre minha sobrancelha--precisando-de-definição. — Vocês são ótimas.

Elas se entreolham, batem a mão e respondem juntas:

— Nós sabemos!

Lá fora, a demonstração é exatamente como a que vi todos os anos desde que entrei no ensino médio, mas de alguma forma é diferente fazer parte disso. Quando nós três nos aproximamos do Chevy Tahoe emprestado do ferro-velho cuidadosamente posicionado e todo amassado, Jaxon está encostado nele conversando com Jordan. Enquanto isso, Rachel está no carro deles fazendo o que parece ser um aquecimento de voz. Os dois garotos assoviam quando chegamos perto, e Jordan admira o trabalho de Lucy e Quinn.

— Está ainda melhor do que imaginei, Lighty! — Ele examina meu pescoço e sorri para Lucy e Quinn. — Bem convincente, meninas.

Jordan sai para se posicionar, meio para fora e meio para dentro do para-brisa do carro designado para ele. Lucy e Quinn estão fazendo piadas sobre as péssimas habilidades de direção do Jaxon, e ele está rindo e fazendo cócegas na Quinn. E Madame Simoné está nos dirigindo sobre como devemos nos posicionar no nosso carro e lembrando aqueles de nós com falas para não esquecermos o texto, mas Jaxon me cutuca no braço e sussurra:

— E, Lighty, não esquece de mirar a janela quando for vomitar, o.k.? Não quero esse tipo de detalhamento no relatório de perda total do meu carro de mentirinha.

Argh. Ele deve ter ouvido falar sobre meu momento constrangedor na festa do Jordan. E, tudo bem, não que eu o culpe por trazer o assunto à tona, mas mesmo assim.

Dou um pequeno sorriso e respondo:

— Soletra "detalhamento", Price.

— Você tem fibra, Lighty! Eu gosto disso.

É como se um interruptor imaginário tivesse sido apertado, e eu não sei quando ou como isso aconteceu, mas é como se eu fizesse parte de algo que nunca considerei poder fazer. É o mesmo sentimento que tive na parte boa da festa de Jordan.

Quando chega o momento de os alunos correrem pelo estacionamento para representar a falsa carnificina, nós já estamos nos nossos lugares. Há um momento em que meu corpo treme de antecipação e nervoso pela quantidade de pessoas que vão estar nos assistindo, mas concluo que, se eu preciso fazer essa apresentação, prefiro estar morta do que viva.

A demonstração inteira passa rápido. Colocaram um efeito de fumaça por todo o estacionamento para imitar um pequeno incêndio, e os bombeiros que foram solicitados para a demonstração correm como se estivessem realmente tentando salvar nossas vidas pagãs.

Rachel solta um grito horripilante como o da Drew Barrymore, Claire recita sua fala sobre Chad Davis estar dirigindo bêbado enquanto finge chorar sobre o corpo morto de mentirinha do Jordan, e Ryan Fuqua grunhe e tenta sair dos seu Prius capotado.

Não é tão ruim, para ser uma apresentação. Eu até ouço alguns gritos de "eu te amo, Liz!" que não parecem pertencer só a Britt e Stone.

Quando voltamos para dentro, Jaxon dá um tapinha no meu ombro.

— Fogueira na minha casa neste fim de semana, Lighty. Você vai?

Eu nunca fui em uma das festas com fogueiras deles antes, mesmo tendo ouvido falar. Pessoas como eu não vão às festas das RobôsPompom e dos Atletas de Jaqueta, mas aceito o convite antes de pensar melhor. Jaxon grita:

— Perfeito! E não esquece: tenho que te desafiar pra uma corrida! Ô, Jennings, espera aí!

É tão estranho, tão cafona, que nem quero sorrir, mas não consigo evitar. As coisas quase parecem normais, como deveriam ser. E, pela primeira vez provavelmente desde sempre, sinto que eu mereço.

QUiNTA SEMANA

Não há no inferno fúria maior que a de uma RobôsPompom desprezada.

TRiNTA

Estou atrás do caixa na Melody, escutando o homem de meia idade de sempre maltratando as notas do piano de sempre, como ele faz todas as vezes que vem aqui, e vejo a Amanda saindo da loja de skate e andando pelos carros no estacionamento. Não sei como não percebi quando ela chegou, mas, de repente, sei o que devo fazer. Solto um grito para Kurt, que está atrás da loja, para avisar que preciso fazer meu intervalo mais cedo, e corro para a rua.

— Amanda!

Ela não parece tão chocada quanto acho que deveria estar quando ela olha pra mim. Seu cabelo está amarrado em um coque, e ela está usando óculos em vez de lentes. Ela não parece nem um pouco surpresa; só parece cansada.

A mão dela está abrindo a porta do carro quando a alcanço e, sendo sincera, tudo o que quero fazer é me aproximar e tocar nela. Quero jogar meus braços em seu pescoço e falar para ela sobre a semana passada, sobre ter uma conversa real e honesta com Quinn e Lucy que não me fez sentir como se fosse uma criatura do espaço sideral. Quero dizer para ela o quanto eu odeio não estar falando com a Gabi, mas não consigo perdoá-la. Quero dizer para ela o quanto estou arrependida por mentir, por não lhe dizer a verdade sobre o motivo de eu concorrer e o que eu vou perder se isso não der certo. Mas não digo. Decido ser mais direta.

— Eu, hã. Eu vi você lá de dentro. — Tiro o cabelo do rosto. Tenho usado ele solto desde a festa, mas ainda preciso me acostumar. — Quis dizer "oi".

— Oi. — Ela ajeita os óculos no nariz. — Eu vi seu novo... slogan de campanha e o post e tudo o mais. Parabéns.

Ela cruza os braços e se recosta no Jeep. Ela está há mais de trinta centímetros de mim, mas o jeito que diz "parabéns" soa como um tapa na cara. Dou um passo para trás por instinto.

— Olha, eu estraguei tudo.

— Liz, a gente não precisa...

— Não, só me deixa falar isso. As coisas não são, hã... fáceis pra mim aqui. — Ela não diz nada, então eu continuo: — Mas isso não é desculpa pra eu ter mentido pra você. Não foi justo.

— Você me deixou acreditar que ainda não tinha se assumido porque não era seguro pra você. Você sabe o quanto isso me deixou preocupada? E depois o motivo ser por causa da festa de formatura todo esse tempo...

Ela rói a unha do dedão, e o gesto é tão familiar que meio que quero chorar.

— Eu só não sabia como te dizer a verdade. — Enfio as mãos nos bolsos do meu jeans antes de fazer algo besta como pegar a mão dela e afastá-la de sua boca. — É que eu preciso do dinheiro daquela bolsa de estudos pra ir para a faculdade. Não posso pagar pra ir, então preciso da bolsa. E eu não teria muitas chances de ganhar se soubessem que a gente tinha, sabe, *algo*.

Espero um pouco antes de olhar para ela de novo.

— Me desculpa. Me desculpa por não ter contado a verdade. E me desculpa por não saber um jeito melhor de fazer isso. Olho para longe e forço para baixo o nó na garganta, porque eu odeio isso. Odeio que ainda seja verdade. Que apesar de tudo, eu ainda não posso contar para as pessoas. Para além da coisa da formatura, para além do lance com a Amanda, eu ainda não estou preparada.

— Ei. Liz. — A ponta do tênis Vans laranja dela empurra suavemente a ponta do meu All Star até meus olhos encontrarem os dela. — Está tudo bem. E me desculpa também. Acho que fiquei tão envolvida com a minha posição nessa história toda que não percebi o quão difícil isso tem sido pra você. Eu só... queria que você tivesse me contado.

Amanda abre a porta de seu Jeep e joga o skate no banco de trás. Quando ela vira para mim, seus olhos estão brilhando de um jeito que não estavam antes. Ela não parece feliz, mas pelo menos está mais perto de parecer a Amanda que eu beijei aquele dia no Jeep e a Amanda com quem andei de mãos dadas e dancei e cantei a plenos pulmões como se nada pudesse nos impedir.

— Acho que te vejo por aí? — ela pergunta.

— É. — Eu sorrio. — A gente se vê por aí.

Não é a mesma coisa, mas é quase. E é quase o suficiente por enquanto.

TRINTA E UM

As coisas não estão perfeitas, mas na quinta-feira de manhã eu meio que estou levitando. Sinto como se tudo pudesse se resolver.

É a última semana antes de descobrirmos quem será a corte, então estou variando todos os dias entre ansiedade absoluta, de revirar o estômago, e animação surpreendente. Sem a Gabi para interpretar os resultados do algoritmo da Stone, não temos como saber em qual posição eu estou nas estatísticas, mas estou esperançosa. Sinto que tenho uma chance nesse negócio.

Amanda e eu não voltamos, mas estamos trocando mensagens de novo. Antes e depois do colégio, passo mais tempo olhando para o meu celular do que nunca. Me sinto como uma dessas pessoas que não conseguem tirar a atenção do Campbell Confidential. Tenho medo de não conferir meu celular e acabar perdendo algo – um meme engraçado, um link para uma nova playlist no Spotify, uma selfie fofa.

Não estamos como era antes do show que levou ao beijo que levou às mentiras que levou à briga. É como se tivéssemos voltado para o começo: amizade.

Estou prendendo minha *bike* no bicicletário, balançando a cabeça ao som de uma música ótima do Margot & the Nuclear So and So's que a Amanda me mandou ontem à noite, quando vejo Britt e Robbie correndo para fora da escola na minha direção. Ro sai de casa antes de mim na maioria dos dias para encontrar seus amigos, então não estou surpresa em vê-lo. Mas estou surpresa com as expressões deles.

— Pela cara de vocês parece que alguém fez xixi no cereal que vocês comeram de manhã. — Sorrio e tiro os fones de ouvido. Quando subo as escadas até a entrada da escola, cada um se posiciona de um lado meu. — Seja lá o que for, vai ter que esperar, o.k.? Porque eu vou ter uma prova oral...

— Lizzo, provavelmente é melhor você esperar um segundo antes de...

Mas eu não paro. Não paro porque estou apaixonada e me sentindo invencível. No entanto, esse sentimento não dura muito.

Robbie segura meu braço quando já é tarde demais.

— Ai, meu Deus.

Todos estão parados e encarando a novidade que está no pátio. Os corpos ao meu redor parecem parar sob um comando, todos completamente imóveis enquanto olham para a enorme bandeira de arco-íris pendurada no vidro. No centro está uma coroa pintada com descuido, que parece perigosamente semelhante às dos meus cartazes e bótons. E, envolta dela, está escrito com as letras em caixa alta e negrito, em cor de sangue:

**LIZ LIGHTY É RAINHA
MAS SÓ DOS *QUEERS***

O pátio, onde na semana passada lancei um novo tipo de campanha, uma que tentava reivindicar tudo que essa escola tentou tirar de mim, é o cenário de todos os meus piores pesadelos virando realidade. Minha garganta se aperta, começo a sentir tontura. Não acredito. Isso não pode estar acontecendo. De repente, todos os celulares do pátio fazem o barulho de notificação recebida ao mesmo tempo. Quem ainda não estava com o aparelho em mãos tirando fotos da bandeira está desbloqueando a tela, e, ao meu lado, Robbie pragueja.

— Droga. — Ele segura minha mão e me puxa na direção do estacionamento antes de qualquer pessoa notar que estou ali, mas eu sou desengonçada. Meus pés são muito pesados para o meu corpo e acabo tropeçando, então todo mundo se vira para olhar para mim. Ouço antes de ver, diferentes partes da mesma conversa horrível, cortadas e distribuídas para todos os meus colegas assistirem de novo e de novo.

"Então, a Kam de Park Meade, hein? Ela parece legal. É o seu tipo?"

"Isso não é uma briga. Nós não estamos brigando."

"Você gosta de garotas, e eu também!"

"Entendo que você não é quem eu achei que fosse."

É como se fosse o pior reality show do mundo, e eu sou o membro descuidado que viraliza toda semana com uma nova seleção de frases de efeito que são imortalizadas em GIFs.

É o mais distante de um conto de fadas que eu poderia querer.

Estar de volta à sala do diretor Wilson é, de alguma forma, ainda pior agora do que foi na primeira vez. É óbvio pelo jeito que ele está olhando para mim e para Amanda que não estamos aqui porque ele quer nos ajudar. Estamos aqui porque ele quer nos punir. — Bom, senhorita Lighty, eu falei pra você tomar cuidado, não falei? — Ele se reclina em sua cadeira, com os lábios pressionados em uma linha fina. Nunca odiei alguém mais do que o odeio neste momento.

Amanda aperta o braço da cadeira com tanta força que os nós de seus dedos ficam brancos. Nunca a vi desse jeito antes, tão brava, tão nervosa. Sinto sua energia atravessar o espaço entre nós, e quero segurar a mão dela. Quero dizer que isso é horrível, claro, mas que também não é tão surpreendente. Que eu passei a maior parte dos últimos quatro anos temendo por este momento, e mesmo esse medo não poderia ter me preparado para isto.

— *C'est terrible. C'est terrible!* — Madame Simoné anda de um lado para o outro perto da porta. Ela para brevemente para olhar para mim e para Amanda. — Algo precisa ser feito.

— Ninguém vai perguntar como a Liz está? Sua aluna foi vítima de um crime de ódio, pelo amor de Deus. — Amanda balança a cabeça e mexe a perna sem parar.

— Não sabemos se foi isso — ele responde rápido. — Não devemos usar essas palavras até sabermos todos os fatos.

Os fatos. Ele só pode estar brincando comigo.

— O fato é que a Rachel Collins está por trás disso! — Amanda diz, o rosto completamente vermelho de exaustão e raiva.

— É melhor você parar de apontar culpados até ter evidências que provam isso, mocinha.

— Então essa reunião é pra quê? — pergunto na mesma hora, impaciente. Se vamos fazer isso, prefiro que façamos de uma vez. Depois de tudo o que fizemos para chegar até aqui, se eu vou ser expulsa da competição, prefiro manter a cabeça erguida. — Porque eu tenho uma prova oral de estatística que não posso perder.

— Bom, sim — ele fala. — Imagino que vocês duas têm mesmo *outras coisas* que prefeririam estar fazendo.

Não gosto do tom dele, ou o jeito que ele estreita um pouco os olhos, olhando alternadamente para Amanda e eu. Mas fico quieta no meu lugar e repouso as duas mãos firmemente nos braços da cadeira.

Tento canalizar a confiança de um homem branco medíocre em uma sala de conferência: intocável.

— Já fomos contatados pelo presidente do grupo dos pais. Eles querem você fora da competição imediatamente — o diretor Wilson suspira. — Eles não estão satisfeitos com suas pequenas artimanhas de forma alguma, e acham que é melhor acabar com isso agora do que continuar com essa farsa até a formatura.

— O senhor acha que isso é uma *farsa?* — grito, me inclinando para a frente, e o diretor Wilson recua um pouco. Percebo que alguém contou para ele que Liz Lighty é uma boa menina, uma garota quietinha. Que levaria isso numa boa. Mas eu não sou mais ela, pelo menos não completamente. — O senhor acha que eu queria que alguém fizesse isso comigo? Pra quê?

Sei a resposta, mas não consigo evitar perguntar mesmo assim. Estou tão cansada do jeito que este lugar trata as pessoas que são diferentes, cansada de sentir que existo na margem da minha própria vida. Eu mereço mais do que isso.

— Edward — Madame Simoné interrompe, sua voz sem o sotaque francês — você e eu sabemos que essas meninas não fizeram nada de errado. Pelo amor de Deus, Calliope Vicent e Tatum McGe praticamente copularam no chão da sala de culinária durante a competição de confeitaria do ano passado e não receberam nada nem parecido com um tapinha na mão!

— E nós dois sabemos que o que está ou não nas regras não tem nada a ver com isso, Roberta — ele responde, claramente com pouca paciência. Ele coloca as duas mãos sobre a mesa e fala vagarosamente: — Eles já estão circulando uma petição pra pedir a retirada da Elizabeth. Está fora das minhas mãos.

Posso sentir as lágrimas ameaçando a cair, e só quero ir embora. Quero ir para casa, ficar sozinha com minha música e esquecer tudo o que aconteceu. Não é justo. Nada disso nunca foi justo.

Amanda olha para mim, seus olhos carinhosos e mais do que tristes. Ela segura minha mão e a acaricia com suaves movimentos circulares do seu dedão.

— Com licença, diretor Wilson?

Todos nós viramos na direção da voz que acompanha uma batida na porta.

Eu quero apenas abraçar a Gabi quando a vejo. Podemos não estar nos falando, mas é difícil desconsiderar todos aqueles anos que passei contando com o apoio dela quando mais precisei. Com ou sem festa de formatura, não dá para mudar a história que temos juntas. Como ela cuidou de mim depois que minha mãe morreu – nunca vou me esquecer de como ela me salvou.

— Gabrielle, não tem nenhum motivo pra você estar aqui agora...

Ela o interrompe e entra na sala.

— É, bom, é que tem uma coisa que o senhor precisa saber. — Ela olha para mim e balança a cabeça com tristeza antes de calmamente jogar o celular na mesa do diretor Wilson.

— Senhorita Marino, isso é extremamente inapropriado. Estou conversando com essas alunas.

— Duas alunas que, devo lembrar o senhor, não fizeram nada de errado. — Gabi coloca as mãos no quadril. — Sei que o senhor tem cem anos, mas até o senhor deve ser capaz de reconhecer uma sensação viral quando a vê.

Amanda ri baixinho, e o sr. Wilson lança um olhar ressentido para ela.

— Senhorita Marino, o que significa isso?

Gabi pega o celular e o vira para o rosto dele.

— Isso *significa*, sr. Wilson, que desde que chamou essas duas para a sua sala, há trinta minutos, a *hashtag* #JustiçaParaMighty... — ela faz uma pausa e se dirige a mim e Amanda: — Esse é o nome do *ship* de vocês, por sinal. Não fui eu que inventei, mas acho que meio que funciona. — Em seguida, ela volta a se dirigir para o sr. Wilson. — Essa *hashtag* tem quase mil publicações no Campbell Confidential, e o número continua subindo. Todos os seus alunos estão falando sobre a obstrução da justiça e a homofobia descarada que estão acontecendo na instituição do senhor. Isso pode virar um caso para a União Americana da Liberdade Civil mais rápido do que pensa.

Eu brinquei sobre a Gabi virar advogada, mas não tinha considerado a opção de verdade até este momento. Vendo o jeito que o sr. Wilson se encolhe na cadeira ao olhar para o celular dela, fica mais óbvio do que nunca para mim o quanto essa garota pode ser voraz quando coloca uma ideia na cabeça. É incrível o que ela pode fazer quando usa o seu poder para o bem e não para o mal.

Madame Simoné fala primeiro:

— Edward, seja realista. Campbell precisa mesmo desse tipo de visibilidade? E envolvendo a formatura, ainda por cima?

— Você sabe como esses pais levam a festa a sério, especialmente a corte da formatura. — Ele suspira e esfrega uma mão no rosto. Ele encara a G. — Você está certa, senhorita Marino. Isso é ruim, mas não tão ruim quanto poderia ser.

— E o que isso significa pra nós? — Amanda pergunta, a mão dela encontrando a minha sobre meu colo e a apertando. — Para a Liz?

— Pra mim parece — Madame Simoné diz, ajustando os óculos no nariz e sorrindo suavemente para nós — que vocês duas já podem ir. Certo, Edward?

— Bom, não exatamente. Ainda há normas a serem discutidas...

— Não tem nada a ser discutido! — Eu só tinha visto Madame Simoné levantar a voz uma única vez, e foi de puro choque, durante a catástrofe das vendas das sobremesas. Nós todos olhamos para a direção dela de imediato, e até a Gabi parece impressionada. — Pra mim já chega. Eu acredito na santidade da festa de formatura e como ele pode nos transformar na nossa melhor versão. E, ano após ano, eu vejo jovens bons e merecedores que não participam da competição pela forma como são recebidos. E não vou deixar isso acontecer de novo.

Eu nunca vi ninguém da administração falar algo assim. As mesmas ofensas que os homens da família Jennings têm evitado se tornando atletas, por prover algum tipo de entretenimento ao povo de Campbell, pessoas como eu e até mesmo como Amanda experimentamos em força total. É o peso, o impacto de ser diferente numa cidade que não aprendeu como nos acolher e se recusa a tratar todas as nossas partes com o mesmo cuidado que merecemos.

— Elizabeth, nós vamos investigar isso. *Je promets.*

— Roberta, por favor.

— Sem "por favor". Ou essas garotas podem ir, e estão livres pra continuar expressando o afeto entre elas como acharem melhor, ou eu juro pra você que vou começar a soltar tudo o que já vi e nunca falei nada. E você vai ter mais do que se preocupar do que a droga da União Americana da Liberdade Civil.

O diretor Wilson parece apavorado, mas Madame Simoné continua firme. Não faço a menor ideia de quais são os segredos que ela sabe, o que ela manteve para si mesma durante anos, mas o rosto do sr. Wilson me diz tudo o que preciso saber. Ele visivelmente murcha.

— Vocês duas ainda não podem ir juntas à festa. — Ele vira para nós e seu rosto é severo de novo. — As regras ainda valem na minha escola.

E parece que ele está dizendo isso mais para si mesmo do que para nós, mas é o suficiente para mim. Solto o ar que não me dei conta de que estava segurando, e Amanda faz o mesmo. Gabi sorri de um jeito convencido e se vira, saindo da mesma forma fácil que apareceu. Antes de pensar em outra coisa, corro para o corredor atrás dela.

— E agora? — Seguro o braço dela e a viro para me encarar. Ela não parece surpresa, quase como se soubesse que eu viria atrás dela, e isso me irrita um pouco. Não sou a mesma Liz previsível de quem as decisões ela previu com sucesso nos últimos doze anos. — Você só aparece, salva o dia e vai embora sem falar comigo?

— Você deixou claro que não quer falar comigo, Liz! — ela grita, mas não puxa o braço para longe. — Você tem um novo melhor amigo no Jordan e uma nova namorada na Amanda. Não precisa mais de mim.

O jeito que ela diz isso, resignada, sem atacar, é o que me amolece. Solto minha mão do bíceps dela.

— G, isso não é verdade. Você sabe que não é verdade.

Quando uma lágrima escorre pela bochecha dela, eu quase estico a mão para secá-la, como ela faria comigo. Mas eu a conheço o suficiente para saber que ela prefere que eu finja nem ter reparado.

— Tanto faz. — Ela seca os olhos rapidamente. — Tudo é uma merda, de qualquer forma. Você estava certa de parar de falar comigo. — Ela olha para cima e pisca para afastar as lágrimas. Abro a boca para dizer algo, mas ela balança a mão para me impedir. — Boa sorte, tá bom? — Ela se vira e se apressa para o lado oposto, não me dando a oportunidade de ao menos dizer "obrigada". Ou "eu te amo". Ou "sinto sua falta".

Então não digo nada. Nada mesmo.

TRiNTA E DOiS

Rolo na cama quando ouço o meu despertador, convencida de que estou vivendo dentro de um pesadelo que nunca termina. Nem posso imaginar voltar para o colégio e encarar os lobos de novo.

O resto do dia anterior foi o pior que já tive. Não podia ir para nenhum lugar sem sentir os olhares em cima de mim. Mantive a cabeça abaixada nos corredores, desliguei meu celular para não ter que encarar nenhuma das ligações ou mensagens do Jordan, ou da Amanda, ou da Britt, ou da Stone. Eu só não queria lidar com a compaixão deles e com as tentativas de me fazer ficar bem.

Eu não vou ficar bem até isso acabar.

Quando finalmente me levanto da cama e me visto, vou para a cozinha, onde Robbie está na mesa assistindo *Cosmos* no celular enquanto come uma mão cheia do cereal do vovô direto da caixa. Ele mastiga tão alto que tenho que pedir para ficar quieto.

— Você vai acordar a vovó com essa barulheira toda. — Pego um pote no armário, tiro o leite da geladeira e os coloco na mesa na frente dele. — E usa um pote, Ro. Age como se tivesse um pouco de noção.

Ele resmunga e olha para cima, me mostrando sua boca cheia. Ele sorri, e um pouco de cereal escapa da boca dele no processo.

— Grande dia hoje, maninha. Está animada?

Sexta-feira, o dia em que saberemos quem vai ser a corte. O dia em que descobriremos se essa montanha russa valeu a pena. Eu nem iria para o colégio se a presença dos candidatos à corte não fosse obrigatória no pré-jogo. Meus olhos estão inchados e minha cabeça, latejando, mas preciso ir. É o jeitinho dos Lighty.

— Me diz que eu não preciso fazer isso — reclamo. — Eu estou implorando pra você acabar com o meu sofrimento.

É esperado que os candidatos à corte da formatura dancem a coreografia de "Whoomp! (There It Is)" que a turma do coral vai ensinar para nós quando nos registrarmos. Há alguns dias, depois da aula, chegamos a gravar um vídeo rápido movendo a boca para fingir que estamos cantando a letra da música pela escola e que vai passar no fundo enquanto dançamos no palco.

Não tenho certeza como qualquer uma dessas coisas vai ajudar os garotos do time de basquete a ganhar a final estadual da terceira divisão, mas enfim.

Robbie se equilibra nas pernas traseiras da cadeira, rindo.

— Quando nascemos, alguém roubou nosso ritmo e vocação para os esportes — ele diz. — Devíamos processar alguém.

Eu suspiro e me encosto no balcão. Mordo um pedaço da banana madura que vovó deixou para eu comer no café da manhã, mas quase não consigo sentir o gosto. Robbie se levanta, meio que desdobra seus braços compridos e joga um deles em volta do meu ombro. Me inclino para mais perto dele, agradecida.

— Você se lembra de quando eu tinha seis anos e a gente estava brincando de Beetlejuice na Bryant House? — Beetlejuice era um jogo bobo em que nós deixávamos nossas vozes mais assustadora e corríamos um atrás do outro, como um pega-pega com temática de Halloween que durava o ano inteiro. Nem me lembro quem criou o jogo. — Aquela vez que eu caí e bati a cabeça na madeira que cercava a caixa de areia?

Claro que me lembro. Ro era uma criança tão desengonçada naquela época. Aprendi a tomar conta dele, sempre, antes mesmo de entender seu diagnóstico. Sabia como protegê-lo antes de saber do que eu estava o protegendo.

Assinto com a cabeça em seu ombro. Ele continua a história do mesmo jeito:

— Você agiu tão rápido: mandou a Abriona McEntire chamar a dra. Lamont, falou para o Junior pegar o kit de primeiros socorros e me levantou como se eu não pesasse nada, tudo em um segundo. — Ele recosta a cabeça contra a minha. Posso sentir seu sorriso mesmo sem vê-lo. — E você costumava fazer isso pra todo mundo. Fez a Carlisse Fenton parar de fazer *bullying* com o Rodrick por causa dos lábios dele, praticamente costurou os pontos do Jamel daquela vez que ele caiu do balanço… Você sempre tomou conta de todo mundo.

De repente, tenho vontade de chorar. Engulo o nó que se forma na minha garganta e balanço a cabeça. Olho para o meu irmão e percebo pela primeira vez que ele ainda está usando pijamas.

— Espera — digo. — O que foi? Você não vai para o colégio hoje?

— Desculpa, maninha. Vou ter que acompanhar pelas *lives.* — Ele dá de ombros, mas força um sorriso.

Coloco minhas duas mãos nos ombros dele e o examino, mesmo sabendo que o que está acontecendo é completamente interno. Anemia falciforme, no geral, não é algo que você pode reconhecer ao olhar para alguém.

— Robbie, por que não me disse que não estava se sentindo bem? Por que não está na cama? Há quanto tempo está assim? Não sei como não percebi seus olhos brilhantes. Consigo notar quando ele percebe que me dei conta disso, mas ele me interrompe antes que eu posso dizer algo.

— Relaxa, relaxa. — Ele levanta as mãos na minha frente, num gesto universal de "pega leve". — Eu estou bem. Numa escala de um a dez, eu mal chego a seis. Só não quero que fique pior, tudo bem? Então eu, como é que a Stone diz? Eu estou *confiando no meu corpo.*

— Confiando ou não no seu corpo, você devia ter me contado. — Cruzo os braços e o olho de cima a baixo. — Você tomou seus remédios hoje? Está bebendo o tanto de água que deveria? Lembra a vovó de deixar a dra. Fredrickson avisada por precaução, porque mesmo você achando que não está ruim, sempre pode piorar. E... esquece. Quer saber? Vou ficar em casa hoje, que tal? A gente pode assistir à reprise de *The Price Is Right* e...

— Liz. É exatamente isso o que eu estava falando. Você precisa focar em você hoje. — Robbie fecha os olhos e respira. — Você tem muita coisa pra se preocupar agora, e eu não deveria ser uma dessas coisas. Só estou um pouco mal.

Um pouco mal. Com uma doença sanguínea hereditária como anemia falciforme é sempre mais do que "um pouco mal". Não é como se Robbie estivesse lidando com um resfriado comum por ter esquecido de usar um cachecol. O corpo dele está se virando contra ele. E a diferença entre essas duas coisas é sempre tão séria quanto vida e morte para mim. — Robert James. — Coloco as mãos nos quadris. — Elizabeth Audre. — Ele me encara, sobrancelhas levantadas, me desafiando.

Eu dou o braço a torcer primeiro.

— O.k., tudo bem. Mas, por favor, volta para a cama. E me liga se der algum problema.

— Sabia que estresse pode te dar problema no coração? Você quer ter um problema no coração antes do seu aniversário de 18 anos? — Ele coloca as mãos nos quadris, me imitando, e me empurra na direção da porta da frente.

Robbie está certo. Tenho que fazer isso.

Eu abro a porta e olho para ele uma última vez. Ele está com aquela expressão exasperada que costumava ter quando era criança e eu o tratava como um bebê, mas consigo ver que há um carinho sem limite. Eu sei por que reconheço a mesma sensação em mim mesma toda vez que olho para ele.

— Eu te amo, pimpolho. — Jogo meus braços ao redor do pescoço dele rapidamente antes de ir para a porta.

Ele sorri, um pouco hesitante.

— Também te amo, maninha. Acaba com eles hoje.

Apareço do lado de fora do ginásio no último segundo possível usando vermelho e branco, requisito da escola. O resto do grupo já se reuniu, mas nem ao menos olho para os lados. Não quero ver ninguém. Não quero conversar com ninguém. Só quero acabar logo com isso.

— Lighty! — Jordan se aproxima de mim quando me vê. Olho por cima do ombro dele e vejo Quinn direcionando um rápido olhar preocupado e piedoso na minha direção. Me sinto um animal machucado. — Eu estava preocupado com você, cara. Você não tem atendido o celular.

— É, eu…

— Pessoal, pessoal! *Prenez voz places!* — Madame Simoné bate palmas para silenciar o grupo.

Nós devemos ir logo depois das meninas do coral, que estão cantando alguma música pop que eu não conheço a letra e fazendo a combinação de quatro passos do *jazz square*.

— Podemos falar disso mais tarde. — Jordan coloca o braço sobre meu ombro rapidamente em um meio abraço. — Ou não. O que você preferir.

Sou grata por ele me dar a opção de manter distância, porque no momento a segunda coisa que não quero fazer é conversar sobre ter sido tirada do armário na frente do colégio inteiro, perdendo apenas para ir na frente de um ginásio cheio de pessoas que não sabem se me odeiam ou sentem pena de mim e dançar uma música que ninguém escuta desde a Idade Média. Eu sinceramente quero voltar para casa e ficar com Robbie.

— *Il est temps, les étudiants!* Merda pra vocês!

Ela parece orgulhosa quando nos apressamos pelas portas e nos colocamos em posição, mas isso não acalma em nada meu medo de me apresentar na frente de um grande público de colegas da escola. Não é como na banda, em que posso me misturar, meu instrumento fazendo parte de algo maior e bonito. Este monstro é diferente. Estou na primeira fileira, ao lado de Jordan Jennings, usando as cores do colégio, e sinto como se todos os olhares neste lugar imenso estivessem voltados diretamente para mim.

Vejo Britt, com seu cabelo loiro brilhante, sentada na lateral com outras meninas do rugby. Ela levanta o punho logo que me vê.

— Nós te amamos Liz! — ela grita, cutucando a menina ao seu lado com o cotovelo, que, pelo uniforme, é uma aluna do primeiro ano. A garota parece irritada, mas faz o mesmo imediatamente com um sorriso. Provavelmente é falso, considerando tudo, mas sou grata por Britt e sua técnica do cotovelo do mesmo jeito.

Quando nos posicionamos, Jordan parece completamente em casa e confortável. Ele pisca para mim e move os lábios dizendo "hora do show".

De repente a música começa e a memória muscular me carrega. Nós pulamos em dupla, deslizamos para nossa esquerda e depois de volta para nossa direita antes de fazer o passo de dança em que se coloca um braço e uma perna para o alto, que eu não consigo aguentar, mas que todo o resto está absolutamente arrasando. O público está realmente envolvido, de pé, dançando e cantando junto com a gente. Durante a parte de dança livre, eu começo a me sentir mais insegura, porque, para ser honesta, eu sou uma péssima dançarina. Tipo, constrangedoramente péssima. O que é ainda pior por causa da crença de que toda pessoa negra tem ritmo. É uma das maiores vergonhas da minha vida: ter nascido sem o gene da dança.

Começo a imitar um robô, meu movimento padrão, mas Jordan me salva. Ele vem para perto e levanta o pé num gesto que reconheço imediatamente. É a nossa coreografia da dança de *Uma festa de arromba*.

Ele levanta as sobrancelhas parecendo dizer: *não me deixa na mão agora, Lighty*. Então eu dou um passo para a frente e levanto meu pé para encontrar o dele, depois dou um passo para trás e faço de novo, antes de juntarmos nossas mãos no meio e girar. Estou rindo, me divertindo de verdade, cantando as palavras de cor com Jordan, quando me dou conta de que não estou mais com medo. Posso até estar vivendo um pouco.

Quando nos afastamos e voltamos à nossa posição, o público está realmente agitado. Juro que consigo até ouvir o coro repetido da outra noite – "Lighty! Lighty! Lighty!" – começando de algum lugar na arquibancada. Pode ser mais um efeito cotovelada da Britt, mas parece vir de algo maior do que as meninas do rugby, como se talvez toda o público estivesse gritando. E tudo bem, pode até ser minha imaginação, esse novo conforto que sinto no palco, mas paro de sentir como se as paredes do ginásio fossem se fechar ao meu redor. Parece um pouco como quando me apresento com a banda. Parece certo.

Quando a música acaba, estou sorrindo, apesar de tudo. Estou esperando pelos aplausos...

E as luzes se apagam.

Estou convencida de que vai começar o barulho de quinhentos celulares, de que outro segredo meu vai ser noticiado para escola inteira. Meu coração para no peito, e começo a planejar uma fuga. Talvez se eu conseguir escapar antes das luzes voltarem...

Mas não dá tempo. Em menos de quinze segundos a luz volta e eu levo minha mão à boca.

— Ai, meu Deus!

Não tem como explicar; sem chance de que eu pudesse ter previsto isso. Quando olho por toda a volta no ginásio, a arquibancada está coberta de pessoas vestindo uma camiseta preta comum com o desenho de uma coroa simples dourada na frente, bem no meio. Olho para a minha esquerda e até mesmo Jordan está usando uma. Mais da metade do ginásio está vestindo um símbolo que virou sinônimo de quem sou: a infame, subversiva, perigosa e 100% *queer* aspirante à rainha da festa de formatura de Campbell. As pessoas estão de pé, e finalmente o lugar explode em aplausos. Mas não há engano desta vez. Isto não é pela nossa apresentação.

Tudo isto é para mim.

TRINTA E TRÊS

Nem acredito. Quando voltamos para o corredor, minha mão ainda não saiu da minha boca. Jordan chega por trás e envolve minha cintura com os braços antes de me levantar no ar e me girar ao redor. Eu nem me importo com quem mais está por ali, quem mais pode ficar com ciúmes por sermos próximos. Eu apenas estou feliz.

— Jordan, você está por trás disso? — Olho para ele, que está sorrindo e balançando a cabeça.

— Queria poder ganhar os créditos, mas foi tudo feito por aquelas duas meninas. Sabe? Aquela que fala super-rápido e a outra que sorri demais? — Melly e Katherine. Claro. — Elas juntaram as tropas pelo Campbell Confidential ontem à noite. Recrutaram várias pessoas para o plano, e os pais da Britt fizeram as camisetas. Foi meio genial.

Eu tenho tantas perguntas, mas o evento terminou e os corredores estão lotados de pessoas. Muitas pessoas me cumprimentam com um rápido gesto de cabeça quando passam, ou oferecem o punho para um toque, ou se desculpam. Quando meu celular começa a vibrar no bolso, quase não percebo. Mas me atrapalho para atender no último segundo possível.

É minha avó. Estou me sentindo tão zonza de esperança que decido ali mesmo que vou contar para ela sobre a festa de formatura. Sobre tudo.

— Vovó, você não vai acreditar...

— Lizzie, meu bem. — A voz da minha vó soa abalada na linha, e parece que o ar que ainda restava ao meu redor de repente some. Ela não soaria desse jeito a não ser que...

— Você precisa vir para o hospital agora mesmo, ouviu? É o Robbie. É bem ruim, meu bem.

Eu desligo sem responder. Não consigo. Não tem nada que eu possa falar.

A expressão de Jordan se contorce em preocupação quando ele me vê.

— Liz?

Eu não preciso explicar, pelo menos não completamente. Jordan pega a chave no bolso e segura minha mão para me puxar até a porta. É como se eu não estivesse mais dentro do meu corpo, como se estivesse flutuando em algum lugar sobre mim mesma, me perguntando como minha casca vazia consegue continuar se mexendo.

Mas eu murmuro o nome do hospital logo que chegamos ao carro, e Jordan pisa fundo. Seu jeito normal de dirigir, aquele com o qual me acostumei nas últimas semanas – casual, tranquilo – é esquecido quando ele arranca pelas ruas de Campbell e pela interestadual que leva ao centro de Indy.

Passo o caminho todo em silêncio. Nenhum de nós briga pelo rádio, ninguém se importa em encher o carro com jazz ou a música nova do Kendrick ou qualquer outro som que normalmente invadiria o espaço do Range Rover. Jordan simplesmente estica o braço e coloca a mão sobre a minha onde ela descansa em meu colo.

Ela fica lá, quente e forte, até pararmos no estacionamento.

— Preciso voltar para o colégio — ele diz quando abro a porta —, mas volto aqui mais tarde, o.k.?

Assinto. Eu ainda não tenho palavras para agradecê-lo, mas espero que a essa altura ele saiba o quanto isso tudo significa para mim.

— Você já fez muito. Eu só... não precisa se sentir pressionado a voltar. Entendo que você tem outras coisas pra fazer.

— Claro que eu vou voltar, Lighty. — Ele balança a cabeça uma vez e me oferece um sorriso gentil. Por um momento, ele parece exatamente com o Jordan que se sentava ao meu lado na banda do ensino fundamental. Faz o meu coração doer. — O primeiro não é nada sem o segundo, lembra?

Não é a primeira vez que venho ao hospital St. Regis – passei mais noites sentada ao lado da cama da minha mãe do que em casa quando as coisas ficaram realmente ruins –, mas estar dentro do Hospital Infantil Jesse Washington é sempre... diferente.

É parte do St. Regis, mas também não é. No entanto, acho que é assim que deveria ser. Quando se está tentando convencer crianças de que elas estão bem, que os próprios corpos delas não estão tentando destruí-las, aparentemente é preciso pendurar quadros de personagens de desenhos.

Mas conheço este lugar tão bem quanto conheço o hospital adulto, porque é mais assustador. Porque pode sempre significar o pior para a pessoa que eu mais amo. Com personagens de desenho ou não.

Quando viro um corredor, Beatriz, minha enfermeira favorita, com o seu cabelo curto e uniforme sem desenhos, me aponta a direção do quarto de Robbie sem que eu precise perguntar. Ela mal tem um metro e meio e não sorri muito, mas sempre gostei do seu jeito sem paciência para gracinhas. E se a ternura que aparece em seu rosto quando ela me vê é indicativo de algo, acho que ela também gosta de mim.

A dra. Fredrickson, a hematologista de costume do Robbie, está saindo do quarto quando eu me aproximo da porta. Ela coloca a mão no meu ombro e meio que me leva com ela na direção a qual está indo. Olho de volta para a porta, mas decido não discutir.

— Elizabeth. Queria estar te encontrando sob outras circunstâncias, mas estou feliz que você está aqui. Senta aqui comigo por um segundo — ela diz, sua voz encorpada e doce, suave como sempre. — Sua avó acha que seria melhor se fosse eu que conversasse com você. Ela ainda está um pouco abalada.

A dra. Fredrickson é uma das poucas mulheres negras hematologista no estado, o que sempre me deixou grata por Robbie ser atendido por ela. Ela foi pupila da dra. L há muito tempo, e eu sempre tive um pouco de esperança de que um dia eu possa ser sua pupila. Ela tem quase a minha altura e dedos longos e finos em seus quarenta e muitos, mas seus cabelos já são completamente brancos.

Depois de todos esses anos vendo-a consertar o meu irmão em vários estados de condições ruins, ela se tornou meio que uma heroína para mim. Ela até mesmo escreveu uma das minhas cartas de recomendações para Pennington.

Nós nos sentamos em umas cadeiras da sala de espera, longe de qualquer criança e seus pais que estão aguardando ser atendidos. Tem uma torre de LEGO na nossa frente cambaleando precariamente.

— Como você está? — ela pergunta, embora tenha certeza de que ela já sabe a resposta. Eu normalmente não gosto desse traço de personalidade nas pessoas, perguntarem o que já sabem a resposta, mas quando é a dra. Fredrickson, eu deixo passar. Ela não diz nada sem ter um motivo.

— Já estive melhor — respondo com toda a honestidade que consigo.

Ela cruza as pernas e repousa sua mão delicada sobre meu joelho. Sua aliança de casamento com diamante brilha sob a péssima luz fluorescente do hospital.

— É, imagino que sim. — Ela balança a cabeça. Seus lábios estão pressionados em uma linha reta. — Elizabeth, você sabe o quanto eu gosto de você. Acho que você é verdadeiramente uma das jovens mais capazes e dedicadas que já conheci. Mais de uma vez eu disse ao meu marido que se eu quisesse ter tido filhos, ia querer uma filha como você.

— Não sou tão capaz assim, doutora. Se eu fosse, nós não estaríamos aqui agora. — Eu limpo o meu nariz, que começou a escorrer. A dra. Fredrickson me entrega um lenço que eu nem a vi segurando. — E acho que nós duas sabemos disso.

Os olhos delas se suavizam.

— Ele não estava tomando os remédios, né? — pergunto.

Ela não responde na hora, mas eu já sei a resposta. O milagre da hidroxiureia é que ela reduz as visitas aos hospitais para os jovens pacientes em uma quantidade quase inacreditável. Mas, como qualquer medicação, quando não se toma, é inútil.

— Não prestei atenção direito — digo, balançando a cabeça e escondendo o rosto entre as mãos. Estou tão envergonhada, tão desapontada. — Isso é tudo minha culpa.

— Não diga isso! — A voz da dra. Fredsickson é brusca, mais brusca do que já ouvi antes. Levanto minha cabeça na mesma hora e a encaro, e seu rosto normalmente sereno está tomado por algo mais sério. — Você é uma boa garota, inteligente e motivada. Mas você não é a tutora do seu irmão, mocinha. Ele tem quase dezesseis anos. E, assim como eu disse para a sua avó, ele tem idade o suficiente pra cuidar da própria saúde.

— Mas...

— Mas nada. — Ela coloca a mão sobre a minha e dá dois tapinhas. — Seu trabalho é ser irmã dele, não a médica ou a cuidadora. Deixa que eu faço isso.

Quero apertar a mão dela para me firmar em alguém sólido, alguém com quem posso contar, mas ela se levanta, então eu faço o mesmo.

— Seu irmão está com síndrome coronária aguda e estava com muita dor quando chegou aqui. Pior do que costuma ser. — Ela não pausa para explicar o que é SCA para mim, já que nós duas sabemos que eu li tudo o que tinha para ser lido sobre o assunto. Sei como pode ser grave, mas se a dra. Fredrickson conseguiu identificar a tempo, é tratável. — Nós vamos mantê-lo aqui por um tempinho, acompanhar o progresso dele, especialmente depois da transfusão de hoje à tarde.

Assim, faz sentido o motivo pelo qual a dra. Frerickson não me deixou entrar direto no quarto dele quando cheguei. Robbie está, no momento, ligado à uma máquina que remove as suas células vermelhas danificadas e as substitui pelo sangue saudável de um doador. Sem aviso, vê-lo assim poderia ser o apenas o necessário para me empurrar para o limite.

Ela olha para o relógio.

— Se você estiver pronta, pode ficar um pouco com ele antes da minha próxima visita. Seus avós também estão no quarto dele.

Ajeito minha postura ao caminhar na direção do quarto de Robbie. Ainda sou eu. E Liz Lighty aprendeu há muito tempo como fingir uma expressão alegre para o seu irmãozinho.

TRINTA E QUATRO

Quando vejo Robbie deitado, olhos fechados contra a luz, tubos de oxigênios nas narinas e conectado às máquinas que podem salvar sua vida, me lembro de que algumas pessoas simplesmente não têm sorte.

— Bea — Robbie sussurra, olhos ainda fechados. — Beatriz, você pode por favor perguntar para a minha irmã o quanto ela está brava comigo, numa escala de um a dez?

Vovó vira para a porta onde estou, percebendo minha presença pela primeira vez. Eu e Ro fazemos isso às vezes, meio que só sabemos quando o outro está por perto sem precisar ver. Não somos gêmeos, mas desenvolvemos uma conexão de gêmeos com o passar do tempo.

— Lizzie, meu bem. — A vovó se levanta e me abraça. Escondo meu rosto em seu pescoço; ela tem o cheirinho de sempre: um pouco de perfume White Diamonds, mas principalmente o cheiro de estar em casa.

Estou tão contente em vê-la, por estar abraçada com ela como acontece toda vez que chego em casa, então tudo parece um pouco mais perto do normal. Quando me afasto, vejo vovô cochilando no canto. Eu juro, nada perturba esse homem exceto perder para o Robbie num jogo de *Jeopardy!*.

Beatriz, a enfermeira, aperta a boca em um sorriso comprimido para mim, enquanto ajusta o protetor do acesso de Robbie. Faço uma careta ao ver isso. Mesmo que pense em ser médica um dia, isso nunca se torna mais fácil para o estômago.

— Liz, seu irmão quer saber o quanto você está brava — ela diz, impassível.

— Quando a vovó e o vovô forem embora, com certeza vou dar um jeito de ele saber.

Vovó me aperta ao seu lado e me guia até o sofá no canto, como se eu não tivesse acabado de ameaçar xingar meu irmão no minuto em que ela deixar o quarto. Não posso culpá--la. Visitas ao hospital tiram todo mundo um pouco do eixo. E já faz um tempo desde que fizemos uma visita como esta.

Robbie sorri, mas grunhe alto.

— Vovó, eu e a Liz podemos conversar um segundo? Quero que ela… — ele inspira profundamente fazendo uma careta — …puxe minha orelha enquanto estou sedado e não quando eu estiver são.

Vovó ri e seca os olhos rapidamente. Ela dá um tapa na parte de trás da cabeça do vovô, e ele acorda sobressaltado.

— O que foi?

— Vamos, Byron. — Vovó segura a mão dele e o puxa para a saída. — Vamos ver o que tem na cafeteria.

— Eu não quero aquela comida dura da cafeteria! Na última vez que estivemos aqui, eu quase quebrei um dente com o biscoito. É uma vergonha o que eles servem aos doentes e aos internados — vovô resmunga, seguindo a vovó para fora.

Beatriz sai logo em seguida, me deixando sozinha com Robbie. Eu quase não sei o que dizer para ele sobre tudo isso. Então, ele abre os olhos, e o seu rosto não tem nenhum vestígio do seu humor normal e de suas constantes tentativas de deixar o clima mais leve.

— Me desculpa, Liz. Eu sinto muito mesmo.

Suspiro. Estou exausta. Tipo, até o fundo dos ossos, cansada visceralmente. Atravesso o quarto para me sentar na beira da cama de Ro e entrelaçar nossos dedos.

Mas em vez de me deitar com ele, como sei que ele espera, digo a verdade:

— Eu devia te deserdar por isso, sabe. Você é literalmente a cereja no topo do meu sundae de leite coalhado de uma montanha russa sentimental.

Porque o negócio é o seguinte: eu também sinto muito. Sinto muito que ele esteja doente, que eu não possa fazer nada sobre isso – que nossas vidas tenham girado em torno de visitas ao hospital, drogas experimentais e experiências de quase morte.

— Sundae de leite coalhado *e* uma montanha russa? Você está misturando as metáforas. — Ele ri baixinho, e vejo que suas feições mudam rapidamente, ficando mais atentas: — Liz, por favor, me fala que você conseguiu entrar para a corte. *Por favor*, estou te implorando, por tudo de bom e sagrado neste mundo, por favor, me diz que minha irmã vai ser a nerd secretamente maravilhosa na corte da formatura que vai acontecer semana que vem.

— Eu não sei. Acho que nem quero saber agora.

— Bom, você já… — ele para um pouco de falar e fecha os olhos brevemente — …conferiu o Campbell Confidential?

— Eu estive um pouco ocupada, Ro. Não tive tempo de *conferir o Campbell Confidential*. — Reviro os olhos. Mesmo

doente, esse garoto não resiste a se conectar e ser xereta. —
E tanto faz. Talvez eu devesse desistir, de qualquer forma.

Ele abre os olhos e parece quase frenético.

— Liz, essa foi a única coisa idiota que já te ouvi falar.

— Como assim?

— Você não está falando sério. Não pode estar. Depois
de tudo isso? Sem chance. Me dá meu celular. — Ele aponta
para o moletom sobre a mesa perto da janela. Eu pego o celular dele e o coloco sobre sua mão estendida, dedos inquietos
e tudo mais. Ele desliza o dedo pela tela rapidamente, como
o homem com uma missão que ele é.

— Eu estou falando sério. — Balanço a cabeça. — Qual
o sentido? Olha o que eu já perdi por fazer parte disto. O
tempo que gastei fazendo coisas da formatura, que eu poderia ter passado com você. Não vale a pena.

— O que você perdeu? Olha o que você ganhou! — ele
diz na mesma hora, quase sem ar. — Eu nunca te vi assim
antes, Liz. Você está se divertindo. E eu sei que esse é um
conceito estranho pra uma viciada em trabalho que nem
você, mas se divertir é uma coisa *boa*. — Ele sorri e me empurra gentilmente com o joelho. — Você nunca teria virali-
zado por virar a própria corredora FloJo de Campbell, nunca
teria ficado amiga do Jordan de novo.

E, certo, talvez o moleque tenha um bom argumento,
mas mesmo assim.

— Eu apenas sinto que toda vez que vencer é uma possibilidade, alguma outra coisa dá errado.

Ele parece meio triste, e não só porque está preso à esta
máquina.

— Você não pode continuar vivendo por mim, pela vovó
e pelo vovô. — Ele estica o braço na minha direção bem

devagar, e eu pego a mão dele. — Nós vamos ficar bem. Nós sempre ficamos, é o jeitinho dos Lighty. Mas olha isso! O que você fez nessa campanha é tão massa. Não posso acreditar que minha irmã é a pessoa mais falada em Campbell County. Estou secando uma lágrima que nem me lembro de liberar, mas de repente minha garganta parece apertada e tudo o que quero fazer é abraçar meu irmão não-mais-tão-pequeno.

Ele continua olhando para o celular e mexendo nele sem parar enquanto fala.

— E, pensa assim: se você não tivesse competido, nunca teria se apaixonado.

Ele mostra o celular para mim, triunfante, depois de encontrar o que estava procurando. O maior sorriso que vi dele o dia todo, enfim, surge no seu rosto. A lista da corte da formatura foi publicada e compartilhada por todo Campbell Confidential. Está ali. Meu nome está ali.

Minha boca se abre e se fecha sem conseguir emitir nenhum som.

— Parabéns, maninha. — Ele levanta as sobrancelhas. — Ainda pensando em desistir?

Tudo bem, eu sou uma mentirosa.

Eu sou tão, tão mentirosa, que algumas vezes acredito de verdade em mim mesma. Porque, por um segundo, quando disse para Robbie que queria desistir, eu seriamente pensei que queria. Mas agora, enquanto olho para o meu nome na lista de garotas, sou lembrada do quanto quero ganhar. Quero a bolsa de estudos. Quero ir para Pennington.

Claire Adams

Quinn Bukowski

Lucille Ivanov

Elizabeth Lighty

Tenho certeza de que já escureceu, mesmo não tendo nenhuma janela onde estou sentada. Eu saí do quarto para deixar Robbie descansar na hora que a vovó e o vovô voltaram do jantar, algumas horas atrás, e decidi me esconder num canto da sala de espera. A vovó e o vovô ainda estão acampando no quarto do Robbie, cobertos por um cobertor fino de hospital, dormindo e acordando, mas achei que seria melhor ficar aqui fora. Pensei que, depois das últimas semanas, um tempo sozinha seria bom para mim.

Meu celular ainda está desligado, enfiado no meu bolso de trás. O que provavelmente explica o motivo pelo qual não estou esperando quando Jordan Jennings aparece pelo corredor – sorrindo de orelha a orelha apesar do lugar em que estamos – balançando os dois sacos de papel brancos e engordurados que ele tem em mãos.

— Você vem sempre aqui? — ele diz quando se aproxima, sentando-se no lugar ao meu lado e colocando o saco no meu colo. — Trouxe comida. Achei que você podia estar com fome.

Olho dentro do saco e sorrio.

— Você trouxe a primeira coisa que comemos juntos.

— Nunca vou esquecer da Liz Lighty Pós-Vômito. — Ele ri baixo. — Esse hambúrguer duplo é oficialmente uma coisa nossa agora.

Afasto o pacote e o coloco sobre uma edição antiga da revista *Highlights for Children*.

— Como você está, parceira? — Jordan joga o braço sobre meus ombros, e eu me reclino nele com facilidade. — Esses últimos dias foram intensos.

— É. — Balanço a cabeça. — Porém Robbie ainda está aqui, ainda está a salvo. Então, colocando meu próprio drama de lado, posso lidar com isso. — Mas podia ser pior.

— Só porque poderia ser pior não quer dizer que você não pode reconhecer o quanto tem sido uma droga, sabe?

Eu suspiro, mas não respondo.

— Você perdeu muita coisa desde que sumiu do mapa depois da Rachel fazer aquela palhaçada.

Eu me recosto para poder olhar para ele com olhos arregalados.

— Você esqueceu que estamos falando de Campbell County, Lighty? As coisas sempre podem piorar.

Ele revira os olhos.

— Preciso te lembrar do fiasco #SubstitutaDaEmme? — Solto um riso curto. — Não, não preciso mesmo.

Antes de começar a falar, Jordan pega o meu saco de comida, tira o hambúrguer de dentro e coloca na minha mão. Ele faz o mesmo com o dele e dá uma mordida enorme.

Não percebo o quanto estou faminta até saborear o lanche.

— Isso aí, come mesmo. Você vai precisar de energia pra quando eu te contar que a Madame Simoné expulsou a Rachel da competição.

Eu quase engasgo.

— É por isso que ela não está na lista?

Ele assente.

— Sim. Quinn contou tudo para a Madame Simoné sobre como ela tramou contra você desde o começo, quando viu que você tinha chances de ganhar. Estão dizendo por aí que a palhaçada de ontem estava sendo planejada faz tempo.

— Como você sabe disso?

— Como você não estava no intervalo ontem, perdeu a Quinn gritando com a Rachel no corredor. Foi bem feio. — Ele balança a cabeça e sorri. — Nem sabia que aquela garota tinha isso dentro dela. Acho que nunca nem vi a Quinn sem um sorriso no rosto.

— Que confusão enorme.

— Isso não é nada. — Ele mastiga de qualquer jeito, e um pouco de tomate acaba no queixo dele. Pego meu guardanapo e limpo como um instinto. Estranho como isso acontece, como você pode se sentir tão próximo de alguém num período tão curto de tempo. Ele sorri, a boca ainda meio cheia. — Você nem ouviu a melhor parte.

— Come devagar ou você vai se engasgar.

— Beleza. Olha. — Ele engole, seu pomo de adão subindo e descendo, amassa a embalagem e a joga dentro do saco. Jordan coloca a língua para fora, e, juro, algo neste garoto me lembra muito o meu irmão, é um mistério. — Sou do time dos que limpam o prato. Agora escuta! Então, sobre ontem...

— Eu não quero falar sobre ontem — interrompo suavemente.

— Alguma vez eu te guiei pra algo errado? — Jordan levanta as sobrancelhas e olha para mim como se já soubesse a resposta. Ele começa a pegar o celular enquanto eu meneio a cabeça afirmativamente, mas adicionando uma revirada de olhos por precaução. — Exatamente. — Ele entrega o celular para mim. — Agora assiste isso.

Todas as postagens na tela de Jordan têm a mesma imagem de capa, e para minha surpresa, não é da bandeira ou da minha reação. É dá coroa nos meus pôsteres.

— Jordan…

Ele aponta com a cabeça na direção do celular.

— Vá em frente. O feed inteiro está cheio de #F***-seOSeuContoDeFadas. Pelo menos três… não, quatro vezes mais do que depois do mural.

E ele está certo. A diferença agora, porém, é o fato de que nenhuma das publicações está se opondo ao que eu disse, ou perguntando o que significa. Quase todos os comentários parecem o mesmo:

AMOR É AMOR

Homofobia é pra otários

Arranje alguém que te olhe do jeito que a Mack olha pra Liz!

#RelationshipGoals #JustiçaParaMighty

Até mesmo Jaxon Price postou algo. Tem uma foto com o dedo do meio dele dominando o enquadramento e a legenda é simples, sem nenhuma pontuação: *fodam-se os haters liz é a real*.

Até mesmo Jordan postou algo. Uma foto de uma foto, uma na qual eu e ele sorrimos abertamente com nossos braços em volta um do outros depois de um concerto da banda no nono ano, com a legenda: *A primeira do qual sou o segundo. A melhor que existe.*

Meu queixo está praticamente no chão quando olho de novo para Jordan. Ele se levanta de repente e estende a mão para mim.

— Jordan… — tento falar, mas as palavras falham em sair, meus olhos ardendo com as lágrimas pela, sei lá, milésima vez hoje.

— Espera! Antes de você falar alguma coisa ridícula tipo "eu não mereço isso". — Ele afina a voz para me imitar enquanto me puxa para ficar em pé. — Eu tenho uma coisa pra te mostrar.

— Você já me trouxe comida, não precisa fazer mais nada, de verdade...

— Um dia desses, Lighty — ele diz, abrindo aquele sorriso que enruga um pouco o seu nariz e me empurra para porta — você vai ter que aprender a confiar em mim.

Mas essa é a questão: eu já confio no Jordan – inteiramente e de todo coração. E talvez eu tenha confiado nele desde o dia em que ele se sentou ao meu lado na banda quando estávamos no fundamental, desde que ele sorriu para mim e disse que o primeiro não é nada sem o segundo, do momento que ele me trouxe comida sem eu ter pedido quando o meu irmão estava no hospital.

É por isso que eu o amei tanto há tantos anos, porque algumas vezes ele é vulnerável e sempre é honesto, e a sensação acolhedora que ele me traz neste momento é a prova de tudo de bom que pensei sobre ele. Com imperfeições, medos, erros e tudo o mais, ele é o amigo que preciso que seja agora.

Vejo a silhueta da Gabi no banco de passageiro do Range Rover do Jordan assim que chego no estacionamento.

— Conversa com a sua amiga, Lighty. — Ele me empurra para a frente e se mantém perto da porta do hospital, inclinando a cabeça na direção do saguão de entrada. — Eu preciso ir falar com uma enfermeira muito especial e de poucas palavras sobre como descolar umas sobremesas de graça.

Quando bato na janela do lado do motorista, Gabi praticamente pula de susto. Ela fecha os olhos por um breve momento, se recompondo, antes de destrancar a porta. Ao subir no carro, uma onda de alívio recai sobre mim. Apesar de tudo, estou contente que ela esteja aqui.

— Oi — digo baixinho.

— Oi — ela fala, virando o corpo no assento para me encarar por completo. Ela está usando um suéter de lã preto de mangas compridas o suficiente para cobrir as mãos. — Eu soube do Robbie. Ele está bem? *Você* está bem?

— Ele vai se recuperar — respondo, abrindo e fechando as mãos no meu colo. Puxo um fio solto do meu jeans. Ver o Robbie no hospital, perceber como posso perdê-lo a qualquer momento, coloca as coisas em perspectiva. — Odeio brigar com você, sabia?

— Também odeio. — Ela olha para o para-brisa brevemente, como se não suportasse me encarar ao admitir isso. — Sei que não é uma desculpa, mas meu pai saiu oficialmente de casa há algumas semanas. Minha mãe está desorientada. — Ela volta a olhar para mim, a boca repuxada para baixo. — Acho que eles finalmente vão se divorciar.

Não digo nada, mesmo querendo. Os pais da G, namoradinhos de colégio, têm tido dificuldade por anos. E Gabi, que se esforça tanto para estar sempre atenta, para tornar as coisas impecáveis, sempre ficou presa no meio disso. De qualquer forma, me parece que o divórcio é o tipo de coisa que pode ter acabado com ela.

— E eu continuo colocando meus problemas acima dos seus. Fiz isso quando éramos crianças, com toda aquela coisa com o Jordan, e fiz agora, durante essa competição. Tentei controlar o seu mundo porque não conseguia controlar o meu, e me desculpa por isso. Nunca deveria ter feito você sentir que precisava esconder partes do que você é. Nenhum amigo deve fazer isso.

— G, você podia ter me contado sobre os seus pais — falo. — Eu teria te dado apoio. Você tem que saber disso.

— Ela assente e funga. — E você deve desculpas à Amanda.

— Eu sei — ela responde. — Ela é a próxima na turnê Gabi Marino Pede Desculpas. A Stone não passou um dia sem me lembrar o quanto minha aura negativa está afetando a dela.

Eu rio baixinho, e G sorri.

— Eu sinto muito mesmo, Lizzie. Por tudo.

E isso é tudo o que precisa ser dito, na verdade.

A mão pequena de Gabi se estica pelo espaço entre nós para pegar a minha. É como se fôssemos crianças de novo: ela dormindo no chão da minha casa durante as semanas depois do enterro da minha mãe. Estamos grudadas uma na outra como cordas de segurança, porque, de diversas maneiras, é o que somos. E sempre fomos. Vamos cometer erros, mas também vamos encontrar o caminho que nos leva de volta uma para a outra.

SEXTA SEMANA

O mundo inteiro é um jogo, e os aspirantes a rei e rainha, apenas jogadores.

TRiNTA E CiNCO

No domingo à noite, parece que Robbie está melhor. A dra. Fredrickson diz que ele estará bem para voltar para casa no dia seguinte, e, sinceramente, isso soa como música para os meus ouvidos. Para os da vovó também. Ela solta a respiração lentamente e se permite dar o primeiro sorriso depois de dias quando a médica conversa conosco no corredor sobre as novidades no plano de tratamento.

Depois dessa conversa, vovó me convida para dar uma volta com ela. Ela não me pede nada de verdade, nunca pediu. Frases que deveriam ter pontos de interrogação no final são feitas como afirmações. Sempre amei isso nela. Ela sabe exatamente o que quer das pessoas ao seu redor e nunca tem medo de deixar que você saiba disso. É um traço que eu gostaria de ter recebido na loteria genética.

Dou uma olhada no quarto antes de seguir pelo corredor com ela. Vovô está roncando na cadeira de costume perto da janela enquanto Robbie aperta distraidamente o controle remoto da televisão. Os olhos dele estão pesados de um jeito que me diz que em cinco minutos ele vai estar completamente apagado.

Nós viramos em um corredor, nos afastando da sala de espera, e ela se senta sem cerimônias.

— Eu te devo desculpas, mocinha. — Ela sorri para mim de onde está sentada, e isso parte o meu coração. Às vezes eu esqueço o quanto minha mãe se parecia com ela. — Senta aqui.

— Vovó, não. *Eu* que sinto muito. Me desculpa de verdade por ter ficado tão ausente de casa ultimamente. — Me sento, coloco um tornozelo sobre a coxa da minha outra perna e viro para encará-la. — Sei como é importante pra você que a gente seja unido.

E estou sendo sincera. Estou sendo sincera com todo o meu coração. Minha avó nunca pediu nada para mim além de notas boas e chegar na hora certa para o jantar todas as noites. E minhas notas ainda estão boas, mas pisei na bola com o que mais importa para ela: família.

— Não é importante só pra mim, Lizzie. É importante pra você também. E era muito importante para a sua mãe. — Ela balança a cabeça e olha pelo corredor que leva ao quarto de Ro, onde ele provavelmente está dormindo agora. — A única coisa que ela pediu quando ficou muito doente, quando foi preciso pensar no que poderia acontecer quando ela morresse, foi que vocês dois continuassem unidos. Ela me disse: "Eles só têm um ao outro, mamãe".

Eu não sabia disso. Vovó nunca contou isso, mas de repente faz mais sentido o quanto ela é inflexível sobre perder o jantar. É parte do último pedido de sua filha.

E, do nada, eu estou chorando. Chorando como não me permitia desde o enterro da minha mãe, porque tenho saudade dela e porque não tenho respostas, porque a única coisa que ela queria era que eu cuidasse do meu irmão, e eu nem sempre vou conseguir fazer isso. Estava tão preocupada com meus próprios problemas que não percebi os sinais de que algo estava errado. A vovó apenas me deixa chorar em sua camiseta de algodão sem falar nada.

— De vez em quando, você me lembra tanto ela que me parte o coração — vovó diz com a voz baixa. Eu envolvo meus braços em volta da cintura dela, apenas mantendo-a ali, e ela acaricia minhas costas em grande e suaves círculos. — O jeito que você cuida do seu irmão, o jeito que você dá duro pra tirar a pressão de cima de mim e do seu avô de ter que pagar pela faculdade... Olhar pra você é como ver a LuLu quando ela tinha dezessete anos. Você é tão determinada quanto a sua mãe.

A vovó raramente usa o apelido de infância da minha mãe, e só de ouvi-lo quero chorar mais.

— Sério?

Ela me encara e sorri, secando meus olhos, e esse gesto, como tudo que ela faz, é uma forma de ensinamento. Nós choramos, mas não por muito tempo. Nós sentimos, mas sempre lutamos. É o jeitinho dos Lighty.

— Sim, senhora. — Ela assente. — Ela queria ser rainha da festa de formatura que nem você, sabia?

— O quê? — Me ajeito rapidamente e encaro seus olhos no mesmo instante.

— Eu sei que você não me contou sobre concorrer à rainha pra não me preocupar — ela diz simplesmente. Não sei como ela sabe ou o quanto, mas balanço a cabeça. — Seu irmão é o adolescente mais descuidado que eu já vi. É de se pensar que ele pelo menos travaria a tela do celular quando o esquece no banheiro se ele pretende continuar usando aquele troço de Campbell Confidential contra a minha vontade.

— Vovó, eu...

— Shhhh, não se preocupe. Não estou brava. Sua mãe pensou em concorrer no último ano dela. Ela tinha um plano enorme e um slogan de campanha e tudo mais, mas mudou de ideia na última hora. — Vovó esfrega a parte de trás do pescoço, e é nesse movimento que percebo o quanto ela está cansada. Parece que ela não dorme direito há semanas, e me culpo silenciosamente por não ter percebido isso também. — Admito, seu avô e eu não demos muito apoio pra isso.

Puxo uma das linhas soltas dos rasgos no meu jeans, e ela continua:

— Era uma época diferente. Campbell era um lugar diferente, mas não tanto assim. Agora vocês todos podem namorar quem quiserem e usar o que bem entendem, e as pessoas deixam vocês em paz. Podem até pensar o que quiserem, mas não fazem o que costumavam fazer naquele tempo.

Balanço a cabeça. A vovó não é naturalmente uma mulher falante, e algo sobre ouvir uma história saindo dos lábios dela me faz tanto incrivelmente feliz quanto triste.

— Eu sei que não disse nada sobre todo esse alvoroço de festa de formatura que você está vivendo, Lizzie. Sinto muito por isso. — Sua voz falha um pouco. — E desculpa por nunca ter falando pra você não pegar tão pesado quando vi o quanto se esforçava. Acho que só não queria cometer os mesmos erros que cometi com a sua mãe. — Ela estica a mão e seca uma lágrima fujona com o dedão. — Minha Lizzie, minha estrelinha. Nunca quis te dizer pra brilhar com menos força e intensidade do que você pode.

A vovó é um ser humano, assim como minha mãe, assim como eu. Nós não estamos acima de cometer erros, não somos mais fortes que a morte, mas certamente sabemos como amar. Mesmo não sendo sempre perfeito, especialmente quando é um pouco bagunçado, mas nós sabemos como amar um ao outro com toda força. Com tudo que temos.

— Eu imaginei que você estivesse preocupada com dinheiro. E nós não temos muito, isso é certeza. Mas eu e o seu avô temos algumas economias, o suficiente pra te ajudar um pouco. Não vai cobrir tudo, mas vai ajudar. Todos aqueles turnos noturnos. Todos os finais de semana que ela não conseguia dormir. A vovó também estava preocupada. Ela nunca me deixou por mim mesma.

Vovó me puxa para perto dela de novo e fala do jeito mais gentil possível contra o meu cabelo:

— Eu só quero que você saiba que pode descansar, Lizzie, meu bem. — Ela beija o topo da minha cabeça com delicadeza. — Eu cuido de você quando estiver pronta pra descansar.

TRINTA E SEIS

A última semana antes da festa de formatura é surpreendentemente calma. Os corredores da escola estão dominados por um tipo de animação que apenas um evento dessa magnitude poderia gerar, mas as coisas parecem menos tensas agora. Menos assustadoras.

Eu ainda estou apavorada de não conseguir o dinheiro, claro, mas agora que a poeira baixou e a Rachel foi expulsa da competição, não preciso olhar por cima dos ombros a cada dez minutos. Os votos foram contados esta manhã durante a chamada, então agora tudo o que resta é esperar.

— Só estou dizendo, acho que deveríamos esquecer completamente essa ideia de limusine — Britt fala com a boca cheia de sobremesa. A mãe da Gabi lhe deu um Tupperware cheio de brownies veganos de cereja e amêndoa para levar para a escola e estamos devorando tudo. É a quinta sobremesa desta semana. — Vamos com o meu Prius para a festa! Pensem nisso. Nós não precisamos mais provar nada agora que a Liz já abriu o caminho. Deveríamos estar falando sobre o meio ambiente!

— Eu sinto que precisamos de mais drama do que isso. — Bato o dedo no queixo como se estivesse pensando profundamente. — Por que não chegamos num tanque em protesto à complexa indústria militar?

— Agora você está entendendo! — Britt bate na mesa. Nós vamos todas juntas, como sempre planejamos, mas algo parece fora do lugar. Depois de tudo, eu meio que pensei que eu e Amanda faríamos nossa relação funcionar e que iriamos como um casal. Foi uma ideia improvável, eu sei, levando em conta as regras, mas não consegui me impedir de ter esperança.

Vai ficar tudo bem. Eu vou à festa de formatura com minhas melhores amigas e vou continuar investindo nessa nova relação legal e platônica que tenho com Amanda. Está tudo certo. Eu estou contente por ser amiga dela. Isso tudo é muito de boas. Tudo bem, eu estou mentindo. Não estou nem um pouco de boas.

Não consigo parar de lançar olhares para a mesa dela durante as aulas de História Mundial Avançada, esperando chamar a atenção dela para podermos compartilhar uma risada sobre nosso professor que usa calças de cós muito baixo e que mostram o seu cofrinho. Ainda espero uma quantidade irritante de tempo pelas mensagens dela, me perguntando se deveria mandar primeiro ou esperar para perguntar o que ela acha da música mais nova do Kittredge. Eu estou tão perdida na dessa garota, nem sei o que fazer.

— O que quer que a gente faça, acho que vou ter que usar a roupa do meu aniversário, já que alguém — começo a dizer e jogo uma uva na direção da Gabi, rindo quando ela desvia — terminou o vestido de todo mundo, menos o meu.

No meio de todo o turbilhão – eu e Gabi brigando e não nos falando, eu sendo arrancada do armário e Robbie ficando doente, Gabi ficou sem tempo para terminar o vestido que estava pensando em fazer para mim. Embora fosse menos formal do que eu gostaria, estava tudo bem para mim usar o vestido que ela fez para mim na festa de boas-vindas ano passado. Eu nunca consegui usar, porque acabei desistindo de ir no último minuto. Naquela noite, minha ansiedade de ser vista toda produzida daquele jeito foi demais. Isso parece ter sido há uma vida.

Os alunos do primeiro ano na mesa ao lado estão pegando seus celulares, então eu viro minha cabeça na direção da entrada do refeitório. E, quando o faço, juro que sinto cada pelinho no meu braço se arrepiar. Porque a incrível Teela Conrad está tocando violão, cantando minha música favorita e caminhando na minha direção.

A voz da Teela aquieta todo mundo no refeitório instantaneamente, mas ainda não é o suficiente. Ela poderia dedilhar o violão sentada no meu colo, eu ainda ia querer estar mais perto da voz dela, daquela música. Ela está cantando "My Life, My Story", a música que escreveu quando os boatos sobre ela ser bissexual começaram a se espalhar.

Olho em volta para as minhas amigas, todas com sorrisos enormes no rosto. Elas não parecem surpresas, apenas felizes.

Someone once told me
You spent your life running.
Well, I wish you'd stand still,
'Cause in this light you're stunning.

It's my life, my story,
And I want to share it with you
It's my life, my story
But part of it was always yours too.[1]

[1] Certo dia me disseram / Que você passou a vida correndo / Bom, você parada é o que eu queria / Pois sob esta luz você fica linda // É minha vida, minha história / E quero dividi-la com você / É minha vida, minha história / Mas parte dela foi sempre sua também. (N.E.)

Eu mal posso… Essa não é a vida real.

Todos no refeitório estão gravando, e uma das alunas do primeiro ano desmaia por cima de sua *espagasanha*. É oficialmente um evento para se desmaiar.

Quando Teela dedilha as últimas notas, eu a vejo. Amanda entra no refeitório sobre o skate, mas não o que ela costuma usar. Ao parar diante de mim, ela pisa forte na beira dele, jogando-o para o alto e o pegando no ar, virando a parte de baixo da prancha para mim. A mensagem é ousada, na letra desengonçada de Amanda, e o sorriso dela é completamente tímido.

Liz Lighty, você quer ir à festa de formatura comigo?

TRINTA E SETE

A manhã do dia da festa de formatura não parece com acordar no Natal, como achei que seria. Não é como aquele momento em que você abre os olhos e sabe que está para ganhar tudo o que pediu – tudo o que fez você comer vegetais todos os dias e obedecer a seus avós – ou não. É algo inteiramente diferente.

Talvez seja como o Ano Novo. A pressão de ser uma grande noite memorável que começará uma nova era e, basicamente, o resto da sua vida. Estou meio apavorada.

Então eu faço o que sempre faço quando estou com medo: conecto meu celular aos alto-falantes com Bluetooth que Robbie me deu de aniversário no ano passado, encontro minha playlist favorita e aumento o som.

As notas são tão familiares, elas voam pelo quarto como se vivessem no ar. É suave. Sinto nelas o mesmo que senti na noite que me inscrevi para Pennington ou na primeira vez que Amanda e eu nos beijamos. Medo e esperança duelando pelo mesmo espaço dentro do meu peito. A única diferença é que agora, apesar do que não sei, tenho certeza de que vou ficar bem.

Não importa o que aconteça hoje, eu sei que ficarei bem.

— Lizzie, meu bem! — A vovó bate duas vezes na porta, mas não espera que eu responda antes de colocar a cabeça para dentro do quarto. A cabeça de Robbie aparece flutuando logo acima da dela em menos de um segundo. — Levanta. Temos muita coisa pra fazer hoje.

Robbie está balançando a cabeça com o maior sorriso que vejo em seu rosto em semanas.

— É, Liz, temos que te arrumar para a festa!

Jogo as pernas para fora da cama e reviro os olhos.

— Não revira os olhos para o seu irmão, mocinha. — Vovó segura a porta aberta com uma mão para que eu possa passar e me empurra para a frente gentilmente com a outra mão.

Robbie joga um braço sobre meus ombros e se vangloria.

— É, *mocinha*. — Robbie sorri e dá um beijo melecado na minha testa antes de se jogar no sofá ao lado do vovô. — Seja boazinha com seu irmão doente que não pode ir à festa, por isso está vivendo através de você.

E quando olho em volta na sala de estar, o lugar inteiro está como se a seção de baile da Macy, a DSW, e o salão de beleza em que a vovô arruma o cabelo tivessem se juntado e tido o bebê enorme mais detestável conhecido pelo ser humano. Há um manequim no meio da sala com o vestido de festa que foi da minha mãe, o kit de costura da vovó na mesinha de café, uma caixa de sapatos que devem ser novinhos em folha no sofá. Vovó até pegou o seu secador de cabelo, igual aqueles que têm em salões, do tipo que monta em uma mesa e depois de usado é só dobrar para guardar. Vovô está no meio de tudo isso, roncando alto.

Estou bem mais do que um pouco impressionada.

Me viro para vovó, e ela está com as mãos na cintura e uma fita métrica em volta do pescoço. Ela está usando o uniforme de enfermeira do turno da noite, e sei que ela não dormiu ainda. Mas ela sorri para mim como se soubesse o que estou pensando, e acho que talvez saiba.

— Geralmente você é uma menina muito esperta, Lizzie — vovó diz, envolvendo a fita métrica na minha cintura. Sua voz está abafada pelos alfinetes entre os lábios dela. — Você devia ter me pedido pra ajustar o vestido antes.

Robbie ri.

— Lizzie Enrolada soa legal, vovó.

— Fica quieto, Robbie. — Vovó joga a fita na direção dele, que o golpeia no joelho descoberto com um leve *plaft!* Agora é minha vez de rir. — É melhor você aprender a tomar conta da sua vida e deixa a vida dos outros em paz, moleque.

Vovó trabalha rápido: mede minha cintura e busto e faz algumas anotações.

— O quê? — ela pergunta quando eu abro e fecho a boca, surpresa. — Você achou mesmo que eu ia te deixar ir para a festa de formatura com o mesmo vestido da festa de boas-vindas? Não se depender de mim.

Olho para Robbie, mas ele dá de ombros inocentemente. Aquele fofoqueiro.

— Você teria falado comigo antes se soubesse como é difícil ajustar veludo. — Vovó já está colocando alfinetes no tecido. — Eu fiz isso para a sua mãe há quase 21 anos. Ela estava numa fase Winona Ryder.

Quando ela revira os olhos, é de um jeito afetuoso, carinhoso.

Olho para o vestido da minha mãe. Parece tão bom agora quanto na época em que ela foi à festa de formatura, se podemos julgar algo pelas fotos dela de vestido que ficam sobre a televisão. Ela era tão bonita. Um pouco mais alta do que eu, confiante, segura do fato de que precisava ganhar espaço em Campbell. De que merecia ganhar espaço em qualquer lugar.

O vestido me lembra ela: elegante, bonito, clássico. É um vestido longo de veludo violeta que desliza até o chão, com um decote profundo nas costas e alças finas.

Robbie pergunta "Quem é Winona Ryder?" na mesma hora em que eu digo "Como ela estava?".

— Tipo, no dia da festa de formatura — completo, ignorando completamente Robbie, porque, sério, como ele não viu *Stranger Things* até agora? — Você lembra como ela estava na noite da festa? Ela estava nervosa?

Eu me sento no braço do sofá, e vovó me encara. Ela suspira e coloca as mãos nos quadris de novo, sorrindo. Sua pose padrão.

— Ela estava animada. Sua mãe era muito sociável, sabe. Foi com algumas amigas. Ela realmente queria a experiência completa do ensino médio, mesmo passando tanto tempo… Mesmo não podendo ir ao colégio com tanta frequência.

Robbie descansa a cabeça no meu colo, e eu massageio o ombro dele.

— Ela teria dado um jeito de estar por lá hoje à noite quando você subir no palco, disso eu sei — vovó diz, se virando de novo para o vestido e voltando a falar com os alfinetes entre os dentes. — Então vamos mostrar pra eles, o.k.? Pela sua mãe.

Na hora que vovó termina de arrumar meu vestido, entendo o que ela quis dizer sobre a semelhança entre minha mãe e eu. Vovó e eu fizemos minha maquiagem juntas, com a ajuda de alguma perita em beleza no YouTube. É um toque simples, natural e orvalhado – agradecimentos à Jackie Aina. Meu cabelo está solto, mas graças à hidratação que fiz nesta tarde e aos bobs que coloquei depois disso, ele cai não tão liso, nem totalmente cacheado sobre um dos meus ombros, e está preso em um dos lados com uma linda presilha de diamante falso. Eu pareço uma estrela de cinema com o vestido da minha mãe – mesmo nesta versão atualizada e ajustada – e, com um sorriso nos olhos ao me encarar no espelho, pareço mesmo com ela.

A próxima meia hora parece um ensaio fotográfico. Com uma gravação familiar mal editada dos anos 1990 – cheio de saltos na edição, sem câmera extra.

Robbie faz uma *live* no Campbell Confidential da vovó e do vovô tirando fotos minhas nos seus celulares antigos, daqueles de flip. Vovô está reclamando que "toda essa tecnologia não faz o menor sentido!" antes de ir para a cozinha e voltar com uma câmera descartável sabe-se lá de onde. Estou posando com relutância no meio da sala, e de repente a campainha toca e todos nós ficamos em silêncio, porque este é o momento. Esta é a grande revelação.

Então vovó fala:

— Bom, você vai deixar a coitada entrar ou vai ficar parada aí que nem uma mula olhando um saco de grama?

Robbie ri, eu pego o celular dele para encerrar o vídeo, e então Amanda está ali. Bem na minha frente, parada na porta.

O vestido dela tem uma saia longa que vai até o chão e uma cintura alta que cinge bem sob seu busto. Mas a parte de cima é o que me lembra de quem vai à formatura comigo, a garota cujo estilo não consegue evitar empurrar Campbell para fora da zona de conforto e para longe das suas maneiras antiquadas. A parte de cima é branca e sem mangas, com franzidos pela frente, gola vitoriana ornada com uma gravata borboleta preta ao centro, com as pontas longas e caídas.

Ela parece igualmente meio *Downton Abbey* e meio Janelle Monáe, e eu amo cada parte.

— Não achei que você pudesse ficar ainda mais bonita do que na noite do nosso primeiro encontro — ela diz baixinho. Tão baixinho, na verdade, que sei que nem Robbie consegue ouvir, apesar do tanto que ele está tentando xeretar enquanto finge indiferença do sofá. — Mas aí você apareceu na festa com o vestido preto, e agora... agora isso. — Ela pega minha mão e abre o sorriso que só usa comigo. — Você fica me lembrando constantemente o quanto eu sou ridícula de sortuda por estar com você.

Estou sorrindo tanto que minhas bochechas chegam a doer, e vovó nos chama:

— Bom, vem aqui, menina! Quero conhecer quem está fazendo minha neta sorrir o tempo todo e esquecer de me pedir pra ajustar o vestido.

Amanda cora ao entrar na minha casa pela primeira vez. Quando estende a mão para os meus avós, seu rosto está completamente vermelho.

— Sr. e sra. Lighty, é um prazer conhecê-los.

O vovô é o primeiro a falar, mas ele solta um grunhido alto antes:

— Elizabeth, você deixou essa coitada tão assustada, até eu consigo ver que ela está tremendo!

Vovó fica consideravelmente mais meiga. Nunca imaginei que ela seria do tipo "traga ela cedo"; no entanto, nunca imaginei que este momento aconteceria. Há dois meses, tudo isso parecia impossível.

— Respira, querida, eu não vou te machucar — vovó diz. Amanda balança a mão e oferece uma tentativa de sorriso. — Mas posso considerar isso se vocês duas não trocarem esses pequenos *corsages* e irem embora.

Então fazemos isso. Eles são idênticos, pequenos apanhados de orquídeas brancas com algumas lavandas intercaladas. Mesmo que não tenhamos podido comprar os convites como um casal, mesmo que tecnicamente não possamos andar de mãos dadas ou beijar ou dançar muito perto quando chegarmos lá, não há dúvida sobre estarmos juntas. E esse pequeno ato de resistência parece bom para mim.

Nós posamos juntas, com o Robbie assumindo a posição de fotógrafo oficial da festa de formatura agora que o vovô está cansado e a câmera descartável, sem filme. E um momento, antes de sairmos pela porta, juro que o garoto seca uma lágrima.

Mas não falo nada sobre isso. Dou um beijou na bochecha dele uma vez e faço o mesmo com os meus avós antes de sair de casa. Amanda entrelaça nossos dedos e apenas me encara quando chegamos no carro. Nenhuma de nós abre a porta. Apenas ficamos nos olhando.

Nós deveríamos estar a caminho de encontrar Britt, Stone e Gabi para jantar no restaurante que reservamos, o Rick's Café Boatyard, mas não consigo me apressar.

— Ei — digo, colocando um de seus fios de cabelo rebeldes atrás da orelha com minha mão livre. — Não importa o que aconteça esta noite, não tem mais ninguém com quem queria estar fazendo isto. Você não é a única com sorte.

Estou tão feliz que poderia explodir.

TRINTA E OITO

Sempre achei que o centro de Indianápolis era meio mágico, o que, eu sei, é algo ridiculamente típico de alguém do centro-oeste como eu dizer. Mas é verdade. Fica a apenas alguns quilômetros, mas é um mundo todo diferente de Campbell. E isso sempre o fez parecer especial para mim. Ainda assim, o Arts Garden está mágico esta noite para o padrão de qualquer pessoa.

O sol mal acabou de se pôr quando entramos, e você consegue ver cada pedaço de luz rosa e roxa do céu quase noturno quando passa pelas portas. O Arts Garden é uma das coisas mais legais que a cidade tem a oferecer, e não estou surpresa de que Campbell faça questão de que a festa de formatura seja aqui todos os anos. O lugar inteiro é uma estrutura de ferro e vidro que nos mantém firmemente a sete andares do resto da cidade. É como se estivéssemos numa vitrine para todos nos verem, mas, de alguma forma, afastados do mundo.

Como eu disse: é a cara de Campbell.

Ainda estamos cambaleando depois de passarmos pelo tapete vermelho e pelos flashes das câmeras dos fotógrafos do anuário quando Amanda para de repente.

— Uau, isso é...

— É,. — Balanço a cabeça. — Espera só até eles soltarem os fogos de artifícios mais tarde.

O tema é "Meia-noite em Paris", e até eu tenho que admitir que o comitê da festa foi além dessa vez. O lugar inteiro está brilhando em tons de azul e dourado, e eles até conseguiram uma réplica enorme e muito impressionante da Torre Eiffel que as pessoas ficam parando para admirar. Há uma escultura da pirâmide do Louvre feita de gelo de quase dois metros, com sidra borbulhando de uma fonte que está ao topo e escorregando por caneletas, próxima ao palco. No fundo há um cenário fotográfico elaborado, com luzes, um enorme fundo, e Anabella San Junipero – a fotógrafa que fez a capa da *Vanity Fair* com os jovens de Hollywood há alguns anos – cuidadosamente posicionando um casal de alunos do penúltimo ano na frente de suas lentes.

De repente, eu entendo o motivo de toda animação prévia. Isso é o suficiente para fazer um cínico começar a crer.

É estranho ser criada numa cidade pequena. Não há muito o que fazer além de ir de carro até a cidade, e nada para se esperar, exceto ir embora um dia. Mas a festa de formatura reúne tudo. É o único evento do ano que todo mundo participa, os pais se esquecem de quem disse o que nas reuniões, e temos a oportunidade de nos tornar a estrela dos contos de fadas que lemos desde crianças. Talvez tenha a ver com sua apresentação, o quanto pode ser elaborado e enfeitado – como se sentir realeza em meio a um lugar cercado por milharais.

A festa de formatura é muitas coisas para várias pessoas, e não tenho certeza se um dia vou entender todas essas coisas. Mas esta parte eu meio que entendo: se sentir especial em uma cidade que não parece nada especial vale todo tipo de extravagância.

O sr. K é o supervisor trabalhando como recepcionista quando chegamos, e estou muito feliz em vê-lo.

— Olha só pra vocês! — Ele se ilumina quando nos aproximamos da mesa de registro. Gabi, Stone e Britt estão na minha frente, e Amanda ao meu lado. Não estamos de mãos dadas, mas os dedos dela ficam roçando os meus, e é o mais próximo disso. — Vocês parecem valer um milhão de dólares! Deixa só eu encontrar o nome de vocês aqui.

Nossos convites tiveram que ser comprados separadamente, mas o sr. K registra meu nome e depois o de Amanda. Quando ele nos entrega o pacote de lembrancinhas – cada um contendo um par de AirPods, um cartão-presente de um restaurante local e uma caneca comemorativa –, ele segura o meu por alguns segundo a mais do que o das outras, e peço para o resto do grupo entrar sem mim.

— Eu tenho uma boa notícia — ele diz, com um sorriso enorme.

A última vez que o vi esperançoso deste jeito foi antes da minha audição. Sorrio também em um instinto.

— É sobre... — começo, mas ele me interrompe antes que eu termine.

— Eu mandei seu novo arranjo para o meu antigo orientador em Pennington! Ele amou, e eles aceitaram te dar outra oportunidade de fazer uma audição em algumas semanas, se você quiser.

Eu grito. Não posso acreditar. Coloco minhas mãos nos joelhos e berro de alegria em direção ao chão. Quando olho de novo para cima, o sr. K está rindo tanto que seus olhos estão lacrimejando.

Ele os seca rapidamente, e eu começo a agradecer pela audição, por tudo.

— Sr. K, eu nem sei o que dizer. Muito obrigada por...

Ele gesticula na frente do rosto e sorri.

— Nem pense nisso. Você merece. Conversamos mais sobre isso na segunda-feira. Mas agora... — Ele aponta para onde Amanda está com minhas melhores amigas. Ela conversa com a Britt, mexendo as mãos para todo lado enquanto tenta provar algo — ... parece que você precisa voltar para a sua acompanhante.

— O que ele queria? — Amanda se inclina mais para mim quando a alcanço na mesa que ela escolheu para ser nossa. Alguns membros da banda já estão sentados e acenam quando eu chego.

— Eu... — Me interrompo e balanço a cabeça sorrindo. Isso pode esperar até segunda-feira de manhã. Agora, só quero focar nisto. — Eu te conto tudo mais tarde. Quer dançar?

E é claro que ela quer dançar. Minha acompanhante não é nada senão alguém que não tem medo de se deixar levar, de ser descaradamente animada sobre algo. Quando ela me puxa para a pista de dança, sinto a mesma energia. Eu começo com um simples balanço, mas Amanda joga as mãos para o algo e gira, sorrindo ao som de da música da Beyoncé e do Jay-Z que está tocando no momento. Não posso evitar fazer o mesmo.

Estou sem ar quando Jordan toca no meu ombro.

— Se importa se eu interromper? — ele pergunta para Amanda com um pequeno sorriso que enruga seu nariz. Jogo meus braços ao redor de sua cintura, tão feliz por vê-lo que mal posso me conter. — Uau, Lighty! Se eu soubesse que você está tão em contato assim com suas emoções, não teria gastado todos meus melhores conselhos amorosos com você.

Ele também me abraça forte quando inclino meu rosto para olhá-lo.

— Você parece diferente — digo, dando um passo para trás para examiná-lo. Ele está ótimo, claro. Seu smoking está perfeitamente ajustado, e a gravata borboleta cinza está me passando certa energia Met Gala. — O que tem de diferente em você?

Ele não diz nada, apenas sorri timidamente, então Emme Chandler aparece de trás dele e estica a mão para mim, e eu entendo.

— Acho que pode ser minha culpa. — A voz dela é doce como me lembro.

Eu ignoro a mão dela por completo e a abraço também. Porque acho que a formatura me transformou no tipo de pessoa que abraça as pessoas a torto e direito.

Emme está maravilhosa. Seu cabelo loiro pálido está meio preso, meio solto e caindo em ondas por suas costas. O vestido prateado dela é simples e sofisticado, como o de uma jovem Grace Kelly.

— Emme — observo os dois alternadamente — você está aqui! Não posso acreditar que você está aqui.

Estou sinceramente feliz em vê-la. Não por conhecer a Emme tão bem assim, mas porque eu sei o que ela significa para o Jordan. Sei o que deve significar para ele tê-la aqui esta noite.

— Posso falar com você um segundo? — Emme se inclina e sussurra meio gritando em meu ouvido.

Olho para as minhas amigas, que estão todas em seus próprios mundinhos. Gabi está sacudindo os quadris como se não houvesse amanhã e Stone está com os olhos fechados, balançando em nenhum ritmo em particular, enquanto Britt meio que só dá socos agressivos no ar.

Amanda ainda está dançando, mas sorri para mim como se dizendo *"Pode ir, estarei aqui quando você voltar!"*, e me dou conta de que ela sempre aparenta isso, como se sempre fosse estar lá quando eu voltar.

Sigo Emme pela lateral e paramos perto da mesa de petiscos. Eles não deixam uma jarra de ponche como acontece nos filmes, porque, vamos ser honestos: quem confia numa sala cheia de adolescentes com privilégios demais e supervisão de menos para *não* fazer algo imprudente? Mas tem um bebedouro, e algumas comidinhas pequenas, feitas por Guy Fieri, espalhadas de um jeito seriamente decadente.

Duas formandas RobôsPompomDeFestaDeFormatura, o pior tipo, estão cochichando por ali e ficam olhando na nossa direção. Respiro fundo. Não vejo a hora de deixar isso para trás.

— Sinto muito por isso — digo com um suspiro. Sei que deve ser difícil o suficiente voltar depois de passar um tempo longe, e as fofocas não devem ajudar.

— Você não precisa pedir desculpas por nada. — Emme sorri gentilmente para mim e coloca a mão no meu braço. Ela abaixa a voz como se estivesse contando um segredo: — Você ouviu dizer que fui presa por participar de uma rede ilegal de contrabando de macacos-prego em Arizona?

Eu rio ao me lembrar de todos os boatos ridículos que se espalharam sobre onde Emme estaria quando ela foi embora. Eles diminuíram um pouco, se tornaram menos extremos depois de algumas semanas, mas ainda eram persistentes.

— O quê? — Finjo surpresa. — Achei que fossem aves tropicais em Nebrasca!

— Campbell é ótimo em exagerar tudo — ela diz, rindo.

— O Jordan sentiu sua falta — falo, achando apropriado para o momento. — Esse lugar inteiro meio que perdeu a graça quando você foi embora.

— Foi difícil ficar longe dele — ela abaixa a voz. — Ele provavelmente te contou um pouco do que está acontecendo comigo. E eu só queria agradecer por você estar do lado dele quando precisei ficar um tempo longe pra organizar minha cabeça. Às vezes é difícil… crescer aqui.

Eu não pergunto onde ela esteve, ou se ela voltou de vez, porque não é da minha conta. Apenas balanço a cabeça, porque entendo a parte mais importante do que ela está dizendo. Esta cidade nunca foi boa em deixar as pessoas serem suas versões completas e imperfeitas de um jeito valioso.

— Sabe, o Jordan não disse nada sobre onde você esteve, nem pra mim. — Olho para a pista de dança, onde ele está, no momento, numa competição de dança com Jaxon, e reviro os olhos. — Você é a única coisa que ele sempre leva a sério.

— Ora, ora, ora. Olha quem nos agraciou com sua presença! — Rachel interrompe cambaleando e aponta para nós duas.

Na hora penso que ela pode ter exagerado no esquenta antes de chegar aqui, mas me dou conta que ela não se desequilibrou por estar bêbada, ela se desequilibrou porque se libertou de uma Claire de olhar irritado, que estava claramente tentando não deixá-la fazer exatamente o que ela está fazendo agora.

— Oi, Rachel — Emme diz friamente. — Lindo vestido. Vermelho sempre foi sua cor.

— Como o próprio diabo. Muito apropriado — balbucio, porque nunca fui tão gentil quanto Emme.

— Eu ouvi isso, Liz — Rachel se irrita. — E dá um tempo, Emme. Você não pode desaparecer pra ir para a *reabilitação* e voltar fingindo ser uma princesa.

Claire se aproxima, constrangimento estampado em suas feições. Me pergunto onde estão Quinn e Lucy e se elas estão assistindo a antiga amiga sair da linha completamente ao lado da mesa de petiscos, entre todos os lugares que ela poderia escolher.

— Emme, Liz, oi. — Claire tenta sorrir para nós duas antes de virar para Rachel. — Rach, sério, vamos lá fora tomar um ar. Ouvi dizer que um aluna do primeiro ano está chorando perto da Cinnabon porque o namorado formando terminou com ela.

Claire tenta arrastar Rachel até a porta, mas ela está imóvel. O ódio pode mesmo transformar uma pessoa numa montanha.

— Eu não vou pra nenhum lugar, *Claire*. Quero saber por que essas duas ficaram tão amiguinhas do nada. — Ela estreita os olhos para Emme. — Você vai embora e volta jogando para o outro time, é, Em?

Rachel está falando muito alto, e agora as pessoas estão prestando atenção. As garotas que estavam sussurrando antes estão de volta, com braços cruzados e prontas para fazer uma *live* para o cc do confronto entre a antiga rainha e a ditadora que tomou o lugar dela. Não tenho certeza qual o meu papel nessa metáfora, mas algo me diz que não é nada bom.

Quinn se aproxima com Lucy, Jaxon logo atrás segurando a bolsa dela. Agora entendo o que Jordan quis dizer sobre não conhecer a capacidade da Quinn de parecer tão brava.

— Qual é o seu problema, Rachel? Credo!

— É, isso é baixo até pra você, Rach. — Lucy faz um biquinho e revira os olhos, meio entediada como a coisa toda, como de costume.

Rachel olha em volta, claramente sem saber o que fazer quando percebe que ela não é aquela que todos automaticamente defendem.

Ela abre a mão e parte para cima de mim, tentando pegar o meu cabelo. Meus reflexos normalmente são um lixo, mas sou rápida o suficiente para segurar o pulso dela antes que ela me toque. Não estou apertando, nem nada – quase não estou encostando nela – mas ela imediatamente começa a chorar.

— Você roubou isso de mim! Você arruinou tudo! — O rímel dela está escorrendo, e eu a solto, pulando para trás como se ela tivesse me queimado. — Você nem é... Você nem deveria estar *aqui*!

Abro minha boca, mas não sai nenhum som. Eu não sei o que teria falado mesmo se tivesse.

— Acho que é você quem não deveria estar aqui, senhorita Collins — a voz do diretor Wilson surge atrás dela. Não tenho certeza de quando ele chegou, ou o quanto ele viu, mas algo me diz que o sr. K ao lado da porta com um sorriso satisfeito em sua expressão tem algo a ver com isso.

Enquanto o diretor Wilson a acompanha para fora, eu não sei quem começa, mas os aplausos se espalham ao nosso redor, alto o suficiente para se ouvir acima da música ainda pulsante. Não conheço essa música, mas conheço o som. E é exatamente a trilha sonora que estava esperando.

TRiNTA E NOVE

As duas horas depois disso são surpreendentemente tranquilas, levando em conta como tudo começou. Tranquilas, mas perfeitas. Eles estão tocando mais músicas que eu apenas vagamente conheço por causa do Jordan e do Robbie, e a batida meio que está dando energia para todos.

Quer dizer, tem várias pessoas brancas aqui, então há uma certa falta de elegância nos movimentos, mas ainda é bom. Jordan, Emme, Amanda e eu formamos um círculo, e em algum momento Britt, Stone e Gabi se aproximam e pulam junto com a gente por um tempo. Estou feliz de estar aqui. Estou sincera e descaradamente feliz de estar neste lugar com estas pessoas esta noite.

Britt, G e Stone insistem em tirar fotos juntas, então fazemos algumas selfies e depois uma foto em grupo com a fotógrafa profissional, fazendo questão que elas sejam *muito* cafonas. Nos alinhamos por ordem de altura e fazemos aquela coisa de colocar a mão na cintura uma da outra, e rimos tanto que mal conseguimos tirar uma foto em que nós quatro estamos olhando para a câmera.

— Eu vou sentir falta de vocês, suas esquisitas! — Britt joga o braço sobre meus ombros quando voltamos à pista de dança.

— Vou te dar sálvia pra você levar pra Pennington, Lizzie. Pra purificar o ambiente — Stone avisa, inclinando a cabeça no meu ombro e enlaçando o meu braço com os dela. — E pra lembrar de mim.

— Isso não é o fim, meninas! Ainda temos um mês até a formatura — grito sobre a música, em parte porque é verdade, mas também porque se eu pensar demais nisso, vou ficar mais emocionada do que já fiquei enquanto estou perto de um casal de alunos do penúltimo ano que estão com as línguas tão fundas um na boca do outro que isso pode legitimamente ser um risco à saúde.

— Tudo bem, meninas, vamos lá. Eles vão anunciar a rainha em cinco minutos! — Gabi nos enxota de volta à pista de dança.

Nos apressamos em voltar a dançar, e Amanda está bem onde a deixei. Ela sorri para mim e entrelaçamos as mãos. Não tenho certeza se alguém percebe, mas descubro que não me importo. Nós também merecemos nossos pequenos momentos.

— Você está preparada? — ela sussurra em meu ouvido.

Com você, sempre, penso.

— O máximo que dá pra estar — respondo.

Eles abaixam a música quando Madame Simoné pigarreia no microfone. Ela está bonita esta noite, com uma boina toda preta e fofa. Tenho um pressentimento de que ela tem tudo a ver com a escolha de tema.

Atrás dela há uma mesa com uma enorme tiara, no estilo Miss América, para a rainha e uma coroa dourada muito mais modesta para o rei.

— *Bonsoir, les étudiants!* — Sua expressão parece astuta, como se ela soubesse que tem a atenção de todos ali e não vai perdê-la. — Coroar o rei e a rainha da festa de formatura de Campbell County é uma honra pra mim todos os anos. Acredito que o rei e a rainha são representantes do melhor que Campbell tem a oferecer, e acredito de verdade que este ano nós *tivemos* alguns dos melhores concorrentes da nossa história.

Todos batem palma, e neste intervalo Madame Simoné começa a abrir o envelope que tem em mãos.

— E o rei da festa de formatura de Campbell County em 2020 é... Jordan Jennings!

Olho para a minha esquerda e Jordan está acenando enquanto caminha para o palco com um sorriso enorme. Emme está aplaudindo freneticamente e chorando de alegria. Todos ali podiam ter previsto isso – até Jaxon está berrando elogios enquanto Jordan é coroado –, mas ainda é bom de ver. Não é sempre que as pessoas conseguem o que merecem, e Jordan merece isso. Se ser rei e rainha é mesmo o que a Madame Simoné disse – representar o melhor que Campbell tem a oferecer –, então isso já era dele.

Ele é o melhor que Campbell tem a oferecer.

Jordan não tira os olhos de Emme desde que subiu ao palco, mas quando Madame Simoné se arruma para anunciar a rainha, ele olha para mim e dá uma piscadinha. E eu tenho oitenta e cinco por cento de certeza de que esse sentimento esmagador, irritante e definitivamente muito adiantado no meu peito é amor pela garota à minha direita, de quem a mão estou segurando e que é a única pessoa que quero beijar no fim da noite – mas estaria mentindo se dissesse que os outros quinze por cento não são puro pavor do que está por vir.

— Agora para a *pièce de resistance*, a rainha da festa de formatura de Campbell County em 2020 é...

Ela abre o envelope, e meu coração para.

Amanda aperta minha mão.

O salão fica em silêncio, e juro que posso ouvir os gritos indignados da Rachel Collins na rua lá de baixo.

E é como se eu já estivesse estado nesta situação. Conheço essa sensação assim como conheço a forma que minhas mãos envolvem meu instrumento, com a postura firme e pronta para me apresentar.

É o momento antes do primeiro movimento de uma orquestra. É o rápido segundo antes do maestro abaixar os braços para sinalizar o começo de uma música. Quando você espera com a respiração suspensa, sente a energia do lugar e não tem mais dúvidas, porque você apenas *sabe*. Você sabe que dali em diante está fora das suas mãos. Chame de destino, magia, milagre ou qualquer coisa assim, mas você fez o que foi preciso para uma apresentação impecável – praticou e foi nos ensaios até seus calos terem calos – e, mesmo assim, tudo está em suspenso. Tudo pode dar errado. Ou, nas melhores noites, tudo pode dar muito, muito certo.

— Elizabeth Lighty!

Sei que as pessoas estão aplaudindo porque posso vê-las, mas não consigo ouvir nada exceto um barulho abafado em meus ouvidos. Ela disse isso mesmo...? Não tem a menor chance...

— Liz, você ganhou! — Amanda grita, segurando o meu rosto com as duas mãos e sorrindo um pouco agitada, como nunca vi antes, mais do que muito orgulhosa. — É você! Você ganhou, Liz!

Não sei como chego ao palco, porque não consigo pensar em mexer os meus pés, mas de repente estou parada ao lado de Jordan e me abaixando para que Madame Simoné coloque a tiara na minha cabeça. Estou chorando um pouco, e provavelmente ficaria constrangida com isso se não olhasse para o público e visse Gabi, Stone, e até mesmo Britt chorando também.

Madame Simoné coloca um buquê de flores nos meus braços e sussurra em meu ouvido:

— *Tu es la meilleure*. A melhor rainha que já coroei, Elizabeth. — Ela beija meu rosto dos dois lados antes de se afastar e fazer um gesto me mandando ir para a frente e ficar parada ao lado de Jordan. — Os melhores.

Eu meio que cambaleio para a frente, e todos ficam completamente atentos neste momento. Posso ver e ouvir tudo, é quase uma sobrecarga sensorial. Os gritos das minhas amigas eu consigo facilmente distinguir, misturado com as palmas e os gritos de pessoas que nem conheço. Todos ali, parece, estão vivendo aquele momento comigo. Com Jordan.

Jordan segura minha mão e a aperta.

— O que eu disse, Lighty? *O primeiro não é nada sem o segundo.* — Ele acena para as pessoas com a mão livre, mas sorri para mim. — E tudo isso é pra você. Você sempre foi a primeira.

— Pronto, pronto! — Madame Simoné volta ao microfone, mandando todos ficarem quietos. — Se todos se acalmarem, é hora da dança oficial do nosso rei e rainha.

Jordan solta minha mão e sorri para mim mais uma vez, e eu nunca o amei mais do que neste momento.

— É hora de você ter o seu grande final.

Jordan pula do palco como se não fosse nada, e a multidão se abre para ele, como Moisés e o Mar Vermelho. Mas ele para, tira a coroa e a coloca diretamente na cabeça de Amanda. Ele sussurra algo no ouvido dela que a faz corar, vira para Emme, segura a mão dela e a puxa para longe para uma dança só deles.

Quando eu desço, Amanda está alternando entre olhar para mim e para a coroa emprestada que é muito grande para ela e fica caindo de sua cabeça. Ouço alguns "awwwww" à nossa volta e alguns grunhidos irritados também. Posso ter ganhado, mas isto ainda é Campbell. As coisas não são perfeitas, nem de longe.

— Acho que te devo uma dança, rainha Liz. — Ela sorri e coloca as mãos na minha cintura. A coroa cai um pouco para a esquerda. — Sei que você é meio contra eles, mas tenho que dizer: isso parece um conto de fadas pra mim.

Coloco as flores que ganhei no chão entre nós e passo meus braços no pescoço dela, puxando-a para perto. Porque, vamos combinar: eu nunca fui uma boa dançarina.

Então, em vez disso, eu a beijo. Ali, no meio de todos os nossos colegas, com os holofotes em nós e com aquelas coroas de mau gosto e ao mesmo tempo tão desejadas em nossas cabeças. Porque isso é real, nós finalmente chegamos até aqui, e é melhor do que qualquer conto de fadas. Porque estou cansada de deixar as pessoas me deterem.

Porque aqui, *sempre*, nós merecemos as coisas boas.

AGRADECiMENTOS

Agradecer pode ser a parte mais difícil nessa coisa de escrever um livro, porque eu devo tanto de quem sou e do que esse livro se tornou para tantas pessoas. Mas o primeiro agradecimento por esse livro, por essa vida, sempre vai ser a Deus, que mostrou uma quantidade quase inacreditável de graça e misericórdia durante esses 25 anos. Sei que esse é meio que o trabalho Dele e tudo o mais, mas eu estaria mentindo se dissesse que não fico maravilhada todos os dias.

Obrigada à minha agente incrível, Sarah Landis, que leu um artigo meu há dois anos e decidiu que eu era uma escritora para a qual valia a pena dar uma chance. Isso é um presente que não existe gratidão o suficiente para retribuir. Este livro (e tudo o que eu escrevo, sinceramente) não seria o que é sem sua orientação inicial e persistência sem fim.

Obrigada à Maya Marlette, minha genial editora. Você é uma benção suprema na minha vida desde o momento em que me disse que faríamos um livro juntas. Você me fez, e continua me fazendo, ser não só uma escritora melhor, como também uma melhor pensadora. Obrigada por me ajudar a conduzir nossa garota complicada e incrível, Liz, pelo mundo, e por me permitir escrever o livro que nós duas precisávamos quando tínhamos 15 anos. Eu sou grata todos os dias por ter dividido essa jornada com você. Argh, o *jeito* que sua cabeça funciona!

Obrigada à minha equipe incrível da Scholastic; sem o amor, carinho e atenção deles, este livro nunca existiria. *Pega um megafone*: Taylan Salvati, David Levithan, Mallory Kass, Nikki Mutch, Melissa Schirmer, Stephanie Yang e Josh Berlowitz, vocês são a equipe dos meus sonhos. Mesmo agora, enquanto seguro este livro em minhas mãos, estou com dificuldade de acreditar que fiz isso com vocês. Obrigada por fazerem desse meu sonho realidade. Não tenho outra alternativa além de aplaudi-los de pé.

Agradeço à Heather Peacock, que sempre respondeu todos os meus questionamentos e permitiu que eu fizesse todos os meus comentários. Obrigada por me incentivar a ser eternamente curiosa e muito corajosa. Esta história começou na nossa aula há quinze anos, mesmo que eu não soubesse naquela época. E para a galera do mestrado do programa de escrita da Sarah Lawrence College: obrigada por me darem espaço para eu encontrar minha voz e pela comunidade brilhante de escritores com os quais agora posso criar para sempre.

Obrigada aos amigos que poderiam muito bem ser da minha família – CRR, NG, SS, JS, QM, DE – o toque de vocês está espalhado neste livro. Não importa o quanto estamos distantes, carrego pedaços de cada um de vocês todos os dias. Obrigada a todos por serem a família que escolho todos os dias ter.

Obrigada à primeira leitora deste manuscrito e parceira platônica de vida, Khadija. Você é absurda e o tesouro da nação. Obrigada por estar lá para me lembrar – especialmente nos dias em que eu me esquecia – que histórias importam, que sempre vale a pena acreditar em encontros fofos, e que a cultura pop morreu em 2009. Agora vá olhar suas DMs, acabei de te mandar um meme do Hozier.

Obrigada à minha parceira de escrita e a outra metade do meu Coletivo Duffy, Arriel. O que eu posso dizer além de obrigada por me enxergar, por combinar com a minha energia e por entender o que significa estar "mal pra caramba" de um jeito que só nós conseguimos? Você me viu e viu esse livro durante todos os altos e baixos, e estou ansiosa pelo dia que vou poder fazer o mesmo por você.

Obrigada à minha melhor amiga e luz da minha vida, Ally. Você é o maior presente e a mente mais brilhante que já conheci. Esta vida é melhor porque pude passar 22 anos dela com você ao meu lado. Obrigada por me amar, por sempre estar disposta a compartilhar histórias e por conversar comigo usando exclusivamente referências obscuras da cultura pop a qualquer hora do dia. Tudo o que escrevo é possível por causa dos sonhos que compartilhamos naquele quarto amarelo radiante.

Obrigada à minha família completa e eternamente por seu amor e apoio. Ao Jon, pelos anos em que apresentamos monólogos na sala de estar toda segunda-feira e conversamos sobre o que seria necessário para nos libertar. À Sissy, pelo encorajamento constante e pela fé em mim. À vovó, por me ensinar a amar histórias, mesmo antes do mundo estar preparado para ouvi-las. E à mamãe e Pack: não existe uma dupla melhor de figuras parentais. Obrigada por serem meus dois lampejos de luz, por nunca me pedirem para ser qualquer outra coisa além de exatamente quem sou e por me mostrarem o que significa amar infinitamente. Vou amar vocês para sempre e gostar de vocês infinitamente.

E, finalmente, agradeço às garotas negras de todos os lugares – com toda nossa glória imperfeita, livre e fantástica. Eu vejo vocês, e é uma honra compartilharmos essa irmandade. Sou grata pela oportunidade de escrever nossas histórias. Não existe um mundo no qual não somos tanto milagre quanto magia, no qual nós não merecemos todos os finais felizes. Obrigada por me ensinarem a usar minha coroa.

SOBRE A AUTORA

Leah Johnson é escritora, editora e eterna moradora do centro-oeste dos Estados Unidos, no momento fazendo hora extra em Nova York. Ela é formada na Universidade de Indiana e na Sarah Lawrence, onde recebeu o seu mestrado em escrita de ficção e atualmente dá aulas no programa de escrita da graduação. Quando não está escrevendo, você pode normalmente encontrá-la no Twitter, falando sobre cultura pop e política, na conta @byleahjohnson. *Espere até me ver de coroa* é o seu primeiro romance.

CONFIRA NOSSOS LANÇAMENTOS,
DICAS DE LEITURAS E
NOVIDADES NAS NOSSAS REDES:

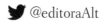 @editoraAlt

 @editoraalt

www.facebook.com/globoalt

CPSIA information can be obtained
at www.ICGtesting.com
Printed in the USA
LVHW030335010921
696555LV00002B/163